FISCHER

CORNELIA HÄRTL

Über allem leuchtet ein Stern

ROMAN

FISCHER

Aus Verantwortung für die Umwelt hat sich der S. Fischer Verlag zu einer nachhaltigen Buchproduktion verpflichtet. Der bewusste Umgang mit unseren Ressourcen, der Schutz unseres Klimas und der Natur gehören zu unseren obersten Unternehmenszielen.

Gemeinsam mit unseren Partnern und Lieferanten setzen wir uns für eine klimaneutrale Buchproduktion ein, die den Erwerb von Klimazertifikaten zur Kompensation des CO_2-Ausstoßes einschließt.

Weitere Informationen finden Sie unter: www.klimaneutralerverlag.de

Originalausgabe
Erschienen bei FISCHER Taschenbuch
Frankfurt am Main, Oktober 2021

Satz: Fotosatz Amann, Memmingen
Druck und Bindung: Druckerei C.H.Beck, Nördlingen
Printed in Germany
ISBN 978-3-596-70608-2

Für Wolf-Ingo

☆ I ☆

»Herzlichen Dank, es war das schönste Weihnachtsfest unseres Lebens«, stand in eleganter Schreibschrift auf dem Foto, das Elisabeth Mosler seit Minuten betrachtete. Das Motiv auf der Vorderseite zeigte einen Mann und eine Frau, beide in mittlerem Alter, am Tag ihrer standesamtlichen Trauung. Mit einem kleinen Lächeln hob die Wirtin der Herberge *Zum Goldenen Stern* den Blick. Sie erinnerte sich gut an das Paar, sein Kennenlernen vor einigen Jahren. Hier, bei ihr. Vor ihrem inneren Auge flammte das Feuer im Kamin auf, sie hörte wieder das Knistern der Holzscheite, untermalt von Gläserklingen, Lachen und Gesprächsfetzen. Jeder Tisch war besetzt, jeder Platz lange im Voraus reserviert gewesen. Viele Stammgäste ließen es sich nicht nehmen, immer wieder im Gasthof einzukehren. Nicht nur im Winter, wenn der Schnee so hoch lag wie dieses Jahr. Auch zu allen anderen Jahreszeiten war ihr kleiner Gasthof gut besucht gewesen, jedes der fünfzehn liebevoll eingerichteten Zimmer ausgebucht. In der Küche wurde gebrutzelt und geschmurgelt, die Kellnerin kam mit dem Servieren von Speisen und Getränken kaum nach. Ihre Gäste waren immer guter Dinge gewesen. So wie das Paar, das sich einst im Winterurlaub gefunden hatte.

Sie seufzte. Die Zeiten schienen vorbei. Die Bilder aus ihrer Erinnerung verblassten und machten der Realität Platz. Heute war der Kamin kalt, auf keinem der Tische lag ein Gedeck, grau, kühl und wenig einladend sah die Gaststube aus. Noch nicht einmal Weihnachtsschmuck hatte sie dieses Jahr aufgestellt. Wozu auch? Die beiden Reservierungen für den heutigen Abend waren zwei Tage zuvor abgesagt worden. Heute stand sie alleine hier. Den Koch und die Kellnerin hatte sie mit einem Geschenk und etwas Weihnachtsgeld nach Hause geschickt. Die Kündigungen würden folgen, das wussten sie alle.

Die Wirtin zog ihre Strickjacke enger um sich, durchquerte die Gaststube und trat ins Freie. Sie blickte nach oben. Der Himmel hing dunkel und schwer von Schnee über ihr. Es war früher Nachmittag, doch es dämmerte bereits. Über den Parkplatz vor dem Haus hinweg sah sie ins Tal hinab. Die Berglandschaft war von einer dichten Schneedecke bedeckt, die hohen Tannen links vom Grundstück bogen sich unter der weißen Last, der sanfte Hügel zur Rechten lud zum Schlittenfahren oder Snowboarden ein. Der Asphalt der gewundenen Zufahrtsstraße glänzte schwarz. Sie schlängelte sich mehrere hundert Meter steil bergab, die Abzweigung von der Hauptstraße befand sich außerhalb ihres Blickfeldes. Dass diese Zufahrt geräumt und eisfrei war, verdankte sie dem Schorsch, der beim Bauhof des Landkreises arbeitete. Ihre Familien waren befreundet. Daher fuhr er mit seinem Streufahrzeug den Schlenker im Winter gerne, obwohl er nicht vorgesehen war. Dessen ungeachtet legte er hier herauf sogar noch eine Schippe drauf. Wohl wissend, dass es gerade dieses letzte Stück Wegs war, das für manche Reisende das beschwerlichste darstellte.

Heute würde niemand diese Straße nutzen. Die Betten und Tische blieben seit Wochen leer. Elisabeth wandte sich dem Berg zu. Der Grund für ihre Situation war von hier aus weder zu sehen noch zu hören. Lediglich zu spüren. Er hieß *Grand Hotel Bergschloss*. Seit das Luxushotel drei Monate zuvor eröffnet hatte, gab es im Gasthof *Zum Goldenen Stern* nichts mehr zu tun.

Unten, an der Hauptstraße, stand ein riesengroßes, für ihr Empfinden aufdringliches Hinweisschild auf dieses Luxushotel, das selbst diejenigen, die sich nur auf der Durchreise befanden, gezielt dorthin lockte. Da konnte ein kleiner Gasthof wie ihrer nicht mithalten.

Über ihr löste sich einer der Sterne vom Firmament und fiel herab, einen breiten Schweif hinter sich herziehend. Hätte sie daran geglaubt, dass Sternschnuppen Wünsche erfüllen können, hätte sie die Gelegenheit genutzt. So aber ging sie traurig ins Haus zurück. Im selben Moment, in dem sie drinnen die letzten Lichter löschte, hörte sie einen Wagen auf den Parkplatz fahren.

☆ 2 ☆

Karlheinz Clausing stellte den Motor ab. Er blickte durch die Windschutzscheibe auf das dunkle Haus. »Merkwürdig«, murmelte er und kramte einen zerlesenen Reiseführer aus dem Handschuhfach.

»Was für eine Bruchbude«, maulte seine siebzehnjährige Tochter Annika. Ihrer Stimme war anzumerken, wie angefressen sie war. Kein Handyempfang! Und das bereits seit einer Dreiviertelstunde. Gab es etwas Schlimmeres für einen Teenager? Karlheinz Clausing schüttelte kaum wahrnehmbar den Kopf und las halblaut, was in seinem Buch stand. »Idyllischer Gasthof … hervorragende regionale Küche … Schneegarantie … sowohl sanfte als auch anspruchsvolle Pisten …«

Annika verdrehte genervt die Augen. »Das Ding ist mindestens zehn Jahre alt. Wer kauft denn heute noch Reiseführer? Geht doch alles viel schneller und besser per Internet.«

»So wie jetzt, ja?!« Er konnte es sich nicht verkneifen, auf den fehlenden Empfang hinzuweisen. Sie waren spontan aufgebrochen, und er hatte in der Eile nicht daran gedacht zu reservieren.

Seine Tochter stieg aus und er musste sich zurückhalten, ihr nicht Dinge zuzurufen wie »Denk an deinen Schal« und »Knöpf deine Jacke zu.« Clausing seufzte. Es war nicht einfach, alleinerziehender Vater zu sein. Seit seine Frau sie beide vor rund einem Jahr verlassen hatte, gab Annika die Hoffnung nicht auf, sie könne zurückkommen. Vergeblich, wie er seit einiger Zeit wusste. Nur, wie sollte er das seiner Tochter beibringen? Dieses Endgültige? Sie war schwierig geworden.

Er stieg aus und griff nach seiner schwarzen, lammfellgefütterten Lederjacke. Es war schweinekalt, in der Luft lag der Geruch nach noch mehr Schnee. Im Gasthof, einem zweistöckigen Bau mit geschnitzten Balkonen, umlaufender Veranda und hohen Schneehäubchen auf dem Dach, brannte kein Licht.

Er sah zu Annika hinüber, die, mit offener Jacke, ohne Schal und Handschuhe, aber wenigstens mit der obligatorischen Strickmütze auf dem Kopf, mit ihrem in die Luft gehaltenen Smartphone herumlief. Er schüttelte erneut den Kopf und stapfte zum Eingang. Die Tür war nicht abgeschlossen, er trat ein. Die rechteckige Gaststube, die hinter einem zurückgeschlagenen, halbrunden Windfang zur Rechten lag, war unbeleuchtet, kühl und alles andere als gemütlich. Aus einem Flur zu seiner Linken tauchte eine Frau auf. Sie trug ein dunkelblaues Kleid, darüber eine hellgraue Strickjacke und stellte sich als die Wirtin vor.

»Haben Sie geöffnet?«, fragte er. Die Frau, sie mochte Ende sechzig sein, nickte zögerlich.

»Einen Kaffee kann ich Ihnen anbieten.«

»Passt.« Er rieb die kalten Hände aneinander und ging zu einem der Holztische, auf dem weder Tischdecke noch eine Weihnachtsdekoration lagen. Er war enttäuscht. Würde er ein anderes Hotel für die Weihnachtsfeiertage suchen müssen? Darüber hinaus stand ihm ein schwieriges Gespräch mit seiner Tochter bevor, an das er momentan nicht denken wollte.

Die Wirtin ging hinter den Tresen, um Wasser in einem Schnellkocher aufzusetzen, eine Glaskanne aus einem Hängeschrank zu nehmen und darauf einen Porzellanfilter zu setzen. Er nahm Platz, immer noch etwas irritiert. Nichts von dem, was er sah, entsprach seinen Erwartungen. Selbst als die Frau eine karierte Tischdecke aufgelegt, eine rote Stumpenkerze in einer Tischlaterne entzündet und das Licht in der Gaststube eingeschaltet hatte, empfand er die Atmosphäre weiterhin als wenig einladend. Hatte Annika recht mit ihrer Kritik? Sein Reiseführer war wohl doch völlig veraltet.

»Ich habe Ihre Adresse aus einem Reiseführer«, erklärte er der Wirtin, als die ihm den Kaffee servierte. »Ich dachte, dass ich mit meiner Tochter hier ein paar ruhige Tage verbringen könnte. Entspannen, spazieren gehen, Ski laufen, gut essen.«

»Ihre Tochter?«

»Sie ist draußen. Sucht nach Empfang für ihr Handy.«

»Da wird sie kein Glück haben. Das hier ist ein toter Winkel.« Sie lächelte kurz, irgendwie schelmisch.

»Gott sei Dank, ich kann diesem Fimmel nichts abgewinnen«, gestand er, ebenfalls begleitet von einem Lächeln.

»Das ist selten. Meistens beklagen sich die Leute deswegen.«

Die Tür flog auf. Annika kam hereingestampft. Sie riss sich die Mütze vom Kopf und stopfte sie in die Tasche ihres Anoraks. Ihr haselnussbraunes Haar ragte an einigen Stellen wie elektrisch aufgeladen in die Luft. Wangen und Nasenspitze leuchteten rot in ihrem blassen Gesicht, die dunklen Augen blitzten zornig. Wieder einmal fiel ihm auf, wie dünn seine Tochter geworden war. Wann hatte das begonnen? Kurz nachdem ihre Mutter sie beide verlassen hatte.

»Lass uns abhauen«, verlangte sie von ihrem Vater. So laut, dass er entschuldigend zu der Wirtin blickte, die sich wieder hinter ihren Tresen begeben hatte. »Das hier ist kein Ort für einen Urlaub. Wir finden etwas Besseres.«

Elisabeth musste bei dieser Ungezogenheit eine Unmutsbekundung unterdrücken. Der Vater sah aus, als ob er seiner Tochter gerne die Leviten lesen würde, sich aber nicht traute. Er beließ es dabei, sie mit einem strengen Blick zu mustern.

»Möchtest du vielleicht einen Tee? Oder einen heißen Kakao?«, fragte Elisabeth den Teenager.

»Kakao? Ich bin doch kein Kind mehr. Haben Sie keine Diät-Cola?«

»Wie viel von dem Zeug willst du noch trinken?«, fiel ihr Vater ein. »Nimm einen Orangensaft, da sind wenigstens ein paar Vitamine drin.«

Die Antwort der Tochter bestand aus einem Schnauben.

Elisabeth holte die Cola. Das Zeug ging bei ihr normalerweise nicht gut, aber sie hatte trotzdem immer ein paar Flaschen auf Lager. Sie spürte, dass sich in ihr als Antwort auf das schlechte Benehmen der jungen Frau Widerstand regte. Was die gerade ihrem Vater antwortete, konnte Elisabeth nicht verstehen. Es klang nicht freundlich. »Kinder«, dachte sie. »Man will immer nur das Beste für sie und sie begreifen einen dafür als Feind.«

Das Mädchen war eindeutig zu blass und zu dünn. Und es sah nicht glücklich aus.

»Wäre ich doch bei Mama geblieben«, maulte es.

Der Vater zuckte sichtlich zusammen bei diesen Worten. »Du glaubst, du würdest dich auf Sri Lanka wohler fühlen?

Eine Ayurveda-Kur ist kein Wellnessurlaub, meine Liebe. Da gibt es keine Cola, kein Smartphone. Nur Ruhe, gesundes Essen, Entgiftung, Massagen. Du wärst nach einem Tag schreiend davongerannt.«

Annika gähnte demonstrativ und musterte gelangweilt ihre Umgebung. Sie hatte es aufgegeben, ein Netz zu suchen. Stattdessen stöpselte sie ihre Kopfhörer ein und tackerte auf ihrem Handy herum. Als Elisabeth ihr die Cola servierte, konnte sie einen kurzen Blick darauf werfen. Die junge Frau hörte Musik und bearbeitete mit einem Programm ihre eigenen Fotos.

Der Vater bestellte mit einer Geste noch einen Kaffee. »Schmeckt hervorragend«, meinte er.

»Handaufguss«, antwortete Elisabeth. »Ein Stück Christstollen kann ich Ihnen dazu anbieten. Selbst gebacken.« Er warf einen kurzen Blick auf seine Tochter, die sich mit ihrem elektronischen Spielzeug abgekapselt hatte, und nickte. »Für mich gerne.«

☆ 3 ☆

Bei der zweiten Tasse Kaffee zeichnete sich ab, dass ihre Gäste noch eine Weile bleiben würden – tatsächlich wirkte der Vater ratlos, wohin sie weiterfahren sollten und Elisabeth hatte nicht vor, jetzt schon den Namen des *Grand Hotel Bergschloss* in den Mund zu nehmen –, also stellte sie einen Heizlüfter auf, damit es in der Gaststube gemütlicher wurde.

Das bisschen Wärme, das er abgegeben hatte, wurde kurz darauf mit eiskalter Luft verwirbelt, als die Tür erneut aufflog. Der schlanke junge Mann, der hereingestürmt kam, trug eine bis obenhin gefüllte Plastikbox in Händen.

»Moritz«, rief Elisabeth erstaunt. »Was machst du denn hier? Ich dachte, dein Urlaub beginnt erst nach den Weihnachtstagen?!«

Ihr Enkel grinste übers ganze Gesicht. »Das glaubst du nicht, Oma. Ausgerechnet heute hatten wir einen Wasserrohrbruch im Restaurant. Dabei waren wir bis auf den letzten Platz ausgebucht. Der Chef hat uns frei gegeben. Und das hier«, er hob die Plastikbox etwas hoch, »das sind alles leckere Sachen, die wir mitnehmen durften. Damit nichts umkommt. Ist schwer, muss ich gleich absetzen.« Mit einem Fuß warf er die Tür schwungvoll zu.

Annika blickte auf, ihr Blick kreuzte den des Neuankömmlings, bevor sie erneut in ihre digitale Welt abtauchte.

»Kühl hier drin«, stellte Moritz fest.

Elisabeth winkte ihn zu sich und schob ihn in die Küche. »Keine Gäste. Die beiden da draußen haben sich hierher verirrt«, flüsterte sie ihm zu.

»Was? Das gibt es doch gar nicht. Es ist Weihnachten. Da war die Hütte hier doch immer voll.« Sie antwortete nicht. Er würde noch früh genug erfahren, wie schlecht es um sie und den Gasthof stand.

Moritz stellte die Box mit den Nahrungsmitteln ab, zog seine Großmutter in die Arme und busselte sie links und rechts auf die Wangen. »Ist allerdings unwahrscheinlich, dass die beiden heute noch weit kommen. Schau mal nach draußen«, er zeigte auf das breite Fenster im hinteren Teil der Küche. Durch die Dunkelheit taumelten fette Schneeflocken. »Es hat angefangen zu schneien, man sieht kaum noch die Hand vor Augen.«

»Ach herrje. Wenn sie zu Abend essen wollen, hab ich kaum was im Haus«, murmelte seine Großmutter.

»Hier drin ist alles, was man für einen Weihnachtsbraten braucht«, entgegnete Moritz gut gelaunt. »Zwei Gänse, Kraut, Äpfel, Maronen und etliches mehr. Ist eh viel zu viel für uns beide.« Er rieb sich die Hände, als könne er es kaum erwarten, die Gänse in den Backofen zu schieben.

Elisabeth Mosler war mächtig stolz auf ihren Enkel. Moritz hatte nach einer Kochlehre einen tollen Job in einem Nobelrestaurant in München ergattert. Trotz seiner stressigen Arbeitszeiten dort kam er, sooft es ging, zu ihr herauf und legte Hand an.

»Du setzt dich jetzt erst einmal hin und ruhst dich ein bisschen aus. So ein unverhoffter freier Tag, das ist ja in unserem Gewerbe selten.«

»Ach Oma«, lachte er und strich sich das dunkle Haar aus der Stirn. »Wovon soll ich mich denn ausruhen?« Dennoch nahm er brav in der Gaststube Platz und ließ zu, dass seine Großmutter ihm einen Kaffee brachte.

»Mit Liebe gebrüht«, flüsterte sie ihm zu. Moritz grinste. Er sah zu den beiden Gästen hinüber. Der Mann wirkte unschlüssig, wie er da hockte, einen zerfledderten Reiseführer in der Hand. Seine Tochter zog ein mürrisches Gesicht und blickte nicht von ihrem Smartphone auf. Trotzdem schaute Moritz etwas länger hin als nötig. Er dachte sich, dass das schlechte Wetter doch etwas Gutes hatte. Vielleicht blieben die beiden ja über Nacht, dann konnten sie gemeinsam essen und er hätte die Möglichkeit, das Mädchen etwas näher kennenzulernen. Eine Vorstellung, die ihm nicht unangenehm war.

☆ 4 ☆

Es war erst halb vier und dämmerte bereits, als Berthold Schneider das letzte Paket aus seinem Fahrzeug nahm, um es abzuliefern. Endlich Feierabend, dachte der Zusteller, als er danach im gut geheizten Führerhaus des Wagens Platz nahm. Er blickte zum Himmel auf. Zehn Minuten zuvor hatte es angefangen zu schneien. Erst nur ein wenig, inzwischen fielen die Flocken wie ein dichter weißer Vorhang vom Himmel. Umso besser, dass er sein Tagwerk beendet hatte und sich auf Heiligabend freuen konnte. Kein Mensch war unterwegs, als er den Berg hinunterfuhr, in Gedanken bereits zu Hause bei seiner Freundin. Er griff nach seinem Handy, um sein Kommen anzukündigen. Sie würde sich freuen, dass er es früher schaffte, als ursprünglich gedacht. Bei der ersten Berührung erwachte das Display zum Leben. Eilig scrollte er über die Leiste mit den Kurzwahlen. Mit einem schnellen Blick tippte er die erste davon an und hob das Gerät ans Ohr. Nichts geschah. Ungeduldig wandte er den Kopf. Um zu erkennen, dass er keinen Empfang hatte. Noch bevor er weiter darüber nachdenken und den Blick auf die Straße wenden konnte, spürte er, wie er ins Rutschen geriet. Ein Moment der Unaufmerksamkeit hatte ausgereicht, um das Lenkrad ein Stück zu verreißen. Der Wagen war ausgebrochen, er schlitterte über die spiegelglatte Straße. Erschrocken lenkte Schneider dagegen.

Zu spät. Ein Ruck lief durch das Fahrzeug. Ein dumpfes Geräusch signalisierte, dass er gegen etwas geprallt war. Mit einem leisen Fluchen zog er den Wagen zurück auf die richtige Spur, bremste vorsichtig ab und blieb am Straßenrand stehen. Hatte er etwas überfahren? Ein Lebewesen womöglich? Ausgerechnet an Heiligabend? Ein flaues Gefühl machte sich in ihm breit. Er atmete tief durch, steckte dann den Kopf aus dem Fenster. Weit und breit nichts zu sehen. Bis auf ein hölzernes Hinweisschild mit der Aufschrift *Grand Hotel Bergschloss*. Schneider stellte die Warnblinkanlage an, fummelte eine Taschenlampe aus dem Handschuhfach und kletterte aus dem Wagen. Obwohl er seine Jacke geschlossen hielt, kroch ihm die Kälte sofort bis unter die Haut. Ein Unfall hatte ihm gerade noch gefehlt. So schnell es die schneebedeckte, rutschige Straße zuließ, schritt er an seinem Lieferwagen entlang nach hinten. Er ließ den Lichtstrahl über das Blech wandern und atmete schließlich erleichtert auf. Das weiche Holz des Mastes, gegen den er geprallt war, hatte keine Spuren hinterlassen. Bevor er zurück ins Fahrerhaus stieg, warf er noch einen Blick auf das Hinweisschild. Es stand etwas schräg, aber immer noch senkrecht.

Eilig schlug er die Tür zu und startete den Motor. Auf das Telefonat mit seiner Freundin würde er vorläufig verzichten müssen. Er beschloss, es frühestens bei einem Stopp erneut zu versuchen.

Dass der Mast mit dem Schild sich durch den Aufprall gedreht hatte und nun in eine andere Richtung zeigte, war ihm allerdings entgangen …

☆ 5 ☆

»Da kommt jemand.« Moritz hatte seinen Kaffee ausgetrunken, die Tasse in die Spülmaschine hinter der Theke geräumt und blickte von dort zur Tür. Vor dem Haus wurden Wagentüren zugeschlagen. Sekunden später betrat eine große, blonde Frau den Gasthof. Sie mochte in den Vierzigern sein, wirkte aufgrund ihrer konservativen Kleidung aber älter. Begleitet wurde sie von einer kleinen, wesentlich älteren Frau, deren Gesichtsausdruck nichts Gutes verhieß. »Habe ich dir gleich gesagt, dass du falsch fährst, du kannst aber auch gar nichts richtig machen«, fuhr sie die Jüngere an.

»Mutter, das Schild hat hier herauf gezeigt«, wehrte die sich, wobei sie ihre Handtasche krampfhaft an sich presste, als wäre es ein Schutzschild gegen die Vorwürfe.

»Papperlapapp. Du siehst ja, dass wir hier nicht in einem Luxushotel gelandet sind«, gab die ältere der beiden zur Antwort. Sie schnaubte und ließ sich an dem der Tür am nächsten stehenden Tisch nieder, wobei sie die Gäste am Tisch gegenüber misstrauisch musterte, bevor sie fortfuhr. »Aber jetzt brauche ich was zum Aufwärmen. Da draußen schneit es wie verrückt. Und meine Tochter …« Sie hob die Hand und ließ sie in einer resignierenden Geste wieder sinken, als sei sowieso Hopfen und Malz verloren.

Karlheinz Clausing hatte beim Eintreten der beiden den

Kopf gehoben. Sein stummer Gruß wurde von der Blonden schüchtern erwidert.

»Einen Tee mit Rum. Und für meine Tochter eine Brille!«

»Mutter, jetzt ist es genug. Wir lassen uns den Weg erklären und fahren weiter.«

»Bei dem Schneetreiben?« Moritz stand an der Tür. »Da würde ich lieber noch warten.« Er knipste beim Hinausgehen die Außenbeleuchtung an, die nicht nur den Schnee zum Funkeln brachte, sondern auch durch die Fenster nach innen einen warmen Lichtschimmer warf.

»Hier drin ist es so kalt wie in einem Iglu«, beschwerte sich die Mutter.

Peinlich berührt schloss die Tochter kurz die Augen, bevor sie ebenfalls Platz nahm.

»Mein Enkel holt gleich Holz für den Kamin«, erklärte Elisabeth Mosler, während sie den Tisch der beiden Frauen eindeckte und darauf eine Kerze entzündete.

Moritz ging hinaus und kam wenige Minuten später mit einem Korb Feuerholz zurück in die Gaststube. Danach machte er sich an dem großen, offenen Kamin an der der Theke gegenüberliegenden Wand zu schaffen. Während er Papier, Späne und Holzscheite aufschichtete, schielte er immer wieder verstohlen zu Annika hinüber. Die wiederum nichts und niemanden wahrnahm. Ganz im Gegensatz zu ihrem Vater.

»Probieren Sie den Stollen. Er ist sehr gut«, meinte er, an die Neuankömmlinge gewandt. »Sieht ja aus, als ob wir noch ein Weilchen hier ausharren müssten.«

»Wollen Sie ebenfalls ins *Grand Hotel*?«, trompetete die Mutter lautstark dazwischen.

»*Grand Hotel*? Nein. Davon steht nichts in meinem Reiseführer«, antwortete Clausing. »Eigentlich sind wir hier richtig. Also abgesehen davon, dass meiner Tochter dieser Gasthof wohl ein wenig zu langweilig vorkommt.«

»Sie wollten hierher?« Die ältere Dame verdrehte die Augen. Annika blickte kurz auf, zog die Mundwinkel nach unten und nahm einen der Knöpfe aus ihrem Ohr. »*Grand Hotel?* Hört sich doch gut an. Lass uns weiterfahren«, forderte sie ihren Vater auf. Moritz zuckte bei diesen Worten kurz zusammen, was aber nur seiner Großmutter auffiel.

»Mir gefällt es hier«, fiel die Blondine ein. »Aber ich habe bei einem Preisausschreiben einen Aufenthalt im *Bergschloss* gewonnen.« Sie lächelte zart.

»Herzlichen Glückwunsch«, meinte Clausing, bevor er sich vorstellte.

»Fritz. Juliane Fritz. Und das ist meine Mutter Luise«, tat es ihm sein Gegenüber gleich.

»Genau. Die Mutter. Ich musste mit. Der Gewinn war für ein Freundinnenpaar. Aber meine Tochter hat keine Freundinnen.« Sie gluckste, es klang schadenfroh. Juliane neigte den hochroten Kopf über das Glas Tee und den Stollen vor ihr.

Moritz hatte es inzwischen geschafft, das Feuer zu entzünden. Er betrachtete die Flammen, die sich knisternd in das Holz fraßen. Noch ein bisschen Weihnachtsdeko, weitere Kerzen auf den Tischen, und es wäre fast wie in den Jahren zuvor.

Die Gäste schwiegen, alle mit dem Gedanken beschäftigt, wann und wohin sie weiterfahren könnten.

Zwanzig Minuten später war klar, dass es so bald nichts würde mit der Weiterfahrt. Das Schneetreiben hatte sich zu einem Schneesturm ausgeweitet. Da war es viel besser, in der sich langsam erwärmenden Gaststube zu sitzen, wo das Feuer im Kamin flackerte, Kerzen auf den Tischen alles in ein freundliches Licht tauchten und der Duft nach Kaffee in der Luft lag. Nach und nach entledigten sich die Gäste ihrer dicken Jacken und Mäntel und Elisabeth Mosler schnitt bereits den zweiten ihrer selbst gebackenen Stollen an.

☆ 6 ☆

Das Paar, das sich in einem teuren Geländewagen den Weg den Berg hinauf bahnte, stritt seit Stunden. Die Tatsache, dass um sie herum ein fast undurchdringlicher Schneesturm tobte und das GPS ausgefallen war, machte es nicht besser.

»Nie, nie kommen wir pünktlich weg«, schimpfte Bernhard von Otter. »Wir wollten seit einer Stunde im Hotel sein. Und jetzt das!« Seine verkrampfte Kinnpartie spiegelte die Anspannung wider, mit der er den Wagen durch die immer dichter fallenden Schneeflocken lenkte. Die Straße war weiß überpudert und wies keine nennenswerten Reifenspuren auf. Es war, als seien sie ganz alleine in einer Einöde unterwegs. Die Stille um sie herum unterstrich diesen Eindruck.

»Unsinn!«, gab seine Frau Sophie heftig zurück. »Du weißt genau, wie schwierig momentan alles in der Redaktion ist. Da kann ich nicht einfach auflegen, wenn ein Anruf kommt.«

»Ich kann das Wort Redaktion nicht mehr hören!« Bernhard schlug mit der flachen Hand aufs Lenkrad. »Du willst mir doch nicht erzählen, dass deine Kolleginnen an Heiligabend noch darüber brüten, welches sensationelle Cover sie für die Februarausgabe auswählen sollten.« Er hielt einen Moment inne, bevor er, wesentlich leiser, fortfuhr: »Sieht für mich sowieso immer alles gleich aus.«

Seine Frau schnaubte hörbar, erwiderte aber nichts. Seit

über einer halben Stunde hatte ihr Handy keinen Empfang mehr, was sie unruhig werden ließ. Natürlich hatte Bernhard recht, wenn er sich darüber beschwerte, dass sie glaubte, sogar am Heiligabend noch telefonisch erreichbar sein zu müssen. Aber er hatte einfach keine Ahnung, wie schwierig alles zurzeit war. Sophie war Ende dreißig, sie wollte beruflich noch etwas erreichen, war leistungsbereit. Seit sie den Job beim Lifestyle-Magazin *My Sweetest Home* angenommen hatte, hatte sie keine Woche weniger als 60 Stunden gearbeitet. Bisher hatte Bernhard das nicht gestört. Er war ebenfalls ein Workaholic und mit seiner Unternehmensberatung finanziell erfolgreich. Sie wussten beide, worauf sie sich einließen, als sie sich kennenlernten. Der Lohn für die Schufterei waren eine schnuckelige Stadtvilla, Sternerestaurants und exklusive Urlaube. So wie jetzt. Die Weihnachtsfeiertage in einem Luxushotel mit allem Drum und Dran zu verbringen, tagsüber auf der Skipiste oder im Spa, abends in einer edlen Bar, darauf hatten sie sich beide gefreut. Nur, dass alles keinen guten Anfang nahm. Ihr Mann war seit dem Vormittag derartig gereizt, dass sie sich inzwischen fragte, ob der Kurzurlaub überhaupt eine gute Idee war. Muffelig blickte Sophie auf die Straße. Dann schrie sie laut auf. »Stopp. Rechts abbiegen. Hier hinauf!«

Bernhard ging fluchend in die Eisen. Er erkannte jetzt ebenfalls ein auf einem windschiefen Mast angebrachtes Hinweisschild. Im Schneegestöber so schwer auszumachen, dass er fast vorbeigefahren wäre.

Minuten später hatten sie das Ende der steilen Seitenstraße erreicht. Betreten blickten sie auf das Haus vor ihnen. Eine Lichterkette zog sich am Dach entlang und aus den Fenstern schien warmes Licht. Das war ein Gasthof, aber ganz sicher kein *Grand Hotel*.

»Hier sind wir wohl kaum richtig«, brummte Bernhard beim Anblick des goldenen Sterns, der über dem Eingang prangte. Er wendete den Wagen auf dem fast leeren Parkplatz. Lediglich drei Autos standen dort.

»Halt trotzdem an«, bat Sophie. »Ich muss mal pinkeln.«

»Du willst da reingehen?«, fragte ihr Mann zweifelnd.

»Natürlich«, fauchte sie zurück. »So viel Zeit muss sein. Ich halte nicht mehr lange durch und habe keine Lust, mir bei dieser Kälte irgendwo am Straßenrand den Po abzufrieren.«

☆ 7 ☆

Die sechs Menschen im *Goldenen Stern* blickten auf, als ein modisch gekleidetes Paar die Gaststube betrat.

»Da haben Sie aber Glück gehabt, dass Sie es noch hier heraufgeschafft haben«, meinte Moritz.

»Kleine Pause«, entgegnete Bernhard. Er zog seine ledernen Handschuhe aus und klatschte sie zusammen. Sophie verschwand ohne ein Wort in Richtung der Toiletten.

»Einen Espresso, bitte«, Bernhard nickte allen Anwesenden zu und setzte sich dann an den Tisch neben einem, an dem zwei Frauen saßen. Mutter und Tochter, wie er vermutete. Die Jüngere hielt sich an einem Glas Tee fest, die Mutter schob ihr Gedeck von sich und bestellte »noch einen Rum.«

»Keine schlechte Idee«, murmelte Bernhard und orderte seinerseits einen Schnaps zu seinem Espresso. Die Wirtin brachte beides sofort.

»Draußen ist bald kein Durchkommen mehr«, meinte sie.

»Wir haben es nicht mehr weit. Zumindest hoffe ich das. Das GPS ist ausgefallen und damit auch mein Navi. Wir wollen zum *Grand Hotel Bergschloss.*« Er rührte energisch in seinem Espresso. »Wir sind wohl falsch abgebogen«, setzte er das Gespräch danach fort. »Aber Sie können uns sicher sagen, wie wir dorthin kommen.«

»Zurück zur Hauptstraße, der folgen Sie noch rund 15 Kilometer bergauf, bis zu einer Weggabelung. Von dort steigt der Weg weiter steil an, für das letzte Stück können Sie sich dann am Lichterzirkus und den Pauken und Trompeten orientieren«, erwiderte Elisabeth Mosler schmallippig. Mit dem leeren Tablett ging sie hinter ihren Tresen zurück.

»Komische Alte«, brummte Bernhard. Er trank seinen Espresso und setzte gleich darauf auch das Schnapsglas an, das er mit einem Schluck leerte.

»Ah, das tut gut«, murmelte er.

☆ 8 ☆

Sophie von Otter unterdessen ahnte nicht, womit ihr Mann sich aufwärmte. Sie stand wie vom Donner gerührt im Waschraum der Damentoilette.

»Porzellan«, murmelte sie. Ihre Finger fuhren ehrfürchtig das verblichene Dekor aus Edelweiß und Enzian nach. Entzückt betätigte sie die altmodischen Armaturen. Schön beschriftet mit »warm« und »kalt«. Sie mischte ihre bevorzugte Wassertemperatur zusammen, hielt die Hände unter den elegant geschwungenen Messinghahn, schäumte sich die Hände ein. Die Seife duftete nach ... sie musste überlegen, was es war. Heu. Genau. Die Seife duftete wie frisch geschnittenes Heu. Sophie hob die Hände mit dem weichen Schaum unter die Nase, sog den Duft ein. Nach dem ganzen Stress dieses Tages, der Anspannung, die sie nach dem Telefonat mit ihrer Redaktion ergriffen hatte, weil eine der Autorinnen ihren Text zu spät abgegeben hatte, der darüber hinaus zu kurz war, nach dem Streit mit ihrem Mann, diesem Mistwetter und der Tatsache, dass sie immer noch nicht am Ziel waren, kurzum, nach diesem langen, ziemlich beschissenen Tag, an dem sie noch keine ruhige Minute gehabt, geschweige denn etwas annähernd Weihnachtliches empfunden hatte, war es dieser Seifenduft, der ihre Sinne liebkoste und sämtliche Nervosität von ihr abfallen ließ. Es war, als habe jemand eine Tür geschlossen, hinter der sämtliche Aufregungen zurückblieben, und gleichzeitig eine andere Tür geöffnet. Die führte geradewegs auf eine Almwiese, wo es nichts Wichtigeres gab, als die Luft, die Sonne, die Blumen und Kräuter zu genießen. So, wie sie es als Kind getan hatte, wenn sie ihre Großeltern auf dem Land besuchte. Wie unendlich lang waren ihr damals die Sommerferien erschienen. Wie unbeschwert war sie durchs Leben getänzelt. Ihr kamen die Tränen und sie musste sich setzen. Die Hände voller Seifenschaum hockte sie auf einem der dreibeinigen Holzschemel, die an der Wand standen.

Wann habe ich denn das letzte Mal richtig Urlaub gemacht? So, dass alles von mir abfiel? Ohne Handy, ohne ständig das Gefühl im Nacken zu haben, immer und überall erreichbar sein zu müssen? Wann habe ich zuletzt das Gefühl gehabt, abzuschalten, einzutauchen in etwas Neues, Anderes? Mal wieder durchs Leben zu tanzen? Wann habe ich zuletzt überhaupt so etwas wie Unbeschwertheit gefühlt?

Sie hatte keine Ahnung, wie lange sie so dasaß. Bilder aus ihrer Kindheit stiegen aus der Erinnerung auf. Verbunden mit dem fast körperlich schmerzlichen Wunsch, sich einfach mal fallenzulassen, weil es kein Leben war, ständig unter Hochspannung zu stehen. Ihr Zeitgefühl kam ihr abhanden und sie erschrak heftig, als die Tür zur Damentoilette geöffnet wurde.

»Oh«, sagte die Blonde mit der etwas altmodischen Frisur. Sophie hatte sie vorhin nur im Vorbeigehen gesehen.

»Geht es Ihnen nicht gut?« Die blauen Augen blickten fragend. Sophie wurde bewusst, wie merkwürdig sie aussehen musste. Zusammengesunken auf einem Hocker, in den schaumigen Händen immer noch die Seife.

»Wussten Sie, dass diese Seife nach Heu riecht?«, fragte sie und erhob sich schwerfälliger als gewohnt. »Ganz ungewöhnlich. Mich hat das an meine Kindheit erinnert.« Sie trat zum Waschbecken, legte endlich das Seifenstück weg und spülte den Schaum von den Händen.

»Nein, das wusste ich nicht«, antwortete die andere. Sie war sehr schlank und einen halben Kopf größer als Sophie. Vielleicht stand sie deshalb ein wenig gebeugt. »Wir sind erst kurz vor Ihnen hier angekommen.«

»Mir war eben so, als würde diese Seife zu mir sprechen. Ist das nicht eigenartig?«, fuhr Sophie fort.

Die blonde Frau blickte verwirrt. »Zu mir spricht nur meine Mutter. Und das, was sie sagt, finde ich meistens schlimm genug«, erwiderte sie schließlich trocken.

Sophie musste lachen.

»Sorry, ich bin ein bisschen durcheinander, aber keine Angst, das ist kein Dauerzustand.« Sie nahm eines der akkurat gefalteten Gästehandtücher aus dem schmalen Regal neben dem Waschtisch und trocknete ihre Hände.

»Sophie von Otter. Irgendwie vom Weg abgekommen. In zweierlei Hinsicht.« Wieder lachte sie. Ihr war, als wäre sie beschwipst. Ob in der Seife mehr als Heu gewesen war? Berauschende Substanzen womöglich?

»Juliane Fritz«, antwortete die Blonde und hielt sich an ihrer Handtasche fest, als fürchte sie, Sophie entpuppe sich gleich als Räuberbraut. »Meine Mutter und ich sind ebenfalls falsch gefahren. Das Schild …« Sie verstummte, ihr Blick wanderte hilflos durch den Raum. Währenddessen hatte Sophie ihr

Handy gezückt, um ein paar Fotos vom Waschtisch, dem Porzellanbecken und den Armaturen zu knipsen. Auch den Schemel mit dem Herzchen in der Mitte der Sitzfläche fotografierte sie.

Danach holte sie einen Lippenstift in einer goldenen Hülle aus der Tasche und zog sich unter dem fragenden Blick der anderen die vollen Lippen nach.

»Sicher können wir bald weiter. Dann sehen wir uns heute Abend beim weihnachtlichen Galadinner im *Grand Hotel*. Bis dahin«, verabschiedete sie sich kurzerhand von Juliane Fritz, die immer noch wie angewurzelt mitten im Raum stand.

☆ 9 ☆

Durch die offene Küchentür drang das Klappern von Töpfen und Tellern in die Gaststube hinaus. Annika erschrak, als der junge Koch plötzlich neben ihr auftauchte, einen Teller mit einem kleinen Schokoladenkuchen in der Hand.

»Probier mal«, forderte er sie auf.

»Was ist das?«, fragte sie misstrauisch, ohne den Blick von ihrem Smartphone zu nehmen.

»Schokoladenküchlein mit einer Kirschfüllung. Habe ich gestern kreiert. Könnte ich heute als Nachtisch zubereiten, wir haben alles im Haus. Aber ich brauche eine Meinung. Meinst du, das passt zur Gans? Zu Weihnachten?«

»Nee, lass mal«, sie winkte ab. »Ich habe keinen Hunger und auf Weihnachten habe ich sowieso keinen Bock.«

Endlich hob sie den Kopf und sah ihn an. Moritz' Miene zeigte deutlich, wie schade er das fand.

»Schmeckt aber wirklich lecker.« Er zwinkerte ihr zu. Wohl in der Hoffnung, sie möge doch noch probieren.

»Du und dein Vater, ihr bleibt doch zum Essen, oder?«

Annika starrte ihn einen Moment lang fast erschrocken an.

»Sorry, ich habe echt keine Zeit. Muss meine Fotos ordnen.«

Er wirkte, als wolle er noch etwas sagen, trottete dann aber zurück in die Küche.

»Was für eine Abfuhr«, murmelte Moritz vor sich hin. Seine Großmutter, die alles mitbekommen hatte, folgte ihm.

»Bei dem Mädel kannst du kochen, wie und was du willst, die wird nicht essen. Weil sie es nicht zu schätzen weiß. Und weil sie denkt, dass Essen schlecht für sie ist.«

»Du meinst, sie ist magersüchtig?« Bestürzt blickte Moritz zu Boden.

»So dünn wie sie ist. Und trinkt bereits die dritte Diät-Cola. Den Stollen hat sie nicht mal angesehen.«

»Dabei ist sie so hübsch und scheint es nicht zu wissen. Vielleicht müsste ihr das mal jemand mit Nachdruck sagen.«

Elisabeth Mosler verdrehte die Augen.

»Und dieser Jemand wärest du gerne, sehe ich das richtig?« Sie schüttelte nachsichtig den Kopf, bevor sie die Küche verließ, weil einer der Gäste nach ihr rief.

☆ 10 ☆

Als Sophie in die Gaststube zurückkehrte, hockte Bernhard mit starrem Blick an einem der Tische. Vor ihm standen eine leere Espressotasse und ein ebenfalls leeres Schnapsglas.

»Kannst du nicht warten, bis wir im Hotel sind?«, zischte Sophie ihrem Mann zu, bevor sie sich mit professionellem Lächeln zu der Wirtin umdrehte, um ebenfalls einen Espresso zu bestellen.

»Musste mich aufwärmen. Ist ja nicht mehr weit«, lautete seine Antwort. Sophie seufzte und hielt ihm das Smartphone mit ihren Fotos unter die Nase. »Schau dir das an. Was für ein Ambiente. Davon träumt man doch, wenn man in die Berge fährt.«

»Du meinst im Gegensatz zu einem edlen Hotel mit Whirlpool, Skihang und Sterneküche?« Seine Stimme klang spöttisch. Sophie ignorierte ihn.

»Sie haben doch auch Gästezimmer?«, fragte sie die Wirtin, als die mit dem Espresso an den Tisch trat.

»Schon«, antwortete die. »Wollen Sie hierbleiben?« Ihr Blick wanderte zu dem Mann, der schräg gegenüber am Tisch saß und versuchte, mit seiner Teenagertochter ein Gespräch zu führen, was diese mit sturem Blick auf das Display ihres Smartphones kontinuierlich verweigerte. »Die beiden Herrschaften haben sich ebenfalls entschieden, hier zu übernachten. Ich muss also das Haus sowieso einheizen.«

Bevor Sophie antworten konnte, hatte Bernhard bereits abgewunken. »Wir fahren gleich weiter. Meine Frau musste nur mal dringend.«

Elisabeth Mosler hob leicht die Brauen, sagte aber nichts.

»Ja. Und dabei habe ich in Ihrem Waschraum etwas entdeckt.« Sophie, die sich kurz zu Bernhard umgedreht hatte, sprach jetzt wieder direkt zur Wirtin. »Dass Sie wirklich schöne, antike Sachen im Haus haben. Auch hier, in der Gaststube«, sie machte eine allumfassende Handbewegung. Tatsächlich hatte ihr professionelles Auge massive Holztische, Stühle mit gedrechselten Armlehnen und eine schwere Kredenz mit eingearbeiteten Intarsien entdeckt. Alles wirkte liebevoll zusammengestellt und sorgsam gepflegt. Die Wirtin aber machte ein Gesicht, als wisse sie nicht genau, worauf Sophie hinauswollte.

»Wenn Ihre Gästezimmer auch so schön sind, würde ich sie gerne mal sehen«, fuhr sie fort.

»Wozu soll das gut sein, wenn Sie doch gleich weiterfahren möchten?« Ein leiser, spitzer Unterton war nicht zu überhören.

»Sagen wir mal so, ich habe ein berufliches Interesse.«

»Ich kann Ihnen ja was zeigen«, sagte Elisabeth Mosler nach kurzem Überlegen und ging davon, um einen Zimmerschlüssel zu holen.

»Kannst du denn deine Arbeit nie Arbeit sein lassen? Immerhin ist heute Heiligabend und wir haben noch ein Stückchen Weg vor uns«, empörte sich Bernhard.

»Das sagt gerade der Richtige. Du mäkelst die ganze Fahrt über an mir herum, weil ich noch ein Telefonat führen musste. Aber wer ist denn selbst heute früh noch ins Büro gegangen und gefühlt stundenlang weggeblieben? Du! Also miss hier nicht mit zweierlei Maß. Ich schau' mir ein, zwei Zimmer an, knipse ein paar Fotos und das war es dann auch schon. In zwei Stunden sitzen wir an einem schön gedeckten Tisch, mit einem Glas Champagner in der Hand. Ob zehn Minuten früher oder später ist ja wohl egal!«

☆ II ☆

Das erste Zimmer, das Elisabeth Mosler ihrem seltsamen Gast zeigte, war ein Zirbenholzraum. Sie erklärte der Frau, die offensichtlich nicht ganz unbeschlagen war in diesen Dingen, was es mit dem Holz auf sich hatte.

»Sämtliche Wände sind damit verschalt, auch die Betten sind aus dem Holz der Zirbelkiefer gemacht. Das sorgt für tiefen, angenehmen Schlaf und einen ruhigen Herzschlag.« Die Frau war begeistert. Immer wieder nestelte sie in ihrem dunkelblonden Dutt herum, aus dem sich bereits etliche Strähnen gelöst hatten. Sie bat um die Erlaubnis, Fotos machen zu dürfen, und holte gleich ihr Smartphone aus der dunkelbraunen Tasche, die an ihrem Arm hing. Als sie ins Bad wechselte, hörte Elisabeth »Ohs« und »Ahs«.

Der Waschtisch aus Marmor entzückte sie genauso wie die Porzellanseifenschale, die man an der großen, alten Badewanne einhängen konnte.

»Diese Seife«, sie hatte nach dem frischen Stück gegriffen, das Elisabeth dort deponiert hatte, als sie noch glaubte, Übernachtungsgäste zu haben, »wo kommt die her?«

»Handgefertigt. Aus einem Dorf in der Gegend«, entgegnete Elisabeth. »Buttermilchseife mit Heu und Ringelblumen.«

»Himmlisch«, murmelte die Frau. Sie trug noch immer ihren

hellen Wollmantel. »Bisschen kühl hier drin«, merkte sie dann an.

»Wie gesagt, wenn jemand übernachten möchte, heize ich die entsprechenden Zimmer ein.«

Aber wenn niemand angemeldet ist, betrachte ich alles, was über das Minimum hinausgeht, als Energieverschwendung, fügte sie in Gedanken hinzu.

Auch das zweite Zimmer, Elisabeth nannte es den Enzianraum wegen der dunkelblauen Vorhänge und der gleichfarbigen Bettwäsche, gefiel der Frau, die sich inzwischen als Redakteurin eines Magazins vorgestellt hatte. Elisabeth nickte höflich. Sie freute sich, dass dieser Frau alles so gut gefiel, konnte sich aber immer noch keinen Reim darauf machen.

»Viele Gäste fragen in der letzten Zeit immer nur nach Kabelfernsehen und WLAN«, bemerkte sie misstrauisch. Sophie von Otter lachte nur. »Das ist schon wieder vorbei. Jedenfalls für ein Ambiente wie dieses. Da kommt es auf andere Dinge an.«

Sie schien es zu bedauern, nicht noch mehr Zimmer ansehen zu können, aber Elisabeth Mosler wollte wieder zurück ins Erdgeschoss, schließlich hatte sie noch weitere Gäste.

»Verbindung von klassischem Design und alpenländischem Flair. Perfekt für Digital Detox«, diktierte Sophie von Otter derweil in ihr Smartphone, während sie Elisabeth nach unten folgte.

☆ 12 ☆

Moritz stand hinter dem Tresen, polierte blitzblanke Gläser und blickte dabei immer wieder zu Annika hinüber. Sie war bildhübsch mit ihrem glänzenden Haar und der niedlichen Nase. Nur der mürrische Zug um den Mund passte nicht dazu. Jetzt schien sie irgendetwas zu ärgern, ganz offensichtlich hatte der Akku ihres Handys den Geist aufgegeben. Ein kurzer, heftiger Wortwechsel mit ihrem Vater schloss sich an, dann warf sie ihr elektronisches Spielzeug auf den Tisch, verschränkte die Arme vor der Brust und zog einen Schmollmund.

Moritz fragte sich, ob es stimmte, dass sie zumindest heute Nacht hierbleiben würden. Seine Großmutter hatte zwei Einzelzimmer hergerichtet, bevor die Frau im eleganten Wollmantel wie von einer Tarantel gestochen aus der Damentoilette gestürmt kam und unbedingt ebenfalls ein Zimmer ansehen wollte. Dabei wirkten sie und ihr Mann nicht gerade so, als wollten sie im Gasthof übernachten.

Moritz warf einen Blick auf die kleine Runde der weiteren Gäste. Der Mann, dessen Frau seine Großmutter in Beschlag nahm, trommelte nervös auf den Tisch. Er war ganz offensichtlich ziemlich verärgert und hatte die Abwesenheit seiner Frau genutzt, noch einen zweiten Schnaps zu trinken. Keine gute Idee, wenn er noch fahren wollte. Bei diesem Wetter noch dazu. Doch der Mann war erwachsen und es stand Moritz nicht zu, einem Gast etwas zu verweigern. Vielleicht fuhr ja auch seine Frau den Rest der Strecke. Wobei, die beiden schienen die Mühe, die es machte, bei solchen Straßenverhältnissen die Entfernung zum *Grand Hotel* zurückzulegen, falsch einzuschätzen. Zumal der Weg auf dem letzten Stück extrem steil den Berg hinaufführte.

Das Gespann aus Mutter und Tochter saß schweigend nebeneinander, wobei die Mutter gelegentlich laut und vorwurfsvoll seufzte. Dabei sah sie ihre Tochter an, als habe die das Elend dieser Welt auf sie geladen. Auch diese beiden warteten lediglich das Ende des immer noch dichten Schneetreibens ab, um weiterzufahren.

Moritz biss sich auf die Unterlippe. Ohne sich mit seiner Großmutter abzustimmen, hatte er das Backrohr vorgeheizt, um die beiden Gänse in den Ofen zu schieben. So hatten sie genügend Zeit, rechtzeitig zum Abendessen knusprig zu werden. Die Braten waren im *Eichenhof* bereits fix und fertig gefüllt und vorbereitet gewesen, als der Wasserrohrbruch sämtliche Speisepläne fortgespült hatte. Falls aber jemand heute Abend hier essen wollte, wären sie gewappnet. Annika sah zwar so aus, als ob sie sich nichts aus Gänsebraten machte, vermutlich machte sie sich überhaupt nicht viel aus Essen, aber er hoffte, ihm würde schon etwas einfallen, ihren Appetit anzuregen. Schließlich war er Koch mit Leib und Seele.

»Jetzt sitzen wir hier fest«, nörgelte die Mutter. »Nur, weil du falsch abgebogen bist.«

»Mutter, hör endlich auf. Ich bin nicht falsch abgebogen. Das Schild hat genau hier herauf gezeigt! Wenn du mir nicht glaubst, frag doch die Herrschaften am Nebentisch!« Obwohl sie nicht laut geworden war, klang ihre Stimme dennoch, als wolle sie sich gleich überschlagen. »Stimmt doch, oder? Hat mir Ihre Frau nämlich eben auf der Damentoilette erzählt«, fuhr sie, zu Bernhard von Otter gewandt, fort.

»Das Schild hat hier herauf gezeigt. Natürlich. Sonst säßen wir längst in unserem gebuchten Hotel«, brummte der. Einen Moment lang sagte niemand etwas, bis Luise Fritz zu Karlheinz Clausing hinüberrief. »Sind Sie auch hierhergelockt worden mit einem falsch stehenden Hinweisschild?«

Nun war es mucksmäuschenstill im Raum. Selbst Annika hob den Kopf und blickte sich zu den anderen Gästen um.

»Nein. Wir wollten hierher. Ein Schild habe ich nicht gesehen«, antwortete Clausing ruhig.

»Was wollen Sie damit sagen?«, wandte Moritz sich an Luise Fritz. Er hatte das Geschirrtuch weggelegt und stützte die Arme auf dem Tresen ab.

»Was wohl!«, schleuderte Luise Fritz ihm entgegen. »Dass Sie das Schild umgedreht haben und auf diese Weise Gäste, die eigentlich in ein nobles Hotel wollen, hierher locken. In diese … in dieses …« Sie suchte nach einem Wort, das unter Garantie unfreundlich war.

»Vorsicht«, meinte Moritz mit leiser, beherrschter Stimme. »Unterstellen Sie uns nichts. Wenn Sie das Schild unten an der Kreuzung falsch interpretiert haben, hat das nichts mit meiner Großmutter zu tun. Glauben Sie etwa, eine ältere Dame stapft da hinunter, um ein Schild zu drehen? Wozu sollte das gut sein? Jeder, der hier heraufkommt, sieht doch sofort, dass das nicht das *Grand Hotel* ist.« Die Worte *Grand Hotel* zog er ein wenig in die Länge.

»Ihre Großmutter war das sicher nicht, aber vielleicht Sie, junger Mann«, schnappte Luise Fritz.

Jetzt kam Moritz um den Tresen herum. Noch immer erstaunlich gelassen verschränkte er die Arme vor der Brust. »Das Wetter ist zwar schlechter als zu dem Zeitpunkt, zu dem Sie angekommen sind und ich würde Ihnen eine Weiterfahrt nicht empfehlen. Bevor Sie allerdings weiter irgendwelche Verdächtigungen in die Welt setzen, wäre es dennoch besser.«

»Wollen Sie uns rauswerfen?«, keifte Luise.

Während Juliane Fritz vergeblich versuchte, sich unsichtbar zu machen, ruhte der Blick Karlheinz Clausings auf ihr. Der sah aus, als wolle er eingreifen, tat es dann aber doch nicht. Vielmehr war es seine Tochter, die sich zu Luise und Bernhard umdrehte. »Da war kein Schild«, sagte sie. »Jedenfalls keines, das hier nach oben zeigte. Und der junge Mann da«, sie wies auf Moritz, »kam erst nach uns.« Moritz fuhr verärgert zu ihr herum.

»Willst du mich jetzt auch noch in diese absurde Geschichte mit hineinziehen?«

Annika schien jetzt erst zu bemerken, was sie da vom Stapel gelassen hatte. Sie hob leicht die Schultern und formte mit den Lippen ein stummes »Sorry«.

»Ach Quatsch«, mischte Bernhard von Otter sich ein. »Das Schild einfach umzudrehen macht doch keinen Sinn. Der junge Mann hier«, er zeigte mit einer Kopfbewegung auf Moritz, »hat recht. Wir haben alle auf den ersten Blick gesehen, dass wir falsch gefahren sind. Normalerweise hätte ich bereits auf dem Parkplatz gewendet und wäre zur Hauptstraße zurückgefahren. Aber meine Frau musste dringend mal. Und

Sie«, er wandte sich Luise und Juliane Fritz zu, »haben doch auch Augen im Kopf.« Damit lehnte er sich wieder zurück.

»Hör auf«, bat Juliane ihre Mutter. Die presste verärgert die Lippen aufeinander, blieb jedoch still.

Annika ihrerseits blickte Bernhard von Otter bewundernd an, bevor sie ihren Vater geringschätzig musterte. Der senkte die Augen auf die leere Tasse, die vor ihm auf dem Tisch stand. Er wirkte geknickt.

Kopfschüttelnd kehrte Moritz zum Tresen zurück.

☆ 13 ☆

Als Moritz das letzte polierte Glas in den Schrank zurückstellte, hörte er von der Treppe her Schritte und die Stimmen der beiden Frauen, die von ihrer Zimmerbesichtigung zurückkehrten. Bernhard von Otter sprang sofort auf, als er seine Ehefrau sah. »Wir müssen jetzt los.«

»Wenn die beiden Herrschaften fahren, schließen wir uns an«, fiel Luise Fritz ein und stieß ihre Tochter mit dem Ellbogen an. Die blickte gequält auf. »Aber es schneit noch immer heftig«, versuchte sie, das Unabwendbare abzuwenden. Doch ihre Mutter hörte gar nicht hin. Sie war bereits aufgestanden und griff nach ihrem Mantel. Die Tochter tat es ihr gleich, nachdem sie einen Schein auf den Tisch gelegt hatte.

»Kein Wunder, dass auf deinem Konto laufend Ebbe herrscht, wenn du immer so großzügig Trinkgeld gibst«, maulte die Mutter. So laut, dass Moritz es hören musste.

Bernhard von Otter hatte ebenfalls bezahlt. Während Sophie immer noch ganz aufgeregt Stichworte wie »Tiefenentspannung« und »authentischer Bergzauber« in ihr Smartphone sprach, drängte er sie zur Tür.

»Auf Wiedersehen«, rief Sophie hektisch, bevor sie nach draußen verschwanden.

Juliane Fritz warf noch einen Blick zu Karlheinz Clausing hinüber, der ihren stummen Gruß ebenso stumm erwiderte.

»Die sind verrückt«, murmelte Elisabeth Mosler. »Bei dem Wetter schaffen die das nicht.« Draußen wurden Türen zugeschlagen, Motoren wurden angelassen. Kurz darauf entfernte sich das Geräusch zweier Wagen. Die Wirtin trat vor die Tür, um kopfschüttelnd sofort zurück in die inzwischen mollig warme Gaststube zu kommen.

»Lass uns auch fahren«, forderte Annika ihren Vater auf. Clausing, der der Wirtin nach draußen gefolgt war, um das Gepäck aus dem Kofferraum seines Wagens zu holen, stellte die Reisetaschen auf den Boden. Er schüttelte vehement den Kopf. »Es ist windig und eiskalt, die Straßen sind glatt, es schneit zwar nicht mehr so stark wie vorhin, aber immer noch heftig. Außerdem, selbst wenn wir wollten – wir haben in diesem anderen Hotel nicht reserviert und würden vielleicht gar kein Zimmer mehr bekommen. Im Gegensatz zu diesem hier. Die Wirtin hat schon alles vorbereitet. Und außerdem«, er hob schnuppernd die Nase, »riecht es hier seit ein paar Minuten verdammt gut nach Gänsebraten.«

☆ 14 ☆

Moritz war in die Küche zurückgekehrt, wo er sich mit den Gänsebraten zu schaffen machte. Derweil räumte Elisabeth Mosler nach dem Abgang der vier Personen in der Gaststube auf. Inzwischen prasselte das Kaminfeuer herrlich lebendig, so dass sie den Heizlüfter wegpackte. Anschließend ging sie nach oben, um in den Zimmern für Vater und Tochter Clausing frische Handtücher auszulegen und um nachzusehen, ob die Heizkörper warm geworden waren. Nachdenklich zog sie die Visitenkarte, die Sophie von Otter ihr noch schnell in die Hand gedrückt hatte, bevor sie von ihrem Ehemann so überstürzt aus dem Haus komplimentiert wurde, aus der Tasche ihres Kleides.

»Redakteurin Wohnen«, stand darauf. Darüber, in dunkelblauen Hochglanzbuchstaben gedruckt, der Name eines Magazins, *My Sweetest Home,* von dem sie noch nie gehört hatte.

Sie wolle, so hatte die Frau ihr erzählt, prüfen, ob man nicht eine Reportage über den *Goldenen Stern* schreiben könne. Was immer das heißen mochte. Einerseits tat dieses aufrichtig scheinende Interesse Elisabeth gut, andererseits hatte sie fast schon abgeschlossen mit dem Thema. Gegen das *Grand Hotel Bergschloss* schien ihr kleiner Gasthof keine Chance zu haben. Mit Unbehagen dachte sie dabei auch an einige Renovierungen, die dringend anstanden. Das Geld, das sie dafür auf die hohe Kante gelegt hatte, war in den vergangenen Wochen dahingeschmolzen wie Schnee bei Tauwetter. Elisabeth schob die Visitenkarte zurück in die Tasche, zog die Vorhänge vor, regulierte die Heizkörper und stieg wieder hinunter in die Gaststube.

»Ihre Zimmer sind bereit«, informierte sie die beiden verbliebenen Gäste.

Clausing dankte ihr mit einem Lächeln.

Annika hatte unterdessen ihre Reisetasche komplett geleert. Ihre Siebensachen lagen wild auf dem Boden verstreut herum. »Verdammt, verdammt, verdammt«, murmelte sie.

»Was suchst du denn?«, wollte ihr Vater wissen, der angesichts des Durcheinanders ratlos wirkte.

»Mein Ladegerät! Der Akku von meinem Smartphone ist leer. Jetzt kann ich noch nicht einmal mehr Musik hören oder Spiele spielen.« So, wie es sich anhörte, würden ihr gleich die Tränen kommen.

»Lass mal sehen«, ertönte eine Stimme hinter ihr. Sie fuhr auf. Moritz war unbemerkt zu ihr getreten. Zögerlich erhob sie sich und nahm ihr Handy vom Tisch.

»Ich habe ein paar Ladekabel oben. Vielleicht passt eines davon für dein Gerät«, meinte er dann lässig.

Erstaunlicherweise blickte Annika zuerst ihren Vater an, der wiederum den jungen Mann musterte.

»Sie wohnen hier?«, wollte er wissen. Moritz nickte. »Gelegentlich. Ich habe immer noch ein Zimmer bei meiner Großmutter, weil ich hier aufgewachsen bin. Seit ein paar Jahren arbeite ich in München, zurzeit als Commis de Cuisine im Restaurant *Eichenhof.*« Er streckte Clausing die Hand entgegen. »Moritz. Moritz Mosler.«

»*Eichenhof*? Wir kommen ebenfalls aus München, ich kenne das Lokal. Noble Adresse«, meinte Clausing und schüttelte die dargebotene Hand. »Was machen Sie heute hier? Ihr Lokal wird doch an Heiligabend gut besucht sein?«

Während Moritz kurz die Situation erklärte, trat Annika ungeduldig von einem Fuß auf den anderen.

»Können wir gleich nachsehen gehen, ob eines deiner Ladegeräte passt?«, fiel sie in einer kurzen Gesprächspause ein.

»Ist das für Sie in Ordnung, Herr Clausing?«, fragte Moritz höflich.

»Ja, klar«, antwortete der mit verblüffter Miene, überrumpelt von den guten Umgangsformen des jungen Mannes. Es war Annikas Vater dabei nicht anzusehen, ob er hoffte, dass das mit dem Aufladen tatsächlich klappte.

☆ 15 ☆

Moritz' Zimmer war aufgeräumt und warm. Auf dem bunten Überwurf des Bettes stand eine unausgepackte Reisetasche, an den Wänden hingen gerahmte Fotografien.

»Sind die von dir?«, Annika zeigte auf die Bilder. Moritz nickte. »Ich fotografiere gerne, und diese hier«, er deutete auf drei großformatige Fotos, die eine verschneite Landschaft zeigten, »habe ich letzten Winter hier oben aufgenommen.«

»Sieht toll aus«, meinte Annika, bevor sie sich dem eigentlichen Zweck ihres Hierseins zuwandte. Moritz kramte bereits in einer Schublade herum.

»Das hier müsste passen«, murmelte er und zog ein Ladekabel heraus. Annika reichte ihm ihr Smartphone und er hängte alles an eine Steckdose. Das »Pling«, das ertönte, zeigte an, dass der Ladevorgang begonnen hatte.

»Toll.« Annika rieb sich die Hände. »Aber blöd, dass es hier keinen Handyempfang gibt.«

»Wie man es nimmt«, lachte Moritz und deutete mit einer Handbewegung auf einen Sessel. Annika ließ sich zögerlich darauf nieder. »Was heißt, wie man es nimmt? Vermisst du das nicht, wenn du hier oben bist?«

Moritz schüttelte den Kopf. »Ich finde es angenehm, zwischendurch offline zu sein. Die meiste Zeit über bin ich in München, da habe ich reichlich Trubel. Mein Job, meine

Freunde. Als Kontrastprogramm brauche ich immer wieder die Ruhe der Berge. Hier tanke ich auf, fühle mich geerdet, wenn du verstehst.«

Annika nickte zögerlich.

»Ich schätze die Möglichkeiten, die uns das digitale Leben gibt. Aber das wahre Leben ist mir näher. Ich will den Menschen, die sich meine Freunde nennen, in die Augen sehen können.« Er betrachtete sie mit einem langen, nachdenklichen Blick, bevor er fortfuhr. »Wenn du einen wichtigen Anruf erwartest, oder selbst telefonieren möchtest, könnte ich dir einen Ort zeigen, wo man ab und zu eine Verbindung kriegt.« Er warf einen Blick aus dem Fenster. »Es hat aufgehört zu schneien, aber der Schnee liegt inzwischen ziemlich hoch. Wir müssten ein Stück den Berg hinaufklettern. Traust du dir das zu?«

Annika nagte unschlüssig an ihrer Unterlippe. »Ich möchte meiner Mutter eine SMS schicken. Dass es mir gut geht und wegen Weihnachten und so …«, sie brach ab und blickte zu Boden. »Ich hätte viel lieber mit ihr gefeiert. Sie ist nicht so spießig wie mein Vater.« Annika seufzte tief. »Mit ihr machte selbst so ein langweiliges Familienfest Spaß.«

»Wo ist deine Mutter denn jetzt?«

»Auf Sri Lanka. Ayurveda-Kur.«

»Konntest du oder wolltest du nicht mit?«

Sie zuckte in einer hilflosen Geste mit den Schultern. »Wohl beides«, murmelte sie. »Meine Eltern leben zurzeit getrennt. Ich musste bei meinem Vater bleiben.«

»Du musstest?«

»Jepp. Er hat das sauber hingekriegt, der Herr Anwalt. Obwohl er sonst so ein Weichei ist.« Ihre Stimme klang bitter.

»Verstehst du dich nicht mit ihm?«

Sie zuckte wieder mit den Schultern und schlang die Arme um ihren Oberkörper. Eine Weile starrte sie vor sich hin. »Er hätte versuchen sollen, seine Ehe zu retten. Dann wären wir alle drei zusammengeblieben. Jetzt sehe ich meine Mutter kaum noch. Und mein Vater versteht mich nicht«, murmelte sie und angelte sich ihr Handy.

»Hier. Das ist sie.«

Auf dem Display war das Foto einer großen, schlanken und sehr schönen Frau zu sehen, die in weißen Jeans und einem türkisfarbenen Top am Geländer eines Schiffes lehnte. Hinter ihr glitzerte das dunkelblaue Meer, ihr dunkelblondes Haar wehte im Wind und sie lachte.

»Unser letzter gemeinsamer Urlaub, bevor sie Papa und mich verließ.«

»Sie sieht phantastisch aus.«

»Ja. Sie war mal Model. Vor meiner Geburt.« Annika seufzte und legte das Handy wieder weg.

»Du willst auch Model werden?«, fragte er leichthin.

»Fände ich cool. Vielleicht ist sie dann stolz auf mich und kommt zurück.«

»Schade.«

Sie blickte irritiert auf. »Was meinst du? Dass sie zurückkommen könnte?«

»Nein.« Moritz lächelte. »Ich würde heute gerne für dich etwas kochen. Leider scheinst du dir aus Essen nichts zu machen.«

Annika sah ihn unbewegt an, ihre Wangen röteten sich leicht.

»Vermutlich willst du schlank bleiben, um deine Modelkarriere nicht zu gefährden«, fuhr er in einem leicht neckenden Tonfall fort.

Sie zuckte die Achseln und schaute weg.

»Gibt es noch einen anderen Grund?«, fragte Moritz.

Es dauerte einen Moment, bis sie antwortete. »Mein Ex«, sagte sie leise. »Er fand superdünne Frauen immer attraktiv. Ich glaube, ich war ihm zu dick.«

Moritz riss überrascht die Augen auf und schnappte hörbar nach Luft. »Der Typ hat sie nicht mehr alle«, rief er dann aus. »Gut, dass er dein Ex ist. Der hat keine Augen im Kopf.«

Annika sah ihn von unten her an. »Findest du?«

»Hundert Pro. Du bist wahnsinnig hübsch. Glaub mir, du musst nicht hungern.«

☆ 16 ☆

In der Gaststube herrschte dieselbe Leere wie am Nachmittag. Karlheinz Clausing war mit dem Gepäck auf sein Zimmer verschwunden. Moritz schien noch mit dessen Tochter und deren Smartphone beschäftigt zu sein.

Elisabeth setzte sich an einen der Tische und legte die Hände in den Schoß. Sie konnte sich nicht dazu entschließen, die Tischdecken und Kerzen wieder abzuräumen. Jetzt, da es so gemütlich aussah hier drin. Was sollten sie bloß mit den zwei Gänsen anfangen, die Moritz in den Ofen geschoben hatte? Es duftete bereits appetitlich, obwohl die Braten erst in einigen Stunden fertig sein würden. Dazu hatte er mehrere Gläser Kraut, ebenfalls im Restaurant selbst gemacht, mitgebracht. Mit einer Gemüsesuppe vorneweg und Schokoladenkuchen als Dessert hätten sie ein absolut ansprechendes Weihnachtsmahl. Der gute Rote, von dem noch etliche Flaschen im Keller lagerten, passte dazu ausgezeichnet.

Zumindest die beiden Clausings würden in den Genuss dieses Essens kommen, falls die Tochter sich entschließen konnte, ihre Hungerkur abzubrechen. Sie warf einen Blick auf die Uhr. Kurz vor fünf. Noch ausreichend Zeit. Sie erhob sich, um ein paar Scheite in den Kamin zu legen, als von draußen das Brummen eines Motors zu hören war. Sollten sich weitere Reisende hierher verirrt haben?

Türen wurden zugeschlagen, dann stampfte jemand vor dem Eingang kräftig auf, um die Schuhe von Schnee zu befreien. Gleich darauf betraten eine sportlich aussehende Frau mit halblangem, sandfarbenem Haar sowie zwei Kinder das Haus. Ihnen folgte ein jüngeres Frauenpaar, die Größere der beiden hatte den Arm um ihre Begleiterin gelegt, die aussah, als würde sie gleich zu Boden sinken.

»Oh, wie gut, dass jemand hier ist«, sagte die Sandfarbene. Die Kinder, sie mochten sechs, sieben Jahre alt sein, blieben brav neben ihr stehen. Dass es sich um Geschwister handelte, war nicht zu übersehen. Das gleiche dunkle Haar, die gleichen dunkelblauen Augen, die gleichen Sommersprossen auf den Nasen. Zudem waren sie fast identisch gekleidet, trugen dunkelblaue Jeans und schwarze Anoraks.

»Die beiden Damen hatten eine Panne, sie sind ein paar Kilometer von hier liegen geblieben, ich habe sie abgeschleppt. Da ich weiß, dass auf dieser Strecke so bald keine Tankstelle mehr kommt, sind wir zu Ihnen heraufgefahren in der Hoffnung, den ADAC rufen zu können. Unsere Handys funktionieren nicht.«

Elisabeth nickte. Das durchgefroren wirkende Frauenpaar stand mittlerweile am Kamin. Die Größere der beiden hatte ihre Mütze abgenommen, rieb sich die Ohren und fuhr sich durch das raspelkurz geschnittene schwarzblaue Haar. Die andere hielt die Hände ans Feuer. Ihre dunkelroten Locken hingen ihr feucht über den Rücken.

»Oder gibt es eine Werkstatt in der Nähe?«, wollte die Schwarzhaarige wissen. Sie hatte sich zu Elisabeth umgedreht, wirkte dabei wenig hoffnungsfroh. »Wir wollten Heiligabend mit den Eltern meiner Freundin feiern und müssen noch rund dreißig Kilometer fahren.«

»Wärmen Sie sich erst einmal auf«, befand Elisabeth.

»Wir haben Sie noch gar nicht nach Ihrem Namen gefragt«, wandte sich die Schwarzhaarige an ihre Retterin.

»Kordula Strothoff«, antwortete die.

Die beiden Frauen stellten sich als Hanna Brandt und Roswitha Obermeier vor.

»Darf ich die Toilette benutzen?«, fragte das kleine Mädchen höflich. Elisabeth zeigte ihm den Weg, bevor sie zum Festnetzanschluss ging. Der schwarze Wandapparat hing hinter dem Tresen. Doch als sie den Hörer abnahm, blieb alles still. »Tut mir leid«, verkündete sie ihren Gästen. »Das Telefon ist tot. Ich kann weder den ADAC für Sie anrufen, noch den Besitzer der Werkstatt zwei Dörfer weiter erreichen.«

Unschlüssig blickten sich alle an. Kordula Strothoff zuckte mit den Schultern. »Dann werde ich wohl mit den Kindern weiterfahren.« Zu dem Frauenpaar gewandt, fuhr sie fort: »Ich muss leider in eine andere Richtung als Sie und bin spät dran. Sonst hätte ich Sie an Ihrem Ziel absetzen können.« Dann wandte sie sich an Elisabeth. »Aber vielleicht gibt es ja einen Autoverleih hier in der Gegend? Da fahre ich die beiden Damen gerne hin.« Es wirkte eher hoffnungs- als erwartungsvoll.

Die Wirtin schüttelte bedauernd den Kopf.

Roswitha legte den Kopf in die Hände, sie sah aus, als würde sie gleich anfangen zu weinen. Ihre schwarzhaarige Freundin Hanna hingegen schien nach einer Lösung des Problems zu suchen, aber keine zu finden. Der Junge war zum Fenster geschlendert. »Kordula, es fängt wieder an zu schneien«, informierte er seine Begleiterin.

»Dann wird es Zeit für uns. Wir fahren, sobald deine

Schwester von der Toilette zurück ist.« Sie klatschte energisch in die Hände.

Nach diesen Worten blieb es sekundenlang ganz still in der Gaststube. Man hörte lediglich das Knistern der Holzscheite im Kamin und das leise Murmeln des Frauenpaares. Und dann plötzlich noch etwas. Etwas Dunkles. Ein tiefes, unheilvolles Grollen, das mit einem leichten Flackern der Deckenlampe und dem Vibrieren des Holzbodens einherging, drang von draußen herein. Erschrocken fuhren alle zusammen. Der Junge war vom Fenster weggetreten, die Frau, die er Kordula nannte, legte ihm beschützend die Hände auf die Schultern. Noch einmal rumpelte es, dann herrschte wieder Stille.

»Das war eine Lawine«, erklärte Elisabeth Mosler tonlos.

Alle sahen sich an, die beiden Frauen waren kreidebleich, der Schrecken stand ihnen ins Gesicht geschrieben. Kordula sah angespannt aus. Das Mädchen kam von der Toilette, die Augen ängstlich geweitet.

»Lioba, Gustav, ihr zieht eure Anoraks aus, setzt euch hierhin und rührt euch nicht, bis ich zurück bin«, wandte Kordula sich an die Kinder. Sie deutete auf den Tisch, der dem Kamin am nächsten stand. »Ich gehe raus und sehe nach, was los ist«, fuhr sie, in Richtung Elisabeth, fort. »Seien Sie doch so freundlich, den Kindern einen Kakao zuzubereiten.« Bei diesen Worten hatte sie ihre Jacke geschlossen, die Handschuhe angezogen und war durch die Tür getreten.

☆ 17 ☆

Die Kinder saßen mucksmäuschenstill auf ihren Plätzen. Sie beobachteten abwechselnd Elisabeth, die den Kakao zubereitete, und die beiden Frauen, die sich am Tisch gegenüber niedergelassen hatten.

»Eure Mutter ist ganz schön mutig, da jetzt rauszugehen«, brach Roswitha das Schweigen.

»Kordula ist unsere Nanny«, antworteten die Kinder, fast synchron.

»Dann seid ihr wohl unterwegs zu euren Eltern?«, wollte Hanna wissen.

Das Mädchen schüttelte den Kopf, sagte aber nichts.

»Ihr müsst doch nicht etwa Weihnachten alleine feiern?«, mischte Elisabeth sich ein. Sie stellte zwei Tassen mit heißem Kakao vor den Kindern ab. »Das ist aber nicht so schön, oder?«

Die beiden wechselten einen Blick. Unschlüssig darüber, wie viel sie erzählen sollten. »Wir feiern immer mit Kordula«, befand der Junge dann. Das Mädchen senkte die Augen.

»Ihr seid Zwillinge, oder?«, mischte Roswitha sich jetzt wieder ein.

Die beiden nickten. Das Mädchen blies über seinen heißen Kakao. Elisabeth war zum Tresen zurückgekehrt. Von der Treppe in den ersten Stock waren Schritte zu hören. Karlheinz

Clausing betrat die Gaststube. Sein Haar war feucht und die Nähte seines Pullovers zeigten nach außen. Offensichtlich hatte er gerade geduscht und sich in aller Hast angekleidet. »Was war das für ein Geräusch?«, rief er Elisabeth zu, kaum dass er die Gaststube betreten hatte. Angesichts der zwei Frauen und des Zwillingspaars blieb er überrascht stehen und murmelte ein kurzes »Guten Abend«, bevor er sich erneut der Wirtin zuwandte.

»Eine Lawine ist hier in der Nähe runtergekommen«, informierte die ihn. »Mein Enkel wird gleich nach draußen gehen und nachsehen.«

Damit drehte sie sich mit einem Stirnrunzeln um. »Wo bleibt er denn?«, murmelte sie. »Er muss es doch gehört haben.«

»Wo bleibt meine Tochter?«, fiel Clausing ein. »Ist sie auf ihr Zimmer gegangen?« Elisabeth Mosler blickte auf das altmodische Schlüsselbrett hinter ihr. Es hingen alle Schlüssel bis auf den für Clausings Zimmer. »Ihr Schlüssel hängt noch hier«, sagte sie, bevor sie auf dem Absatz kehrtmachte und durch den kurzen Flur zur Treppe ging. »Ich sehe nach, wo die beiden bleiben.«

Einige Minuten später war sie zurück. Karlheinz Clausing stand immer noch da wie zuvor.

»Sie sind weg«, informierte Elisabeth ihn tonlos. »Moritz' Zimmer ist leer. Sie sind weder dort noch in der Küche noch anderswo. Ich habe im ganzen Haus nachgesehen. Nichts.«

☆ 18 ☆

Moritz musste den Schlüssel zur Hintertür genommen haben. Nur, warum hatten er und Annika das Haus verlassen? Zwar schneite es inzwischen kaum noch, doch der Schnee lag am Hang hinterm Haus fast kniehoch. Im Sommer konnte man dort einem Spazierweg hinauf in den Wald folgen. Der war jetzt unter der weißen Decke nicht zu erkennen. Deutlich zeichneten sich jedoch Fußspuren ab, die vom Haus wegführten. Clausing starrte darauf und schien kurz davor zu explodieren. »Ihr Enkel hat auf mich einen zuverlässigen Eindruck gemacht. Wie kommt er dazu, meine Tochter in die Kälte hinauszuschleppen?«

Das konnte Elisabeth ihm nicht erklären. »Womöglich war es ja andersrum? Dass Ihre Tochter ihn angestiftet hat?«

»Annika? Die ist eine totale Stubenhockerin. Die interessiert sich weder für Landschaft noch für Schnee noch für irgendetwas, wenn es nicht mit Modeln oder ihrem Smartphone zu tun hat.« Seine Stimme war laut geworden. Er schlug mit der geballten Faust gegen den Türrahmen.

»Annika!«, rief Clausing in die Dunkelheit hinein. Nicht einmal ein Echo antwortete. Nach weiteren vergeblichen Versuchen schlug er die Hände vors Gesicht. Elisabeth bat ihn zurück ins Haus und zog die Tür hinter ihm zu. Sie nagte an ihrer Unterlippe. »Wenn Moritz mit Annika zusammen das Haus verlassen hat, muss es einen guten Grund dafür geben. Vielleicht hat es genau damit etwas zu tun. Mit dem Smartphone. Hier ist kein Empfang. Aber Moritz kennt eine Stelle oberhalb des Hangs, wo es manchmal funktioniert. Gut möglich, dass sie dorthin unterwegs sind. Fragt sich nur, was Ihrer Tochter so wichtig ist, dass sie jetzt sofort telefonieren muss.«

Clausing stand da, wie vom Donner gerührt. »Da kann ich mir nur eine Sache vorstellen. Sie will mit ihrer Mutter sprechen. Die ist auf Sri Lanka und dort ist es jetzt«, er warf einen Blick auf seine Armbanduhr, »bereits fast Mitternacht«, entgegnete er mit belegter Stimme.

Sie gingen zurück in die Gaststube, wo sich Kordula Strothoff wieder eingefunden hatte. Sie war leicht außer Atem und blass vor Kälte.

»Die Lawine muss ein ganzes Stück weiter oben auf die Hauptstraße runtergegangen sein«, berichtete sie jetzt. »In der Umgebung des Gasthofs und auf der Zufahrtsstraße ist Gott sei Dank nichts zu erkennen.«

»Mein Gott«, seufzte Clausing, bevor er schwankend auf einem Stuhl Platz nahm. »Wenn nun Annika … wenn sie von der Lawine erfasst wurde … Ich muss hinaus und sie suchen!«

»Die beiden können in diesem Schnee, bei Nacht und Kälte nicht weit gekommen sein. Falls sie Handyempfang suchen, sind sie sowieso nicht in die Richtung gegangen, aus der die Lawine kam. Selbst wenn, ich bin sicher, dass es unmöglich ist, dass die beiden auch nur annähernd in deren Nähe geraten konnten.«

»Mir egal. Ich will da raus und meine Tochter suchen!«

»Denken Sie, ich mache mir keine Sorgen?«, platzte es aus der Wirtin heraus, bevor sie mit eindringlicher Stimme fortfuhr. »Herr Clausing, Sie kennen sich hier nicht aus. Wenn Annika mit Moritz unterwegs ist, ist sie in den bestmöglichen Händen. Mein Enkel kennt hier jeden Baum und jeden Stein, er ist hier aufgewachsen und verbringt immer noch viel Zeit bei mir. Die beiden werden sicher bald zurückkommen. So kalt, wie es ist, bleibt kein normaler Mensch länger als nötig im Freien.«

☆ 19 ☆

Er handelte völlig irrational, hatte seine Jacke aus dem Zimmer geholt und war zur Vordertür hinausgelaufen. Der Schnee knirschte unter seinen Sohlen, als er alles abschritt. Die überdachte Veranda links vor dem Eingang, den Parkplatz auf der rechten Seite. Er lief ums Haus herum, vorbei an der Remise, unter der Feuerholz geschichtet lag, hinüber zum Schuppen, der abgeschlossen war, zurück zum Hintereingang. Immer wieder rief er Annikas Namen. Umsonst. Er erhielt keine Antwort. Seine Tochter war nicht hier, nicht einmal in Hörweite.

Noch während er draußen herumstapfte, hörte er Motorengeräusch. Zwei Paar Scheinwerferlichter krochen über die Zufahrtsstraße, holten ihn gleich darauf aus der Dunkelheit. Ein klobiger Geländewagen bog auf den Parkplatz ein, dicht gefolgt von einem Volvo älteren Baujahrs.

Clausing lief zu den Wagen hinüber in der irrationalen Annahme, Annika könnte gleich aus einem davon herausspringen. Doch im Geländewagen erkannte er Bernhard und Sophie von Otter. Aus dem Volvo stiegen, bleich und sichtlich mitgenommen, Juliane Fritz und ihre Mutter. Letztere schmiss die Wagentür zu und stolzierte mit ausholenden Schritten zum Gasthof. Sie überließ es ihrer Tochter, das Gepäck aus dem Kofferraum zu hieven. Clausing löste sich nach einigen Schrecksekunden aus seiner Erstarrung. Er lief zu ihr hinüber.

»Ich helfe Ihnen«, sagte er und nahm ihr die beiden Koffer ab. Während sie nebeneinander her aufs Haus zugingen, erzählte sie ihm, was geschehen war.

»Eine Lawine muss abgegangen sein. Weiter oben am Berg ist die ganze Straße voller Schnee und Geröll. Völlig unpassierbar.« Offensichtlich waren sie und die von Otters auch vorher kaum vorangekommen. »Wir konnten nur im Schritttempo fahren, der Asphalt ist spiegelglatt. Ohne Bernhard und Sophie und dem Rücklicht ihres Wagens vor uns hätte ich bereits nach wenigen Kilometern umgedreht. Aber meine Mutter …«, sie gestattete sich, kurz die Augen zu verdrehen.

»Sie scheint ziemlich dominant zu sein«, entfuhr es Clausing. Juliane lachte auf und schlug sich sogleich die Hand vor den Mund. »Sie haben recht«, flüsterte sie dann. »Aber erzählen Sie es niemandem.« Sie blinzelte ihm verschwörerisch zu und zog die Tür auf. In der Gaststube setzte Clausing die Koffer ab.

»Ich muss wieder raus. Meine Tochter suchen. Sie ist verschwunden.«

☆ 20 ☆

Es war eine saublöde Idee gewesen! Annika fror entsetzlich. Zwar hielten die Lammfellstiefel ihre Füße warm und die dicke Wollmütze schützte ihren Kopf und ihre Ohren. Der Rest ihres Körpers schien sich jedoch inzwischen in Eis verwandelt zu haben. Sie waren bergauf gestapft, Moritz vorneweg, sie dicht hinter ihm. Trotz der Bewegung kroch die kalte Luft schnell unter ihre Jeans und schien sogar die gesteppte Jacke zu durchdringen. Am schlimmsten aber litten die Hände. Selbst wenn sie den Standort mit dem Handyempfang erreichen sollten, fürchtete sie, sie würde bis dahin keinen Finger mehr krümmen können. Nur, weil sie grundsätzlich ungern Handschuhe trug. Die, die ihr Vater ihr für diesen Urlaub geschenkt hatte, lagen noch immer auf dem Rücksitz seines Wagens, wohin sie sie gepfeffert hatte. Moritz blieb ab und zu stehen, um sich zu orientieren. Einmal hatte er ihr über eine Schneewehe geholfen. Als seine Hände dabei die ihren umfassten, fühlte es sich an wie ein warmes Bad. Annika wäre am liebsten so weiter gegangen. Hand in Hand. Doch er hatte sie losgelassen, gleich darauf liefen sie wieder hintereinander. Endlich war er stehen geblieben, hatte auf einen einsamen, windschiefen Baum gedeutet.

»Der höchste Punkt dieses Hügels. Versuchen wir unser Glück.« Er holte sein Smartphone heraus und tippte das Display an. Annikas Handy hatte sich zu fünfzehn Prozent aufgeladen, daher hatte sie es ausgeschaltet, um Energie zu sparen, bevor sie losgingen. Mit klammen Fingern schaltete sie es ein und prüfte den Empfang.

»Nichts«, sagte sie nach einer Weile enttäuscht.

»Bei mir auch nicht.« Moritz hatte einen anderen Provider, aber auch der schien nicht hierher zu reichen, jedenfalls nicht an diesem Abend. Ungefähr zehn Minuten versuchten sie es weiter. Umrundeten in der klirrenden Kälte den Baum, immer die Augen auf ihre Displays gerichtet. Einmal schien etwas aufzublinken, verschwand jedoch gleich wieder.

»Ich glaube, dass das Wetter heute einige Funkmasten lahmgelegt hat«, erklärte Moritz nach einem weiteren erfolglosen Versuch. »Vielleicht ist es den Geräten auch zu kalt.« Er zuckte mit den Schultern. »Sorry, da ist nichts zu machen.«

Annika nickte und verstaute ihr Mobiltelefon in der Jackentasche. Enttäuscht traten sie den Rückweg an. Sie hatten bereits über die Hälfte der Wegstrecke zurückgelegt, als sie aus der Ferne ein beängstigendes Grollen hörten. Moritz blieb sofort stehen und starrte angestrengt in Richtung Berg. Es war, als ob die Erde unter ihren Füßen schwankte. Annika schrie erschrocken auf.

»Da!«, rief Moritz aus und deutete mit dem Finger nach rechts. Obwohl der Abend so dunkel war, sah man im bleichen Mondlicht, dass sich die Luft dort drüben veränderte. Etwas, das aussah wie dichter Nebel, stieg so hoch auf, dass der Blick auf die Sterne dahinter versperrt wurde.

»Was ist das?« Annika verspürte das Bedürfnis, sofort wegzulaufen.

»Eine Lawine«, antwortete Moritz.

»Kommt sie auf uns zu?« Annikas Zähne schlugen aufeinander, sie hätte nicht sagen können, ob vor Kälte oder Angst.

»Nein, die geht ein ganzes Stück weiter weg parallel zu uns ab. Sie muss von ganz dort oben«, sein Finger zeigte auf den Berg, der rechts hinter ihnen aufragte, »gekommen sein und wird vermutlich erst im Tal zum Stillstand kommen. Wenn ich es richtig einschätze, was aber schwierig ist bei Nacht und der Entfernung, wird sie kein Dorf treffen. Dafür aber die Hauptstraße.«

»Oh Gott«, murmelte Annika. Das Grollen hatte aufgehört, es lag lediglich etwas wie ein entferntes Sirren in der Luft. Dann rieselte ein feiner Sprühregen auf sie herab. Winzige Schneepartikelchen, aufgewühlt, in die Luft geschleudert, hüllten sie ein.

Gleich darauf ertönte ein weiteres Grollen.

»Weg hier«, rief Moritz. Er griff nach Annikas Hand und zog sie hinter sich her. Nach links, weg von dort, wo das Rumoren des Schnees lauter wurde. So schnell es eben ging, stapften sie durch den hohen Schnee. Annikas Atem raste, ihr Herz pumpte schmerzhaft. Auf einmal fühlten sich ihre Beine an wie Gummi. Am liebsten hätte sie sich einfach fallen lassen, um zu heulen. Doch Moritz zog sie unerbittlich hinter sich her. »Dort hinüber«, rief er ihr über die Schulter hinweg zu. Aus der Dunkelheit schälte sich ein Gebäude. Eine Scheune, die sie bereits beim Aufstieg in einiger Entfernung passiert hatten. Dort angekommen, öffnete Moritz mit fliegenden Fingern das Vorhängeschloss, das zum Glück nicht eingerastet war, zog die Tür auf und schob Annika vor sich her ins Innere.

In dem Heuschober herrschte Dunkelheit. Moritz zog die mitgebrachte Taschenlampe aus seiner Jackentasche und

Annika erkannte, was bereits beim Eintreten ihre Nase gekitzelt hatte. Ballenweise Stroh und mehrere Haufen Heu lagen am Boden aufgeschichtet. Eine Leiter führte auf eine zweite Ebene über ihren Köpfen, die ebenfalls gut gefüllt schien. Nach der beißenden Kälte draußen kam es ihr hier drinnen beinahe warm vor, obwohl der Wind durch die Ritzen der Holzwände pfiff.

»Setz dich«, meinte Moritz und wies mit dem Strahl seiner Lampe auf einen der Ballen. »Wir sollten warten, bis Ruhe einkehrt. Nicht, dass noch mehr Schnee runterkommt und uns kalt erwischt.«

Annika blies in ihre blau gefrorenen Hände und rieb sie heftig aneinander. Von draußen war kein Geräusch mehr zu hören. Moritz ging durch die Scheune, sie war nicht wirklich groß. Nach seinem Rundgang setzte er sich neben Annika. Die konnte in der Dunkelheit fast nichts erkennen, und da ihr Handy kaum noch genügend Saft für die Lichtfunktion hatte, war sie froh, dass Moritz an die Lampe gedacht hatte. Eine Weile hockten sie stumm und frierend auf den Strohballen. Annika blies sich ununterbrochen in die klammen Hände, bis Moritz sie in seine nahm und sanft rubbelte. Ein angenehmes Gefühl durchrieselte sie. Seine Haut war viel wärmer als ihre.

»Tut mir leid, dass du deine Mutter nicht anrufen konntest«, brach er nach einer Weile das Schweigen.

»Mir auch. Sie fragt sich sicher, warum sie mich nicht erreichen kann. An Weihnachten …« Sie brach ab und rieb sich die kalte Nasenspitze. »Wen wolltest du anrufen? Deine Freundin?« Sie hatte die Frage neutral klingen lassen. In der Dunkelheit konnte er hoffentlich nicht sehen, wie neugierig sie auf seine Antwort war.

»Hab keine. Bin seit einigen Monaten Single. Sie kam mit den unregelmäßigen Arbeitszeiten nicht klar.«

Annika gab ein paar mitfühlende Töne von sich. Ohne dass sie es sich erklären konnte, freute es sie, dass da kein Mädel an seiner Seite war. Verstohlen betrachtete sie ihn im dämmrigen Licht. Er war groß, fast so groß wie ihr Vater, dem immerhin nicht viel zu 1,90 Metern fehlte. Ein Grübchen gab seinem schmalen, kantigen Kinn etwas Anziehendes.

Im Hintergrund knasperte etwas und riss sie aus ihren Betrachtungen. Moritz ließ ihre Hand los, um nach der Taschenlampe zu greifen. Im Strahl des Lichts huschte ein kleines Tier seitlich von ihnen davon. Vermutlich eine Maus. »Wir sind hier nicht alleine«, murmelte Moritz mit einem Lachen in der Stimme. Seine Augen funkelten belustigt. Als er die Hand hob, um sich damit durch das kurzgeschnittene dunkelbraune Haar zu fahren, hätte sie es ihm am liebsten gleichgetan. Beschämt dachte sie daran, wie sie ihn in der Gaststube hatte abblitzen lassen. Sie hatte ihn nicht einmal richtig angesehen dabei. Und dann ihre blöde Intervention bei der Schildersache. Das war unbedacht gewesen. Andere Leute ihre miese Laune spüren zu lassen, nur weil sie so sauer auf ihren Vater war, das ging nicht. Jetzt tat es ihr leid. Wie gut, dass Moritz nicht nachtragend war.

»Okay, wenn du wirklich willst, zeige ich dir den Punkt, an dem es manchmal Handyempfang gibt«, hatte er gesagt, nachdem sie ihn lange genug bearbeitet hatte. »Aber nur, wenn du mir versprichst, heute Abend das Menü zu probieren, das ich zubereiten werde. Denn ich koche nur für euch, ihr werdet die einzigen Gäste sein.«

Ihre Zustimmung war nur zögerlich erfolgt. Essen, das war

für sie DAS Thema, seit ihre Mutter weg war. Das mit dem Modeln war eher eine fixe Idee als ein durchdachter Zukunftsplan. Eine Art Kontaktaufnahme mit ihrer Mutter über diese Gemeinsamkeit. Gemischt mit der Hoffnung, sie wäre stolz auf die Tochter, die ihr nacheiferte.

Das diente als Entschuldigung dafür, dass sie extrem auf ihr Gewicht achtete. Momentan wog sie 45 Kilo, bei einer Größe von knapp 1,70 Metern. Viel zu wenig, wie ihr Vater ihr tagein, tagaus predigte. Aber sie mochte einfach nicht essen. Es war wie eine Wette mit sich selbst gewesen. So schön und schlank zu werden, wie ihre Mutter als junge Frau gewesen war. Bevor sie Annika bekam. Käme sie dann vielleicht sogar zurück? Es war unlogisch, das wusste Annika in realistischen Momenten nur zu gut. Gleichzeitig fühlte sie sich wie in einer Achterbahn. Einmal eingestiegen, musste man die Talfahrten und Loopings mitmachen, ob man wollte oder nicht. Inzwischen war das Essen ihr Feind geworden. Schon jetzt fürchtete sie sich vor dem Abendessen. Falls sie es schafften, rechtzeitig zum Gasthof hinunterzukommen. Ob ihr Vater inzwischen bemerkt hatte, dass ihre Jacke nicht mehr an der Garderobe hing, ihr Zimmer leer war?

»Warum haben deine Eltern sich eigentlich getrennt?« Das Licht der Taschenlampe war erloschen, Moritz wandte sich ihr erneut zu.

Annika seufzte. »Das ist eine lange Geschichte«, antwortete sie langsam. »Und ich bin mir nicht sicher, ob ich die ganze Story kenne. Für mein Verständnis hat mein Vater meine Mutter zu sehr eingeengt. Sie hat gemodelt, ein tolles Leben geführt. Vielleicht wollte sie das wieder. Da hat er einfach nicht mehr dazu gepasst.«

☆ 21 ☆

»Auf keinen Fall!« Elisabeth Mosler schüttelte vehement den Kopf. »Ich habe es Ihnen ja schon gesagt – Sie als Ortsfremder werden sich da draußen in null Komma nichts verlaufen. Annika ist bei Moritz in guten Händen. Und Sie sind jetzt schon völlig durchgefroren.« Sie warf einen vielsagenden Blick auf Clausings Schuhe. Winterschuhe mit dicken Sohlen, aber dennoch Halbschuhe. »Und Ihre schöne schwarze Jeans wird beim ersten Kontakt mit dem Schnee klitschnass werden. Dann liegen Sie mir morgen mit Fieber im Bett. Lassen Sie die jungen Leute ihre Lektion lernen. Ich koch schon mal einen Ingwertee, der sie aufwärmt, sobald sie zurück sind«, schloss sie ihr Statement.

Karlheinz Clausing wusste, dass das, was die Wirtin sagte, vernünftig war.

»Sie kommen sich nutzlos vor, wenn Sie hier bleiben. Aber Frau Mosler hat recht.« Unbemerkt war Juliane Fritz neben ihn getreten. Sie zog sich den roten Strickschal vom Hals. Er folgte ihrem Blick, sie sah zu ihrer Mutter hinüber, die mit ungeduldig trommelnden Fingern am Tresen stand und auf das Schlüsselbrett starrte. »Wir müssen hierbleiben«, rief sie ihrer Tochter zu. »Am besten, ich nehme schon mal zwei Zimmer, bevor alles belegt ist. Ich brauche nach der Tortur jetzt unbedingt ein heißes Bad.«

Juliane nickte ihr stumm zu.

»Die Zimmer sind wunderschön.« Clausing lächelte etwas schief, bevor er fortfuhr. »Darf ich Sie auf ein Glas Wein einladen? Oder etwas anderes?«

»Ja. Gerne. Wein ist gut.« Das Lächeln erhellte Julianes Gesicht, als sei ein Sonnenstrahl darauf gefallen. Clausing fragte sich eine Sekunde erschrocken, ob die Einladung ein Fehler war, und er die Frau womöglich nicht mehr loswürde. Aber sie wandte sich so unbekümmert ab, um ihren Mantel selbst auszuziehen und an die Garderobe zu hängen, dass er sich für diesen Gedanken sofort schämte. Juliane Fritz war nett, warum sollte er mit ihr keinen Wein trinken? Solange die Mutter in der Badewanne saß, würde ihm das Gespräch mit der Tochter helfen, sich etwas von der Sorge um Annika abzulenken.

Da Moritz nicht da war und Elisabeth Mosler nun mit Luise Fritz ins Obergeschoss hinaufging, saßen sie jedoch erst einmal recht stumm und ohne Getränke an ihrem Tisch. Nebenan diskutierten Sophie und Bernhard von Otter ihre Optionen.

Noch immer gab es keinen Handyempfang. Von Otter saß an einem Tisch und hatte eine Straßenkarte vor sich ausgebreitet. »Zurück nach München? Bei dem Wetter? Da sind wir ja ewig unterwegs.«

»Hier ist eine Straße.« Sophie tupfte mit dem Finger darauf.

»Ja, die führt aber nicht zum *Grand Hotel.*«

Karlheinz hatte mit halbem Ohr zugehört, als Juliane das Gespräch wieder aufnahm.

»Wo ist denn Annikas Mutter?«, wollte sie wissen.

»Weg«, murmelte er und schob die brennende Kerze auf dem Tisch hin und her. Dann seufzte er tief.

»Wir passten nie wirklich zueinander, ich habe es nur wesentlich später gemerkt als sie. Als wir uns kennenlernten, war ich Anfang dreißig, war gerade Partner in einer Kanzlei geworden. Mein Leben bestand nur aus Arbeit. Rena war nur wenig älter als Annika heute. Ein zwanzigjähriges Gelegenheitsmodel, das in einem winzigen Zimmer in einer WG hauste und sich mit kleinen Jobs durchschlug, sich dabei aber nicht davon abhalten ließ, das Leben wie im Rausch zu inhalieren. Etwas, das ich gar nicht kannte. Ich komme aus einer bescheidenen Familie. Musste mir Abi und Studium hart erarbeiten. Kannte nichts, was auch nur annähernd einem lustigen Studentenleben glich. Für mich war Rena etwas ganz Besonderes. Wir verliebten uns sofort ineinander, alles schien gut. Dass sie sich durchs Leben treiben ließ, ohne Ziel, ohne Plan, bemerkte ich nicht. Als Annika unterwegs war, war ich überglücklich. Wir heirateten, ich kaufte uns ein Haus und glaubte, alles sei wunderbar.« Er brach ab und fuhr sich mit der Hand über die Stirn.

»Als sie ging, hat sie mir nichts vorgeworfen. Sie sagte, sie sei anfangs ebenfalls glücklich gewesen. Aber dass diese Art von Glück für sie nicht reiche. Nicht für den Rest ihres Lebens. Sie brauche noch etwas anderes. Etwas, was sie als junge Frau versäumt habe. Etwas Eigenes. Sie liebe Annika, aber unsere Tochter sei jetzt imstande, ohne ihre Mutter klarzukommen.«

Er hob den Blick zu Juliane, die ihm aufmerksam zuhörte.

»Ich habe lange gebraucht, um das zu verstehen. Wir sind inzwischen ein Jahr getrennt, seit einiger Zeit weiß ich, dass meine Frau die Scheidung will. Annika glaubt, dass es an mir liegt, gibt mir die Schuld an der Trennung. Sie denkt, ich hätte zu wenig gekämpft um ihre Mutter. Hält mich für zu weich. Zu nachgiebig. Zu wenig … Mann.« Er hörte selbst, wie erschöpft seine Stimme klang. »Dabei will ich um ihretwillen keinen Krieg. Ich bin Anwalt. Ich könnte Rena das Leben zur Hölle machen, zumindest eine Zeitlang. Das war nie mein Ziel, nicht nur wegen Annika. Auch, weil ich nicht glaube, dass man eine erloschene Liebe wiederbeleben kann. So sehr man auch in die Flammen pustet, wenn ein Feuer keine Nahrung mehr hat, brennt es nicht mehr.«

»Weiß Annika das?«

»Nein«, antwortete er zögerlich. »Ich habe versucht, ihr meine Beweggründe darzulegen. Aber ich habe in den letzten Monaten immer öfter das Gefühl, nicht an sie heranzukommen. Sie schottet sich ab, lebt in einer eigenen Welt, zu der sie mir keinen Zutritt gewährt. Dass Rena die Scheidung eingereicht hat, habe ich ihr bisher verschwiegen. Auch, weil meine Noch-Ehefrau es ihr eigentlich selbst sagen wollte. Bevor sie ohne ein Wort nach Asien geflogen ist. Jetzt ist es an mir, Annika die endgültige Trennung schonend beizubringen. Das fällt mir nicht leicht, ich suche noch nach einem passenden Moment, ihr das zu sagen. Dachte, wenn sie und ich ein paar Tage gemeinsam verbringen, abseits vom Alltag, ergäbe sich die Gelegenheit. Ich weiß nur, wie sehr ich Annika liebe. Wenn ihr was passieren würde, könnte ich mir das nie verzeihen.«

☆ 22 ☆

Erneut raschelte es, dieses Mal kam das Geräusch von der Zwischendecke des Heubodens.

»Ich glaube, ich sehe noch mal nach«, murmelte Moritz. »Halte du die Leiter, ich steige hoch.«

Oben schaltete er die Taschenlampe ein und leuchtete in das aufgeschichtete Heu. Zunächst schien es, als ob er dort nichts entdecken würde. Dann jedoch stieß er einen überraschten Ausruf aus. Ehe Annika verstand, was er sagte, verschwand er im oberen Teil des Heuschobers. Als er zurückkam, grinste er. »Nur eine kleine Maus. Sie hat vermutlich mehr Angst als wir.«

Annika zog die Beine an und starrte vor sich hin.

»Schon merkwürdig. Wenn man daran denkt, was vor über 2000 Jahren in einem Stall passiert ist«, nahm Moritz nach einer Weile das Gespräch wieder auf.

Annika blinzelte zunächst, als verstünde sie nicht, was er meinte. Dann seufzte sie. »Du meinst die Weihnachtsgeschichte?« Es klang wenig interessiert.

»Genau. Immerhin der Grund, warum wir Weihnachten feiern.«

Annika blickte ihn erstaunt an. »Ist das für dich etwas Besonderes?«

»Aber ja. Für dich nicht?« Er beugte sich vor und lächelte ihr in der Dämmerung zu.

»Nö. Ich mag die Geschenke.« Sie gluckste kurz, wurde dann aber wieder ernst.

»Na ja, früher, als meine Eltern und ich noch gemeinsam gefeiert haben, fand ich es schön. Als Kind war ich immer ganz berauscht.« Sie lächelte, bevor sie fortfuhr. »Aber jetzt …« Sie machte eine wegwerfende Handbewegung.

»Schade, denn Weihnachten kann so viel mehr sein als eine Zeit des Konsums.«

»Du meinst, Besinnung und so?«

»Ja, das auch, wobei ich es Innehalten nennen möchte. Die Welt dreht sich so schnell, dass ich diese Phase für mich brauche. Mich frage, was gut war in den vergangenen Monaten und was ich für die Zukunft möchte.«

»Das kannst du doch auch ohne Weihnachten und das ganze Brimborium.«

Moritz lachte leise auf. »Die Orientierung an den christlichen Werten, das ist für mich dabei durchaus eine Leitplanke im Leben. Sie helfen mir dabei, die Dinge von der richtigen Warte aus zu sehen. Nächstenliebe, beispielsweise, ist für viele Menschen nur ein Wort ohne Bedeutung. Stattdessen beschäftigen sich immer mehr Menschen nur noch mit sich selbst und ihrer Außenwirkung.«

Annika schluckte. »So wie ich?«, fragte sie spitz.

Moritz blickte sie lächelnd an. »Hast du denn das Gefühl, dass es so ist?«

Sie zuckte mit den Schultern. »Ich möchte, dass mich die Menschen mögen. Dass sie mich als hübsch und interessant wahrnehmen«, fuhr sie nach einiger Zeit fort.

»Deine Mutter auch?«

Annika rutschte unruhig herum. »Vermutlich gerade sie«.

»Schlimm, dass du sie heute nicht erreicht hast?«

Annika schwieg lange. »Ich glaube, ich wollte einfach hören, dass ich ihr fehle. So, wie sie mir.«

»Das ist doch verständlich.« Moritz schob mit den Stiefelspitzen ein paar Strohhalme am Boden herum. »Denkst du, sie kommt zurück, wenn sie sich Sorgen um dich macht? Weil du zu wenig isst?«

»Puh. Du bist aber direkt.« Annika lehnte sich etwas zurück.

»Ich finde, man sollte aufrichtig sein im Leben. Zu sich und zu anderen. Wenn ich beispielsweise sehe, dass es Menschen gibt, die nicht genug zu essen haben, die sich über eine warme Mahlzeit freuen, weil es für sie nicht selbstverständlich ist, dann kann ich auf der anderen Seite nicht verstehen, warum jemand, der das alles hat, aus schwer nachvollziehbaren Gründen darauf verzichtet.«

Annika schaute ihn schockiert an. »Was für Menschen meinst du denn? Die in Afrika?«

»Nein, Annika. Ich meine Menschen, die am Rande der Gesellschaft stehen. Hier bei uns. Auch in München gibt es Armut.«

»Und was tust du dagegen?«, fragte sie spöttisch. »Lädst du sie in dein feines Restaurant zum Essen ein?«

»Das nicht. Ich arbeite einmal die Woche ehrenamtlich in einer Suppenküche. Dort geht es aber um viel mehr als nur Nahrung für den Körper. Der Mensch braucht Anerkennung, Ansprache, Orientierung. Ich nenne es Nahrung für Körper, Geist und Seele.«

»Du tust also Gutes?«

»Das Merkwürdige ist, dass es auch mir guttut«, erklärte er

schlicht. Um nach einem kurzen Moment hinzuzufügen: »Wenn du Lust hast, komm doch mal mit. Vielleicht verstehst du dann besser, was ich meine.«

Sie schwieg überrumpelt.

Moritz griff sanft nach ihrer Hand.

»Ist das jetzt Nächstenliebe?«, fragte sie ihn.

»Ich würde es Sympathie nennen«, antwortete er.

☆ 23 ☆

»Wir benötigen zwei Zimmer. Eines für die Kinder, das zweite für mich. Möglichst mit einem Durchgang oder direkt nebeneinander.«

Elisabeth nannte die Frau, die vor ihr stand, wegen ihres herben Äußeren und der bestimmten Art innerlich eine Gouvernante. Mit der Bezeichnung Nanny konnte sie nicht viel anfangen.

»Ein Appartment kann ich Ihnen geben. Drei Schlafzimmer, ein Wohnraum, ein kleines und ein größeres Badezimmer.« Sie deutete mit dem Stift irgendwo in die Luft. »Liegt nach vorne raus, zum Parkplatz.«

Kordula Strothoff nickte. »Prima, das nehmen wir.« Sie fragte nicht nach dem Preis, versuchte auch nicht zu feilschen, wie Luise Fritz vor ihr. Diese Frau war wie eine Krankheit. Seit sie den Gasthof betreten hatte, hatte sie kein positives Wort von sich gegeben. Die Tochter konnte einem leidtun. Elisabeth war versucht gewesen, den beiden zwei möglichst weit voneinander entfernt liegende Zimmer zu geben, aber das wollte Luise Fritz dann doch nicht. Vermutlich brauchte sie das Gefühl, ihre Tochter jederzeit zu sich zitieren zu können. Nun war diese Quengelliese endlich nach oben gegangen. Nicht, ohne über die Tatsache zu mäkeln, dass das Zimmer noch nicht richtig eingeheizt war. Elisabeth seufzte. Die Zentralheizung war eben schon älter und hätte eine Generalüberholung gebrauchen können. Sie ächzte in letzter Zeit verdächtig, aber bisher waren immer alle Räume warm geworden. Es dauerte eben ein wenig. Das Ehepaar von Otter schien entschieden zu haben, ebenfalls zu bleiben. Und die beiden Frauen? Die rothaarige Roswitha sah aus wie das Leiden Christi. Ihre Freundin wirkte zupackender.

»Lioba, Gustav, ihr folgt Frau Mosler bitte zu unseren Zimmern. Ich hole das Gepäck aus dem Wagen«, rief die Nanny ihren Schützlingen zu. Die standen sofort auf, griffen nach ihren Anoraks und blickten Elisabeth erwartungsvoll an.

»Die Kinder sind ziemlich gut erzogen«, murmelte die Wirtin mit einem verschwörerischen Blick auf Kordula Strothoff.

»Ja«, antwortete die knapp. Sie zog den Reißverschluss ihrer Steppjacke zu und klimperte mit dem Wagenschlüssel. »Wenn ich unbescheiden wäre, würde ich sagen, dass sie das mir verdanken. Aber leider werden sich unsere Wege bald trennen«, fügte sie so leise hinzu, dass nur Elisabeth sie verstehen konnte. Sie brach kurz ab und senkte die Lider. Elisabeth nahm diese Gefühlsregung erstaunt wahr. Ihr Gegenüber schien mehr als nur eine professionelle Verbindung zu ihren Schützlingen zu haben.

Bevor sie nachfragen konnte, stand Bernhard von Otter vor ihr und Kordula Strothoff marschierte mit energischen Schritten zur Tür hinaus.

»Wir brauchen ein Zimmer!« Von Otter sah nicht aus, als ob er sich darüber freuen würde.

»Sofort, ich bringe nur eben die Kinder nach oben.«

»Sind Sie ganz alleine hier?«

Hatte er das auch schon bemerkt?

»Mein Enkel ist unterwegs, aber ich glaube, wir kriegen das alles hin«, antwortete sie und bedeutete den Zwillingen, mit ihr zu kommen.

Die Zimmer des Appartements lagen so nebeneinander, dass der mittlere Raum ein Eckzimmer war. Lioba und Gustav hängten ihre Anoraks auf und kicherten, als sie sich auf die nebeneinander stehenden Betten ihres Zimmers plumpsen ließen.

»Ist euch warm genug?«, fragte Elisabeth.

Die Kinder nickten synchron.

»Ihr Kakao schmeckt sehr lecker«, bemerkte das Mädchen mit leiser Stimme.

»Dann mache ich euch später am Abend noch einen«, erklärte Elisabeth.

»Nur, wenn Kordula es erlaubt. Sie sagt, zu viel Zucker sei ungesund.«

»Da hat sie recht. Aber heute, an Heiligabend, da darf man ruhig mal über die Stränge schlagen.« Die Kinder sahen nicht aus, als wüssten sie, was das bedeutete.

»Na endlich.« Bernhard von Otter wirkte verdrossen, als die Wirtin zurückkam.

»Ein schönes Zimmer«, fiel Sophie von Otter ein. Sie war neben ihren Mann getreten. »Ganz ruhig. Mein Mann schläft schlecht in letzter Zeit.«

»Mit Ruhe kann ich Ihnen ganz sicher dienen. Ich gebe Ihnen das Zimmer, das Sie heute schon angeschaut haben. Das mit dem Zirbenholz.« Sie griff nach dem entsprechenden Schlüssel und überreichte ihn dem Ehepaar.

Wenig später hockten nur noch die beiden Freundinnen sowie Karlheinz Clausing und Juliane Fritz in der Stube. Elisabeth erinnerte sich erschrocken daran, dass Clausing vor einer halben Ewigkeit zwei Gläser Wein bestellt hatte. Sie beeilte sich, die nun zu servieren. Überraschenderweise hatten die beiden offenbar gar nicht bemerkt, wie lange das gedauert hatte. Sie befanden sich in einem angeregten Gespräch, bei dem nur der nervöse Blick, den Clausing hin und wieder auf seine Armbanduhr warf, zeigte, wie ungeduldig er immer noch auf das Auftauchen seiner Tochter wartete.

☆ 24 ☆

»Himmel, was für ein Tag.« Bernhard massierte seine Nasenwurzel. »Mir brummt der Schädel.«

»Kein Wunder. Du sitzt seit heute früh im Auto und rennst bei dieser Kälte mit einem viel zu dünnen Wollmantel herum.«

Ihr Mann legte als Antwort eben diesen Mantel über einen Sessel und inspizierte das Zimmer. »Keine Minibar hier«, brummte er.

»Und du trinkst zu viel. Schnaps mitten am Tag!«, ermahnte ihn seine Frau. »Leg dich lieber hin. Bis zum Abendessen dauert es noch ein Weilchen.« Sophie ging im Zimmer auf und ab, räumte ihre Kosmetiksachen ins Bad und hängte einige Kleidungsstücke auf. »Das lohnt sich doch nicht«, brummte ihr Mann vom Bett her. »Morgen wird die Straße hoffentlich geräumt sein, dann können wir ins *Grand Hotel* umziehen.«

Sophie zuckte mit den Schultern und fuhr fort, Dinge aus ihrem Koffer zu nehmen.

Bernhard hatte sich aufs Bett gelegt, schien jedoch keine komfortable Position zu finden. Sophie setzte sich neben ihn und strich ihm mit der Hand über die Stirn. »Was ist los?«, wollte sie wissen.

»Nichts. Nur viel zu tun.« Das war nichts Neues für sie. Bernhards Firma lief wie am Schnürchen, damit verbunden waren jedoch viele Überstunden für ihn. Er steckte das immer gut weg. Den ganzen heutigen Tag über hatte Sophie aber ständig das Gefühl gehabt, etwas belaste ihren Mann.

»Du könntest kürzertreten«, schlug sie vor. Nicht zum ersten Mal. Es gab einen Mitarbeiter, dem Bernhard zutraute, einen Teil seiner jetzigen Aufgaben zu übernehmen. Doch bisher hatte er noch keine Anstalten gemacht, ihm diese auch zu übertragen.

»Natürlich könnte ich das«, antwortete er. »Aber wozu? Du sitzt ständig im Büro, also was soll ich alleine zu Hause?«

Sophie lag eine unwirsche Antwort auf der Zunge, doch sie schluckte sie runter. Sie war über zehn Jahre jünger als ihr Mann und fest angestellt. »Du weißt, dass ich zurzeit nicht kürzertreten kann. Diese ganzen jungen, toughen Hyänen in High Heels, die nur darauf warten, dass ich schwächele, um mich dann sofort zur Strecke zu bringen.« Sie schüttelte sich leicht.

»Siehst du. Du willst auch nicht.«

Sie schwiegen eine Weile, bevor Sophie den Faden wieder aufnahm. »Ich würde schon wollen, wenn ich eine andere Aufgabe hätte, wenn ich wüsste, wofür ich meine Karriere aufgebe.«

Bernhard hob die Beine vom Bett und setzte sich auf. »Sophie. Das haben wir doch durch. Es ist uns nicht vergönnt, Eltern zu werden. Die Natur … wir müssen das annehmen.« Er rang kurz nach Worten, bevor er fortfuhr. »Mir ist definitiv nicht danach, Frankenstein zu spielen.« Sie wusste, was er meinte. Künstliche Befruchtung, Leihmutter, Reagenzglasbabys, sie hatte all das in Erwägung gezogen. Zu einer Zeit, zu der all ihre Gedanken immer nur um ein Thema kreisten: den Wunsch, schwanger zu werden. Den Wunsch, ein Kind zu haben. Bernhard war strikt gegen alles, was nicht »natürlich« war, wie er sich ausdrückte. »Man pfuscht dem lieben Gott nicht ins Handwerk«, war seine Meinung, von der er auch nicht abrückte. War es denn ein Wunder, dass sie sich seither noch vehementer in ihre Arbeit gestürzt hatte?

»Manchmal glaube ich, dass eher ich bereit wäre, einem Kind zuliebe beruflich kürzerzutreten als du. Hast du die Zwillinge gesehen? Sie sind mit einer Nanny unterwegs. An Heiligabend! Weil die Eltern der beiden anderes zu tun haben, als mit ihren eigenen Kindern Weihnachten zu feiern. Das fasse ich nicht. Als ob es darum ginge, einfach nur Vater oder Mutter zu werden. Mir wäre das nicht genug. Ich wollte immer, wenn schon Vater, unserem Kind auch ein guter Vater sein.«

»Du hast recht. Ich bin überzeugt, wir würden das geregelt bekommen. Ich bin noch nicht zu alt. Wir könnten einen Samenspender …«

Bernhard fuhr so heftig zu ihr herum, dass sie nicht weitersprach.

»Du gehst davon aus, dass es an mir liegt?« Sein ungläubiger Blick verursachte ihr unerklärlicherweise eine Gänsehaut. Ja. Sie war davon ausgegangen, dass ihr Mann zeugungsunfähig war. Weil sie nie anders darüber nachgedacht hatte. Ihr Zyklus kam regelmäßig, sie war jung genug und kerngesund. Jetzt schämte sie sich für diesen voreiligen Gedanken.

»Wir haben uns nie untersuchen lassen«, entgegnete sie lahm.

»Ich brauche keine Untersuchung.« Bernhard erhob sich und trat zum Fenster. Die Hände in den Hosentaschen blickte er in den lichtlosen Abend hinaus.

»Ach, nicht?«, Sophies Stimme war spitz geworden. »Dann

ist ja alles in Ordnung. Allerdings könnten wir es durchaus mal wieder versuchen.« Noch spitzer. Sie konnte es nicht ändern, das Thema ließ sie nicht los.

»Sophie, wenn du ein Kind willst, musst du dich nicht nur fragen, wann du dich darum kümmern willst, sondern dich selbst einmal durchchecken lassen.« Der Blick, den er ihr zuwarf, sprach Bände. Sie hatte sich bisher nicht untersuchen lassen. Jetzt mit dieser Forderung konfrontiert zu werden, bereitete ihr schon fast körperliches Unbehagen.

»Du deutest an, es könne an mir liegen? Warum hört sich das so überzeugt an?«, fragte sie nach einer Weile.

Bernhards Kopf ruckte nach oben. Seine Schultern versteiften sich. Sichere Anzeichen dafür, dass er etwas Wichtiges mitzuteilen hatte. Doch auf das, was kam, war Sophie nicht vorbereitet.

»Ich weiß es, denn ich bin bereits Vater geworden.«

☆ 25 ☆

Als sie das Schlagen der Hintertür hörte, eilte Elisabeth Mosler sofort in den Gang hinaus. »Moritz!«, rief sie aus, als sie die beiden durchgefrorenen Gestalten ins Haus taumeln sah. »Wo um alles in der Welt wart ihr?« Sekunden später stand Karlheinz Clausing neben ihr. Es war ihm anzumerken, dass er mit sich kämpfte. Einerseits war er wütend auf seine Tochter, andererseits erleichtert, dass sie heil und gesund zurück war. Letzteres gewann die Oberhand, er trat auf sie zu und schloss sie in die Arme.

»Ich habe mir Sorgen um dich gemacht«, murmelte er in ihre Wollmütze hinein.

»Alles gut. Annika wollte telefonieren. Hat leider nicht geklappt. Als wir die Lawine hörten, haben wir uns sofort auf den Rückweg gemacht«, übernahm Moritz die Erklärung.

»Ich habe frischen Ingwertee für euch.« Elisabeth schob die beiden vor sich her in die Gaststube. Während Annika ihren Tee trank, ging Clausing nach oben, um für sie ein heißes Bad einzulassen. Moritz winkte ab, er verschwand kurz in den privaten Bereich, bevor er sich in der warmen Küche einfand.

»Die Gänse sind recht groß. Für neun Erwachsene und zwei Kinder reicht es locker«, verkündete er seiner Großmutter. »Und für uns beide auch noch.« Er sah aus, als wolle er noch etwas hinzufügen, ließ es dann aber bleiben.

☆ 26 ☆

Nachdem auch Hanna und Roswitha eingesehen hatten, dass die Reise für sie an diesem Abend nicht mehr weiterging, und daher ebenfalls ein Zimmer bezogen hatten, und nachdem Juliane Fritz nach oben gegangen war, räumte Elisabeth die Gaststube auf, wechselte zwei heruntergebrannte Kerzen aus und schürte das Feuer. Trotz der beißenden Kälte lüftete sie ein paar Minuten, um die verbrauchte Luft hinauszulassen. Was jetzt noch fehlte, war ein Weihnachtsbaum. Wie jedes Jahr hatte sie ein Bäumchen im Topf gekauft, das traditionell im Frühjahr im Freien eingepflanzt wurde. Nur dass sie angesichts der fehlenden Buchungen diese kleine Tanne in ihrem privaten Bereich aufgestellt hatte. Nun holte sie sie in die Gaststube herunter, stellte sie in der Zimmerecke, die sich neben dem Kamin befand, auf ein Holzpodest, schob alles ein bisschen hin und her und ging noch einmal hinauf, um den Christbaumschmuck zu holen. Als sie zurückkehrte, waren Kordula Strothoff und die Zwillinge wieder heruntergekommen und hatten an einem der hinteren Tische in der Nähe des Kamins Platz genommen. Die Kinder waren über ein Memory-Spiel gebeugt, die Nanny las ein Buch. Sie bestellte eine Kanne Pfefferminztee für sie alle. Das Mädchen rutschte von seinem Stuhl, als es den Christbaumschmuck sah. »Dürfen wir den Baum schmücken?«, fragte es eifrig. Elisabeth nickte und stellte die Schachtel auf einem Stuhl ab. »Nur zu.« Mit einem Blick auf die Uhr wandte sie sich an die Nanny. »Das Essen dauert noch ein wenig. Angesichts der Umstände werden wir hoffentlich für alle gemeinsam um acht Uhr servieren können. Falls aber die Kinder vorher etwas haben möchten, kann ich ein paar Brote richten.«

Lioba und Gustav schüttelten die Köpfe, bevor sie Christbaumkugeln, Lametta und anderen Baumschmuck aus dem Karton hoben.

Kurz danach betrat Luise Fritz den Raum. Sie blickte sich um, als suche sie nach etwas, worüber sie sich aufregen könnte. Als sie nichts zu entdecken schien, nahm sie am Tisch neben der Eingangstür Platz, bestellte einen Portwein und zog etwas Strickzeug aus ihrer Tasche. Nur wenig später tauchte ihre Tochter auf. Juliane hatte ihr Haar gerichtet und Hose und Stiefel gegen ein dunkles Kleid mit einem hellen Kragen und halbhohe Pumps eingetauscht. Sie schloss sich der Bestellung ihrer Mutter an.

»Im Zimmer neben meinem wurde lautstark gestritten«, verkündete Luise. »Den Stimmen nach müsste es das Ehepaar von Otter gewesen sein.« Juliane hob die Brauen, sagte aber nichts.

Eine Zeitlang war es ganz still bis auf das halblaute Gemurmel der Kinder und das Klappern von Luises Stricknadeln. Als plötzlich die Tür aufflog und mit einem lauten Krachen an die Wand donnerte, schrien die beiden Frauen am vorderen Tisch unisono auf. Kordula Strothoff ließ ihr Buch in den Schoß sinken, die Zwillinge erstarrten mitten in der Bewegung.

Einen eiskalten Luftschwall hinter sich herziehend, trat ein Mann in einem dick mit Fell gefütterten Mantel und einer

Schneemütze auf dem unbedeckten Kopf ein. Sein Gesicht war hochrot und kontrastierte merkwürdig mit dem kurz geschnittenen, silbergrauen Haar und dem Ziegenbärtchen, das dem Mittfünfziger wohl einen jugendlichen Anstrich geben sollte. In seiner Rechten baumelte ein lebloser Hase, in der Linken hielt er eine Taschenlampe.

»Himmel!«, stieß Elisabeth aus.

»Das ist doch …«, fiel Luise Fritz ein.

»Marc-Oliver Brettschneider«, ergänzte Moritz, der aus der Küche gekommen war, in der Hand ein Küchentuch, mit dem er sich die Finger rieb. Sämtliche Köpfe hatten sich dem Neuankömmling zugewandt, der nun, da der Schnee auf Kopf und Schultern in der Wärme zu schmelzen begann, reichlich feucht wirkte.

»Der Star-, Sterne- und TV-Koch«, informierte Luise ihre Tochter in genau dem Flüsterton, der überall zu hören war.

»Ich weiß, Mutter. Aber ›Trash‹ hast du vergessen«, konterte die kühl und erntete ein schelmisches Grinsen der Nanny.

An Marc-Oliver Brettschneider führte seit geraumer Zeit kein Weg mehr vorbei. Er war mit einer Kochsendung am Nachmittag gestartet, war bald darauf in der Primetime mit einem Küchenquiz aufgeschlagen und gab inzwischen in sämtlichen Kochzeitschriften seinen Senf zu allen erdenklichen Küchenfragen dazu. Sein Restaurant, eines der teuersten in München, war für Monate im Voraus ausgebucht und seine Kochbücher standen stets ganz oben auf den Bestsellerlisten. Der Mann war berühmt, beliebt und inzwischen auch reich geworden. Das Ganze hatte nur einen klitzekleinen Haken – Brettschneider war kein begnadeter Koch, er gehörte eher zum gehobenen Mittelmaß. Er war aber ein begnadeter Selbstdarsteller, der sein Publikum mit seinem Auftreten derartig blendete, dass es nicht mehr so genau hinsah.

»Dieser Aufschneider«, murmelte Moritz sogleich auch fast tonlos. »Was will der denn hier?«

Gar nichts wollte der Starkoch im *Goldenen Stern*, das stellte er auch gleich sehr deutlich klar.

»Was ist das für ein Mist da unten auf der Straße?«, schimpfte er, kaum dass er einen Fuß ins Haus gesetzt hatte. Die Tür hinter sich ließ er offen, die eisige Kälte ignorierend, die dadurch ungehindert in den Raum drang, so dass sämtliche Anwesenden die Arme um sich schlangen.

»Erst läuft mir dieser hier vor den Wagen«, er hob den weißen Hasen an den Ohren nach oben, »so dass ich im Straßengraben lande. Dann war auf der Hauptstraße nach oben kein Durchkommen mehr. Gibt es hier keinen Räumdienst!?«

Der Mann war das perfekte Ekel. Moritz ging an ihm vorbei und warf die Tür mit solcher Wucht zu, dass alle zusammenzuckten. Einen Moment lang war es still, man hätte eine Stecknadel fallen hören können. Brettschneider räusperte sich und fuhr, in lediglich eine Nuance gedämpfter Lautstärke fort. »Also, kann mir hier jemand sagen, wie ich zum *Grand Hotel Bergschloss* komme?«

Jemand kicherte, es war Luise.

»Wir sind weder die Auskunft noch ein Taxiunternehmen, noch verantwortlich für den Räumdienst«, durchbrach Moritz mit kalt blitzenden Augen die Stille. »Wenn Sie ins *Grand Hotel* wollen, laufen Sie doch einfach. Hierher haben Sie es ja auch geschafft!«

Natürlich war das kein Vergleich. Von der Hauptstraße zum

Gasthof waren es lediglich zweihundert Meter. Bis zum *Grand Hotel* jedoch noch rund zwanzig Kilometer, und das den Berg hoch.

»Oh«, gluckste eine der beiden Frauen bei Moritz' reichlich frecher Antwort. Die Kinder erlaubten sich unter dem strengen Blick ihrer Nanny lediglich ein kurzes Grinsen.

»Unverschämtheit! Wer sind Sie, dass Sie sich so aufführen!« Brettschneider ließ den komatösen Hasen auf einen Stuhl fallen und trat, die Hände in die Hüften gestützt, auf Moritz zu. Der wich keinen Millimeter zurück und verschränkte die Arme vor der Brust.

»Das ist mein Enkel, und dies hier ist mein Gasthof«, trat Elisabeth zwischen die beiden Streithähne. »Und wenn Sie sich nicht benehmen, mache ich von meinem Hausrecht Gebrauch und werfe Sie hinaus!«

»Das dürfen Sie nicht«, trompetete der Fernsehkoch, bevor ein Niesanfall ihn kurzzeitig lahmlegte. Um seine Füße herum hatte der getaute Schnee bereits eine kleine Pfütze gelegt.

»Oh doch. So, wie Sie sich hier aufführen!« Karlheinz Clausing hatte die Arena betreten und seine Stimme erhoben. Sämtliche Köpfe wandten sich ihm zu.

»Gestatten, Dr. Clausing, Rechtsanwalt.« Er stellte ein Bein vor, verschränkte ebenfalls die Arme vor der Brust und genoss den kurzen Moment, in dem Juliane Fritz ihm einen bewundernden Blick schenkte.

Die Zwillinge hatten den Christbaum Christbaum sein lassen und begutachteten den Hasen. »Der lebt noch«, flüsterte das Mädchen seinem Bruder zu. Tatsächlich hob und senkte sich das weiße Fell und die kleine Nase schien etwas zu erschnuppern. »Das ist ein Schneehase«, flüsterte der Junge zurück.

Brettschneider achtete nicht auf die beiden. Er war immer noch auf Krawall gebürstet. »Dann rufen Sie mir ein Taxi. Oder einen Helikopter. Oder irgendjemanden, der mich aus dieser Baracke hier abholt und mich zu meinem Hotel bringt. Immerhin habe ich dort morgen ein großes Schaukochen! Und hier hat mein Handy keinen Empfang.« Empört von dieser Tatsache schwang er ein ultraleichtes, superschickes Modell in der Luft herum.

Elisabeth schnaufte und trat hinter den Tresen. Sie nahm den Hörer von ihrem altmodischen schwarzen Wandtelefon und schwenkte ihn hin und her. »Nicht nur die Handys sind tot, auch das Festnetz.« Sie knallte den Hörer auf. »Selbst wenn ich dort oben anrufen könnte, ich hege nicht die geringste Hoffnung, dass jemand durch dieses Schneetreiben herunterkommt und Sie abholt.«

Das saß. Brettschneider schien zu schrumpfen und nur noch von seinem Mantel aufrecht gehalten zu werden. »Hier bleib ich auf keinen Fall! Ich muss mich nur aufwärmen, dann werde ich den Rest zu Fuß gehen. Und wenn ich über das gesamte Geröll klettern muss«, grummelte er.

Nach diesen Worten schleuderte er seinen Mantel von sich, trat vor den Tresen und orderte einen Tee mit einem ordentlichen Schuss Rum. Während Elisabeth Mosler das Gewünschte zubereitete, trugen die beiden Kinder den matten Hasen in die Ecke neben dem Kamin und setzten ihn unter dem Weihnachtsbaum ab.

»Ob er Hunger hat?«, fragte das Mädchen.

»Glaub ich nicht, der ist bewusstlos. Wir müssen einfach warten, bis er wieder aufwacht«, antwortete sein Bruder. Die Nanny sah stirnrunzelnd zu ihnen hinüber. »Der Hase mag noch so niedlich sein – er ist ein frei lebendes Tier. Denkt also daran, euch die Hände zu waschen, bevor ihr nachher anfangt zu essen.«

»Och, da ist ja noch viel Zeit«, meinte der Junge.

»Heute ist Heiligabend. Da dürfen die Kinder sicher länger aufbleiben«, meinte Juliane.

»Pah! Weihnachten! Alles nur sentimentales Getue! Und was verstehst du denn von Kindern?«, ätzte ihre Mutter.

»Ihre Tochter hat doch recht. Weihnachten ist etwas Besonderes«, mischte sich Clausing ein. Er zwinkerte Juliane dabei aufmunternd zu. Die errötete scheu.

☆ 27 ☆

Bernhard von Otter lief seit einer halben Stunde mit verbissenem Gesichtsausdruck im Zimmer auf und ab. Sophie saß wie schockgefroren auf ihrer Seite des Bettes, die Arme unnatürlich steif vorgestreckt, die Hände mit den verkrampften Fingern auf den Knien. Was ihr Mann ihr da soeben gestanden hatte, machte sie abwechselnd fassungslos, wütend, traurig und ratlos.

»Vater, du?«, hatte sie ihn gefragt. Im Hintergrund scannte ihr Gehirn die Tatsachen ab. Sie und Bernhard waren seit fünfzehn Jahren verheiratet, seit etwas mehr als sechzehn ein Paar. Natürlich konnte er einen Sohn oder eine Tochter haben, die aus einer Verbindung vor ihrer Zeit stammte. Nur, warum hatte er ihr das nie erzählt? Das Kind könnte inzwischen erwachsen sein, je nachdem, in welchem Alter er es gezeugt hatte. Doch Bernhard sprach nicht von einer lange zurückliegenden Verbindung. Im Gegenteil.

»Seit wann?«, wollte sie wissen, nachdem sie ihre Fassung wiedergewonnen hatte. Bernhard hatte entnervt nach oben geblickt, dann nach unten, dann wieder geradeaus. Überallhin, nur nicht zu ihr.

»Seit heute«, zwang er sich schließlich zu antworten. Das war der Moment gewesen, ab dem sich Sophie in einer Gefühlsspirale befand, die nur in eine Richtung führte – nach unten. Da spielte es auch keine Rolle, dass Bernhard die Mutter seiner neugeborenen Tochter offenbar nicht kannte, nicht wirklich jedenfalls.

»Du erinnerst dich vielleicht an den Riesenabschluss, den wir im Frühjahr in Stuttgart gefeiert haben«, begann er seine Beichte. »Während die anderen noch um die Häuser zogen, bin ich zurück ins Hotel.«

Sophie wusste, dass ihr Mann selten mehr als ein, zwei Gläser mit Geschäftspartnern trank und sich stets ausklinkte, wenn es danach noch hoch her ging. Es war einfach nicht sein Ding. Doch an diesem Abend war wohl etwas anders gelaufen als erwartet.

»Ich konnte nicht schlafen, mir gingen so viele Dinge durch den Kopf. Lange Rede, kurzer Sinn: Ich lernte eine Frau an der Hotelbar kennen. Immobilienmaklerin, sie hatte ebenfalls einen Abschluss zu feiern, wir kamen ins Gespräch.« Er brach ab, es fiel ihm schwer, all das zu erklären, was nicht wirklich zu erklären war. Man konnte beide von Otters als Workaholics bezeichnen. Sie stritten durchaus öfter, meistens temperamentvoll. Manchmal gingen sie sich gehörig auf die Nerven. Aber eines stand nie in Frage. Es handelte sich um das Fundament ihrer Ehe: Sie liebten sich. Sophie hatte ihren Mann nie betrogen, nicht einmal in Gedanken. Und er, dessen war sie sich selbst in diesem Moment sicher, war ihr bis auf dieses eine Mal ebenfalls treu gewesen.

»Ein klassischer One-Night-Stand. Ich habe danach nie mehr von ihr gehört. Bis heute. Das war der Grund, warum ich ins Büro gefahren bin. Um von dort aus in Ruhe zu telefonieren. Sie schickte mir eine SMS auf mein Handy mit dem

Foto eines neugeborenen Kindes und der Bitte zurückzurufen. Sie wollte mich wissen lassen, dass ich eine Tochter habe. Mehr nicht. Sie wird mich nicht als Vater eintragen lassen, will kein Geld. Sie will nur eines – die Sicherheit, dass ich mich um das Kind kümmern werde, sollte ihr vor dessen Volljährigkeit etwas zustoßen.«

Sophie war so baff, dass sie kein Wort mehr herausbrachte.

Eine Weile saß sie so da, dann fing sie an zu weinen. Leise, verzweifelt, hoffnungslos. Bernhards Geständnis hatte sie nicht nur emotional tief getroffen. Dadurch war auch etwas zwischen ihnen in Schieflage geraten. Er hatte ein Kind. Sie würde niemals eines haben.

☆ 28 ☆

Annika war dankbar für den Tee. Auf dem Rückweg von der Scheune in den Gasthof hatte sie erneut jämmerlich gefroren. Dabei hatte Moritz sie die ganze Zeit an der Hand gehalten, damit sie nicht stolperte oder fiel. Noch immer gingen ihr seine Worte im Kopf herum. Er wirkte nicht nur cool, er war es auch. Weil er mit sich im Reinen war und seine Ziele im Leben gefunden hatte. Davon war sie noch weit entfernt. Das Durcheinander in ihrem Kopf, in ihren Gefühlen, hätte sie auch gerne geordnet.

»Du musst das selbst tun. Das kann dir keiner abnehmen«, hatte Moritz gesagt. »Helfen kann man aber schon.«

Nur wie, dazu waren sie nicht mehr gekommen. Die bittere Kälte und die Tatsache, dass es am Berg nun ruhig war, hatten sie veranlasst, die Scheune zu verlassen und eilig zurück zum Gasthof zu gehen. Nun lag sie schon eine ganze Weile in der Badewanne, doch irgendwann war kein heißes Wasser mehr nachgeflossen. Vermutlich war sie nicht die Einzige, die badete. Beim Abrubbeln blickte sie in den Spiegel. Das, was sie sah, was sie normalerweise entzückte, versuchte sie jetzt, mit anderen Augen zu betrachten. Die Rippenbögen, die sich deutlich unter der Haut abzeichneten. Den konkaven Bauch mit den hervorstehenden Hüftknochen, die Lücke zwischen ihren Schenkeln. Leider schien ihr Busen im Laufe der letzten beiden Jahre ebenfalls geschrumpft zu sein. Ganz zu schweigen von ihrer Periode. Die blieb immer öfter aus.

»Mama hätte das bemerkt«, dachte sie. Aber ihr Vater schien dafür keine Antennen zu haben. Wie auch? Er war eben ein Mann, beruflich sehr eingespannt und irgendwie fehlten ihnen beiden häufig die Worte, um sich miteinander zu verständigen. Ihre Gedanken wanderten zurück zu der Situation in dem Heuschober. Es war kalt gewesen und sie hatte Angst vor einer weiteren Lawine gehabt. Auf eine merkwürdige Art hatte sie sich trotzdem wohl gefühlt mit Moritz. Er hatte so etwas Lässiges. Er war eben cool, ohne kühl zu sein. Und Moritz fand sie hübsch. Nicht zu dick. Eher zu dünn. Ihr wurde ganz warm ums Herz, als sie daran dachte, wie er ihre Hände in seine genommen hatte. Er sah so verdammt gut aus. Sie grinste beim Ankleiden vor sich hin. Beschloss, sich einen Zopf zu flechten und den neuen roten Pulli anzuziehen, den sie sich vor zwei Tagen als vorgezogenes Weihnachtsgeschenk ihres Vaters gekauft hatte. Einen Stich hatte es ihr schon versetzt, dass nichts von ihrer Mutter gekommen war. Kein Anruf, keine Mail, kein Päckchen. Natürlich konnte es sein, dass sie sich heute schon den ganzen Tag die Finger wund wählte. Aber irgendwie glaubte Annika nicht mehr so richtig daran. Ihre Mutter saß bei hochsommerlichen Temperaturen am Indischen Ozean unter Palmen. Da konnte man schon mal das deutsche Weihnachtsfest vergessen.

Sie hatte noch etwas Mascara und Lipgloss aufgelegt, sich im Spiegel betrachtet, sich leidlich hübsch gefunden. Auf den Abend gefreut. Trotz des Versprechens, das sie Moritz gegeben hatte. Sie würde probieren, was er kochte, das auf jeden Fall. Es musste ja kein großer Teller sein.

☆ 29 ☆

In der Zeit, in der Marc-Oliver Brettschneider seinen Tee trank und sich am Kamin aufwärmte, füllte sich die Gaststube langsam. Zunächst betrat Bernhard von Otter den Raum und trank, noch am Tresen stehend, erneut einen Schnaps. Kurz nach ihm kamen Hanna und Roswitha, Hand in Hand. Annika tauchte ebenfalls wieder auf. Ihr Gesicht war vom heißen Bad gerötet, ihr langes Haar zu einem dicken Zopf geflochten, der über ihre rechte Schulter hing.

Alle hatten sie beim Anblick des Neuankömmlings gestutzt, um sich dann mit stummen Blicken untereinander zu verständigen.

Ja, er ist es!

Brettschneider schien sich zwar im Bewusstsein zu sonnen, von allen erkannt zu werden, seine Laune verbesserte das aber nicht.

Das Vorhaben, sich zum *Grand Hotel* durchzukämpfen, hatte er nicht aufgegeben. Mit großer Geste kaufte er noch eine Flasche Schnaps, zog seinen Mantel über und näherte sich dem Hasen. Dessen Nase zuckte heftig, ein deutliches Lebenszeichen.

»Den nehme ich mit. Der kommt in den Kochtopf!«

Empört schrien die Zwillinge auf und stellten sich ihm in den Weg.

»Ein Hase? An Weihnachten? Sind Sie von Sinnen?«, hielt ihm Roswitha vom Nebentisch aus vor. Er fuhr herum und zeigte mit dem Finger auf sie.

»Genau. Ein Hase. Das ist etwas Besonderes. Das wird meine Show so richtig zum Knüller machen. Gans an Weihnachten kann ja jeder!«, gab Brettschneider ungerührt zum Besten. Lioba fing an zu weinen. Ihr Bruder legte den Arm um sie.

Brettschneider schob die beiden grob zur Seite.

Das war der Moment, in dem Kordula Strothoff lässig aufstand und sich zwischen den Hasen und Brettschneider stellte. »Das Tier gehört Ihnen nicht. Sie haben es angefahren, aber es lebt. Und dabei wird es bleiben.«

Brettschneider schüttelte den Kopf, als habe er es mit Leuten zu tun, die schwer von Begriff waren. »Gehen Sie mir aus dem Weg«, knurrte er und versuchte, sie grob zur Seite zu schieben, um nach dem Tier zu grabschen. Die Nanny wich keinen Millimeter zur Seite. Sie stemmte die Fäuste in die Hüften und senkte leicht den Kopf.

»Wer sind Sie? Emma Peel?«

»So ähnlich.« Sie fixierte ihn mit unbewegter Miene, bis er, deutlich verunsichert, zurückwich. Dabei murmelte er etwas, das sich wie »Kampflesbe« anhörte. Das Frauenpaar reagierte empört. »Sie homophober Chauvinist!«, rief ihm Hanna hinterher, als er sich endlich zur Tür bewegte.

»Hören Sie, in diesen Sturm können Sie nicht hinaus. Wir haben das vorhin mit den Autos nicht geschafft. Zu Fuß ist es ein Himmelfahrtskommando. Schon unter günstigeren Bedingungen viel zu weit. Sie werden vom Weg abkommen und erfrieren.« Bernhard versuchte, den Starkoch zur Besinnung zu bringen.

»Glauben Sie mir. Erfrieren ist nicht das Schlimmste. Ich habe einfach keine Wahl«, antwortete der ihm, so leise, dass kein anderer es hören konnte. Dann verschwand er in die Nacht und hinaus in das Schneetreiben.

☆ 30 ☆

»Wir können den Mann doch nicht einfach in den sicheren Kältetod schicken.« Bernhard war völlig aufgebracht.

»Er ist alt genug, um zu wissen, was er tut«, sagte Luise spöttisch.

»Wir waren eben dort draußen. Der schafft es nie und nimmer den Berg hoch, das wissen Sie selbst«, meinte Bernhard.

»Was sollen wir denn tun?«, fragte Juliane.

»Wer riskiert schon seine Gesundheit für so einen Unsympathen?«, sagte Clausing, ohne eine Antwort zu erwarten.

Während alle noch wild durcheinanderredeten, verschwand Moritz. Er kam, mit dicken Stiefeln an den Füßen und einer Steppjacke angetan, zurück. »Ich gehe ihm nach und versuche, ihn umzustimmen«, verkündete er. »Ich kann ihn zwar auch nicht leiden, aber ihn morgen steif gefroren von der Piste tragen zu müssen, ist keine schöne Vorstellung.«

»Nein!«, rief seine Großmutter. »Du warst schon viel zu lange in der Kälte heute. Wenn du jetzt noch einmal hinausgehst, holst du dir den Tod.«

»Deine Großmutter hat recht«, fiel Clausing ein. Sie hätten sich noch eine Weile die Köpfe heißgeredet, wenn nicht, von allen anderen unbemerkt, jemand den Gasthof verlassen hätte. Erst das Zufallen der Tür beendete die Diskussion. Irritiert blickten sich alle um.

»Kordula ist rausgegangen«, erklärten die Zwillinge. »Sie holt den Mann zurück. Auch wenn er es nicht verdient hat.« Lioba hielt den Hasen im Arm, der zwar immer noch matt, aber mittlerweile deutlich lebendiger wirkte.

»Sie kennt sich hier nicht aus«, rief Moritz. Er sah aus, als wolle er der Nanny unverzüglich hinterherlaufen.

»Sie ist eine hervorragende Skiläuferin und rennt schneller als die meisten Männer«, verkündete Gustav.

Bernhard von Otter fackelte dennoch nicht lange. Er riss eine Jacke aus dem offenen Garderobenschrank neben dem Windfang und sprintete hinter der Nanny her. Karlheinz Clausing verdrehte die Augen, tat es ihm aber nach einer Schrecksekunde gleich. Die übrigen Anwesenden blieben, teils schulterzuckend, teils mit besorgter Miene, zurück.

»Oh Gott«, seufzte Elisabeth Mosler in diesem Moment. »Ich glaube, dieses Weihnachten wächst mir über den Kopf.«

☆ 31 ☆

Im ersten Moment sahen sie überhaupt nichts. Es schien, als habe der Schnee sowohl den Starkoch als auch die Nanny verschluckt. Bernhard von Otter blieb keuchend stehen. Bereits nach den wenigen Metern, die er im Laufschritt hinter sich gebracht hatte, brannten seine Lungen von der eiskalten Luft. Als Karlheinz Clausing auf ihn stieß, rutschten beide in wilden Verrenkungen über den gefrorenen Boden und wären um ein Haar der Länge nach hingeschlagen.

»Wo sind sie?«, fragte Clausing.

»Da. Da vorne bewegt sich etwas.« Von Otter zeigte auf einen dunklen Fleck abseits der Straße. Sie beeilten sich dorthinzukommen. Bei dem dunklen Fleck handelte es sich um Marc-Oliver Brettschneider, der mit dem Hintern in einer Schneewehe saß und immer wieder versuchte, die Schnapsflasche an die Lippen zu setzen, während die Nanny alles daran setzte, genau das zu verhindern.

»Verdammt, Sie haben schon genug getankt!«, schimpfte sie. »Geben Sie die Flasche her und kommen Sie mit zurück ins Warme.«

»Ich kann nicht!« Brettschneider schrie die Worte heraus, begleitet von einer dichten Atemwolke. »So eine Scheiße!«, tönte es gleich darauf. Denn endlich war es Kordula Strothoff gelungen, ihm die Flasche zu entwinden.

»Aufstehen!«, befahl sie. Zu Clausings und von Otters Erstaunen folgte der Koch der Aufforderung. Schwankend stand er vor ihnen.

»Haben Sie in der kurzen Zeit tatsächlich das alles getrunken?« Clausings Blick ruhte auf der Schnapsflasche, die bereits zu einem Drittel geleert war.

»Die Kälte«, lallte der Koch.

»Drehen Sie sich mal zu mir um«, verlangte die Nanny. Brettschneider, der genau zwischen den beiden Männern und ihr stand, tat wie geheißen, wobei er schwankte wie ein Tanzbär. Noch bevor einer der drei Männer ahnte, was die Frau vorhatte, schoss ihre Rechte nach vorn. Die traf genau den Punkt an der Kinnspitze, der den Starkoch ins Reich der Träume schickte. »Auffangen!«, schrie sie noch, da kippte er den beiden Männern hinter sich genau in die Arme.

»Keine Zeit für lange Diskussionen«, bekundete sie und rieb ihre Fingerknöchel. »Der hatte schon vorher was getrunken, vermutlich seine Notration im Wagen mit sich geführt. Dann der Tee mit Rum. Und jetzt noch der Schnaps. Wenn wir ihm nicht nachgegangen wären, läge der morgen früh steif gefroren am Straßenrand. Wir bringen ihn wieder nach oben.«

Clausing und von Otter waren viel zu verblüfft, um etwas zu sagen. Jeder legte sich einen Arm des Ohnmächtigen um die Schultern, und so schleppten sie ihn zurück zum Gasthof.

☆ 32 ☆

Annika blickte verblüfft auf ihren Vater, der zusammen mit Bernhard von Otter durch die Eingangstür trat, gefolgt von der Nanny der Zwillinge, die eine Schnapsflasche in der Hand hielt. Jemand schrie erschrocken auf. In alle kam Bewegung, als die beiden Männer den Ohnmächtigen durch die gesamte Gaststube schleiften. Seine Schuhe machten auf dem Boden klackernde Geräusche. Roswitha schob einen Tisch und ein paar Stühle zur Seite, damit die Männer ungehindert zur Sitzbank neben dem Kamin gelangen konnten. Es war mühevoll, den bewusstlosen Mann auf die Bank zu hieven. Als sie es geschafft hatten, wischten sie sich beide über die Stirn.

»Danke«, sagte die Nanny. Sie drückte die Schnapsflasche der aus der Küche herbeigeeilten Wirtin in die Hand. »Die nehmen Sie am besten in Verwahrung, der Herr hier sollte nichts mehr trinken.«

Alle starrten sie an.

»Sie hat ihn k. o. geschlagen, sonst wäre er nicht mitgekommen und da draußen erfroren. Betrunken zwar, aber immerhin.« Das war Clausing, der diese trockene Bemerkung von sich gab.

»Haben sie was ganz Aromatisches im Haus?«, wollte Kordula Strothoff von Moritz wissen, der aus der Küche gekommen war und den Ohnmächtigen betrachtete.

»Glaube schon«, meinte er und kam mit einer Flasche Salmiakgeist zurück. Die hielt er dem Starkoch unter die Nase, woraufhin der regelrecht aus seiner Bewusstlosigkeit aufschreckte.

»Was … was ist los?«, murmelte er, kaum verständlich.

»Das wüssten wir gerne von Ihnen!« Von Otter klopfte sich den Schnee von der Hose. »Laufen einfach aus dem Haus, betrinken sich und wären morgen früh tot gewesen, wenn nicht die Dame hier«, er deutete auf die Nanny, »kurzen Prozess gemacht hätte mit diesem Unsinn.«

Brettschneider rieb sich das Kinn. Dann griff er zögerlich nach der Tasse, die die Wirtin ihm hinhielt. Es war Ingwertee. Der Fernsehkoch trank ohne Widerrede das heiße Gebräu, das sofort Farbe in seine bleichen Wangen brachte. Er setzte die Tasse ab und seufzte tief. Zum Entsetzen aller Anwesenden legte er danach den Kopf in die Hände und fing an zu weinen.

»Himmel. Da soll sich jemand anderes drum kümmern«, murmelte die Nanny, bevor sie sich umdrehte und zu den Zwillingen hinüberging. Das Mädchen trug das weiße Kaninchen auf dem Arm und sah mit gerunzelter Stirn auf den Starkoch.

Annika kapierte nicht, was hier vor sich ging. Brettschneider machte es mit seinem Gestammel auch nicht leichter. »*Grand Hotel* …«, schniefte er. »Aufzeichnung … Kochshow … ganze Crew wartet dort auf mich … Karriere auf der Kippe.«

Nach und nach – die Wirtin versorgte ihren unfreiwilligen Gast abwechselnd mit starkem Kaffee und weiterem Tee – schien der TV-Koch wieder einen klaren Kopf zu bekommen.

»Kurz und gut, wenn ich heute Abend nicht dort oben auftauche«, sein Finger wies in eine Richtung, in der er wohl das *Grand Hotel Bergschloss* vermutete, »können meine Leute nicht die Show vorbereiten, die morgen früh gedreht werden soll.« Wie sich herausstellte, handelte es sich um eine Fernsehübertragung, die enorm wichtig für ihn war. Sein Vertrag stand auf der Kippe. Ohne TV-Sendungen keine Zeitungsartikel mehr über ihn, keine Kochbuchbestseller und so weiter und so fort. Es war, als würde der einst so Gefeierte nun am Rand einer Popularitätsklippe stehen, über die er ins Bodenlose zu stürzen drohte.

»Drehen Sie doch hier«, schlug von Otter vor. Sämtliche Augenpaare wandten sich ihm zu. Einige Blicke drückten Belustigung, andere Unverständnis aus. »Natürlich nicht fürs Fernsehen«, schob er sofort nach. »Aber Sie haben doch sicher auch einen Internetauftritt.«

Brettschneider guckte zwar misstrauisch, nickte aber.

»Auf diese Weise können Sie Ihre Fans für die ausgefallene Sendung ein bisschen entschädigen.« Dass das mit der Aufzeichnung nichts mehr werden konnte, sagte er nicht. Es wussten eh alle. Es gab ganz sicher keine Chance mehr, es noch rechtzeitig auf den Berg und ins *Grand Hotel* zu schaffen.

»Also in meine Küche kommt der nicht«, brummte Moritz.

»Sehen Sie. Diese Primadonna von einem Dorfkoch stellt sich vielleicht an!«, schnaubte Brettschneider und rollte die Augen. Annika hätte ihm für diese Worte am liebsten eine reingehauen.

»Sie sind nicht gerade sehr freundlich.«

Annika grinste, als sie ihren Vater das sagen hörte. Es gefiel ihr, dass er Moritz unterstützte.

Endlich zeigt er mal Eier.

»So, jetzt beruhigen wir uns alle erst einmal«, mischte sich Elisabeth Mosler ein. »Wer in unsere Küche kommt, bestimme immer noch ich als Hausherrin, zusammen mit meinem Enkel. Der übrigens im Restaurant *Eichenhof* in München arbeitet. Ein Haus, das selbst Sie kennen sollten.«

Brettschneider bemühte sich sichtlich, sich nicht anmerken zu lassen, wie beeindruckt er war. Es gelang ihm nicht ganz.

»Na ja, das wäre wohl eh nichts geworden. Für meine Kochshows brauche ich Produkte höchster Qualität. Und was soll ich hier schon zubereiten? Germknödel vielleicht?« Er klang nicht mehr ganz so arrogant wie noch am Anfang. Aber auch nicht mehr so verzweifelt wie noch eine Viertelstunde zuvor.

»Ich kann Ihnen ein Rezept für Ofenschlupfer verraten«, meldete sich Luise Fritz zu Wort. »Dazu braucht man nicht viel, ist einfache, aber gute ländliche Küche. Hat meine Mutter früher immer gemacht. Erinnert mich an Wintertage zu einer Zeit, zu der es nicht alles Mögliche im Überfluss gab. Wir waren trotzdem zufrieden und sind immer satt geworden.«

Von Otter drehte sich langsam zu ihr um. »Das ist *die* Idee.« Er deutete auf sie. »Sie setzen sich hierhin und erzählen Herrn Brettschneider genau diese Geschichte. Wir filmen das.« Er wandte sich dem aufmerksam lauschenden TV-Koch zu. »Wir sind Ihr Produktionsteam. Wir anderen sitzen ja auch hier fest und haben, soweit ich das beurteilen kann, alle nichts Besseres vor. Ich kenne eine Person, die sehr gut filmen und fotografieren kann. Wer will, erzählt Ihnen von seinem oder ihrem Lieblingsgericht und was ihn oder sie damit verbindet. Ist eh mal was Pfiffigeres als die ewige Kochlöffelschwingerei.«

Annika schaute vermutlich genauso perplex drein wie alle anderen Gäste, einschließlich Brettschneider selbst.

»Sie meinen …«, brach der nach einem längeren Moment das Schweigen.

»Ja«, antwortete von Otter knapp. »Übrigens weiß ich, wovon ich rede. Ich bin Inhaber einer Unternehmensberatung, einige unserer Klienten sind aus der Medienbranche.«

»Einen Versuch ist es wert.« Brettschneider sprang von der Bank und rieb sich die Hände. »Können wir anfangen?«

Annika und Moritz wechselten einen belustigten Blick.

Der Starkoch war schlagartig bereit, sich den Kameras zu stellen. Seien sie auch noch so klein.

☆ 33 ☆

Sie hatte komplett ihr Zeitgefühl verloren, lag mit abgewinkelten Armen auf dem Bett, die Augen geschlossen. Das Zirbenholz, so hatte es Frau Mosler erklärt, wirke beruhigend auf die Menschen. Noch spürte Sophie nichts davon, dabei hätte sie es dringend nötig gehabt. In ihrem Kopf kreisten die Gedanken wie Flipperkugeln. Immer, wenn sie dachte, sie könne sie endlich abschalten, kam wieder eine neue hinzu.

Bernhard war Vater einer Tochter. Sie glaubte ihm, wenn er sagte, dass es eine einmalige Sache gewesen sei. Dennoch tat es weh. Sehr weh.

Die Tür ging auf, ihr Mann kam zurück. Was auch immer da unten los gewesen war, es hatte ihn eine Weile aufgehalten.

»Ich brauche dich«, sagte er. Sie spürte, wie die Matratze einsank, als er sich auf seine Seite des Bettes setzte. »Wir brauchen dich. Da unten hockt ein bekannter Koch. Du kennst ihn auch. Brettschneider.«

»Ach der«, fiel ihm Sophie ins Wort. »So ein TV-Gockel.«

»Genau der. War auf dem Weg ins *Grand Hotel* für eine seiner Shows. Jetzt hängt er hier fest, wie wir alle. Steht nicht zum Besten mit seiner Karriere. Er glaubt, wenn er die Show nicht machen kann, war's das für ihn bei seinem Haussender.«

Sophie hob die Hand und legte sie über die Augen. Was

sollte sie dieser aufgeblasene Kerl interessieren? »Warum erzählst du mir das?«, fragte sie müde.

»Der wollte sich eben fast umbringen. Tod durch Erfrieren oder so etwas. Wenn nicht dieser Emma-Peel-Verschnitt von Nanny gewesen wäre, säße der jetzt besoffen und unterkühlt unten an der Straße.«

»Hm, hm«, machte Sophie, weil sie sich immer noch fragte, wohin das führen sollte.

»Damit der nicht wieder auf dumme Gedanken kommt, habe ich ihm ein Alternativprogramm vorgeschlagen.«

»Damit kennst du dich ja aus«, entgegnete sie trocken.

Bernhard schnaubte. Er beugte sich zu ihr hinüber und zog ihr die Hand vom Gesicht. »Sophie. Ich kann es nicht ungeschehen machen. Ich kann nicht erwarten, dass du mir verzeihst, obwohl ich es mir wünsche. Aber ich kann dir versichern, dass so etwas nie wieder vorkommen wird. Und ich kann dir versichern, dass du nie mit dem Kind konfrontiert sein wirst.«

»Mit deinem Kind. Mit deiner Tochter«, stieß sie aus, schwang die Beine vom Bett und drehte ihm nun den Rücken zu. »So eine Scheiße.«

Er schwieg.

»Weißt du was?« Sophie drehte sich zu ihm um. »Ich kann diese Frau ziemlich gut verstehen. Beruflich erfolgreicher Single im richtigen Alter. Wollte ein Kind, aber keine weiteren Verpflichtungen. Da traf sie dich. Gutaussehend, intelligent, gebunden. Du warst perfekt für ihren Plan. Ehrlich gesagt – wäre ich sie gewesen, ich hätte dich auch mit aufs Zimmer genommen.«

»Sophie!«

»Was, ›Sophie!‹? Stimmt doch. War doch so. Hätte es nicht geklappt, wäre diese Nacht schon längst vergessen. Für sie und für dich.«

Er murmelte etwas, fuhr sich mit den Händen übers Gesicht.

Merkwürdig, wie Gedanken, die man aussprach, etwas veränderten. Innerlich fühlte sie sich jetzt leichter als vorher. Nicht, dass ihr die Tragweite von Bernhards überraschender Vaterschaft nicht bewusst war. Doch nun hatte sie das Gefühl, damit anders umgehen zu können. Sie würde es müssen, denn sie wollte ihren Mann nicht verlieren. Nein, korrigierte sie sich sofort. Sie beide würden es müssen. Denn auch Bernhard wollte sie nicht verlieren.

»Also – worum wolltest du mich eben bitten?«, lenkte sie das Gespräch auf etwas, das unverfänglicher war als das Thema, das sie sicher noch genug beschäftigen würde.

☆ 34 ☆

Als Moritz eine halbe Stunde nach von Otters überraschendem Vorschlag in die Küche kam, fand er dort den Fernsehkoch vor. Brettschneider rauchte in aller Seelenruhe unter der laufenden Dunstabzugshaube eine Zigarette.

»Du musst mir bei dieser Internetsache helfen«, bat er den Jüngeren ohne Umschweife. »Alleine schaffe ich das nicht.«

Moritz hob fragend die Brauen. »Duzen wir uns jetzt?«

»Warum nicht? Ich bin der Ältere und biete es dir an.« Zu Moritz' Überraschung streckte er ihm auch noch die Hand entgegen. »Marc-Oliver, aber das weißt du ja bereits.«

»Moritz.« Sie schüttelten einander die Hände.

»Normalerweise unterstützt mich mein Assistent«, fuhr Brettschneider fort. Als er sich zum Waschbecken umdrehte und die Zigarette sehr sorgfältig unter laufendem Wasser löschte, bevor er den Rest in den Abfalleimer warf, fiel Moritz auf, wie stark seine Hände zitterten.

»Aber der sitzt oben im *Grand Hotel*.« Er biss sich kurz auf die Lippen, bevor er fortfuhr. »Außerdem sägt er bereits seit einiger Zeit an meinem Stuhl. Sehr erfolgreich. Leider.«

Moritz wusste nicht, was er sagen sollte. Der Fernsehkoch schien die ganze Überheblichkeit, mit der er vor einer knappen Stunde durch die Tür hereingestürmt war, komplett abgestreift zu haben. Allein schon der bittende Blick, den er Moritz zuwarf.

»Du sitzt also nicht so fest im Sattel, wie gedacht?«

»Nö. Tue ich nicht. Nicht mehr.« Er fuhr sich seufzend mit der Hand übers Haar. »Vermutlich sind mich die Leute einfach leid. Ständig dieselben Gesichter im Fernsehen.«

»Vielleicht liegt es aber auch daran, dass deine Kochkunst an ihre Grenzen gestoßen ist«, entgegnete Moritz trocken.

Brettschneider starrte ihn einen Moment lang überrascht an. Dann brach er, zu Moritz' Verwunderung, in lautes Lachen aus. Er konnte sich kaum mehr einkriegen. Als er sich endlich das Wasser aus den Augen wischte, trat Moritz einen Schritt zurück. War das wirklich derselbe Mensch? Der, der vorhin noch so aufgeblasen und egozentrisch aufgetreten war? Hatte er einen merkwürdigen Humor und würde gleich mit einem Küchenmesser um sich werfen?

Doch Brettschneider wurde wieder ganz ernst. »Du hast recht, junger Mann. Ich war nie die hellste Leuchte am Kochhimmel. Musste ich auch nicht. Meine Stärke liegt darin, auf dem Bildschirm sehr gut rüberzukommen. Witzig zu sein. Das Thema Kochen unterhaltsam rüberzubringen. Die Rezepte, die ich in meinen Shows vorgestellt habe, sind meistens nicht von mir gewesen. Aber ich konnte sie verkaufen, die ganze Show, das Drumherum.«

»Und dich selbst.«

»Ja«, wieder lachte Brettschneider auf. Dieses Mal nur kurz. »Hat mir viel Publicity gebracht. Meine Kochbücher verkaufen sich wie geschnitten Brot. Dabei steht nichts Neues drin.«

»Ich weiß.« Moritz' Finger zeigte in eine Ecke der Küche, in der ein verglaster Schrank einige Bücher beherbergte. »Dort drüben steht auch eines. Hat meine Großmutter mal angeschafft.«

»Ach herrje.« Brettschneider ging hinüber und holte das Buch heraus. »Eines meiner ersten.«

»Seitdem hat sich nicht viel verändert.« Moritz verschränkte die Arme vor der Brust und musterte nachdenklich sein Gegenüber.

»Nun mal nicht so selbstgerecht, junger Freund. Weißt du eigentlich, wie viele Menschen, gerade auch junge, meine Sendungen erreicht haben? Wenn sich nur ein Bruchteil davon mit gesunder Küche beschäftigt, sich abends hinstellt und mit frischen Zutaten was kocht, sich Gedanken drüber macht, was für ungesundes Zeug in Fastfood oder Industrienahrung drin ist oder warum niemand im Dezember Erdbeeren essen muss, dann habe ich doch viel erreicht.«

Moritz senkte den Kopf. So gesehen hatte Brettschneider natürlich recht.

»Das könnte doch so weitergehen«, sagte er nach einer Weile.

Brettschneider seufzte. »Könnte schon. Ich fürchte jedoch, mein Assistent wird das Rennen um die nächste Staffel alleine machen. Er ist jung und sieht gut aus. Und er kann mehr. Alleine kriege ich langfristig kein Bein mehr auf den Boden. So ehrlich muss ich mir gegenüber schon sein.«

»Kann dir doch egal sein. Du hast immer noch dein Restaurant.«

Brettschneider sah mit schief gelegtem Kopf zu Moritz hinüber. »Mein Restaurant, meinst du? Heißt das, du hast noch nichts davon gehört?«

»Noch nichts gehört wovon?«

Brettschneider seufzte und fuhr sich mit der Hand über Haare und Gesicht, zupfte schließlich an seinem Ziegenbärtchen, als wolle er jedes Haar einzeln ausreißen. »Ich bin pleite. Muss an einen Investor verkaufen. Der will nur meinen Namen über der Tür behalten, mich aber nicht. Bietet auch nicht wirklich viel Knete, weil er weiß, dass ich da mit dem Rücken zur Wand stehe.«

»Ups!« Moritz riss die Augen auf. »Tut mir leid«, murmelte er dann.

Eine Weile schwiegen sie beide.

»Soll ich dir mal was sagen? Du wirkst völlig anders auf mich als noch vor einer halben Stunde. Hast du hier irgendwo einen Zwillingsbruder versteckt?«, nahm Moritz das Gespräch wieder auf.

Brettschneider stieß vernehmbar die Luft aus. »Zwilling. Das ist gut. Trifft es fast.« Er rieb sich ausgiebig die Nasenwurzel und musterte Moritz dabei nachdenklich. Erst nach einer Weile fuhr er fort. »Es ist so ähnlich. Ich bin ein Mensch mit zwei Gesichtern, wenn du so willst. So, wie ich jetzt bin, bin ich mir am liebsten. Aber so bin ich erst seit kurzem. Die meiste Zeit meines Lebens war ich anders. So, wie du, wie ihr alle mich kennengelernt habt. Leider kann ich nicht verhindern, dass ich gelegentlich so ein grässliches Ekel bin.«

Moritz, der überhaupt nicht verstand, wovon der andere redete, sah ihn fragend an.

»Bipolare Störung. Wurde erst vor rund einem halben Jahr diagnostiziert. Früher sagte man manisch-depressiv dazu. Das trifft es genau. Mal himmelhoch jauchzend, überaktiv, kaum zu bremsen. Dann zu Tode betrübt, melancholisch, zu nichts zu gebrauchen. Und die Zeiten dazwischen sind so wie jetzt.«

»Dann heißt das, wir müssen damit rechnen, dass deine

Laune wieder umschlägt?« Eine Vorstellung, die Moritz nicht gefiel.

»Es gibt Medikamente. Wenn ich die regelmäßig nehme, bleibe ich von den schlimmsten Ausschlägen verschont«, antwortete Brettschneider. Seine Stimme war leise geworden.

»Dann nimm sie, bevor …«

»Das kann ich eben nicht«, unterbrach der Fernsehkoch ihn. »Sie liegen nämlich in meinem Gepäck im Auto. Und das steht bekanntermaßen auf der Hauptstraße unten.«

☆ 35 ☆

Sie hatten hin und her überlegt. Schließlich war Moritz zu dem Schluss gekommen, es noch einmal zu wagen, in die Kälte hinauszugehen.

»Wir packen uns dick ein, nehmen eine Thermoskanne heißen Tee mit und schlagen uns bis zu deinem Auto durch. Immerhin wolltest du vorhin einen noch viel längeren Weg zu Fuß und alleine zurücklegen. Nur mit einer Flasche Schnaps bewaffnet.«

Brettschneider verzog den Mund wie unter Schmerzen bei dieser Bemerkung seines jungen Kollegen.

»Schnaps. Auch so eine Sache. Eigentlich tödlich für mich, wenn ich in der manischen Phase bin. Weil ich dann leider jedes Maß verliere. Auch ein Grund für … na ja, du weißt schon.«

Moritz konnte sich denken, dass ein betrunkener Fernsehkoch nicht gerade das war, wovon ein Sender träumte.

»Dann solltest du es ab sofort sein lassen, zu viel Hochprozentiges zu trinken.«

Moritz ging hinaus, um seiner Großmutter Bescheid zu sagen. Die war wenig begeistert davon, dass ihr Enkel schon wieder in den Schnee hinauswollte. »Was, wenn ihr das Auto gar nicht mehr findet? Es hat noch heftig geschneit, als dieser Brettschneider hier ankam. Und dann die Lawine. Wer weiß, ob nicht noch eine weitere abgeht.«

»Ja, Oma. Du hast recht. Aber wenn Brettschneider seine Medikamente nicht nimmt, machen er und wir anderen heute Abend unter Umständen noch so einiges mit. Ganz zu schweigen davon, dass wir diese Internetfilmchen ebenfalls vergessen können. Was vermutlich nicht schlimm wäre, wenn es nicht auch Werbung für deinen Gasthof darstellen würde.«

Seit seine Großmutter ihm heute völlig überraschend gesagt hatte, wie schlecht es um den Gasthof stand, war er tief bestürzt. Die Tatsache, dass sie sogar über eine Schließung nachdachte, konnte er nicht fassen. Nach einer Pause fügte er noch hinzu, wie positiv sich die Filmerei auch auf den Rest der Gäste auswirkte. »Schließlich sind die meisten nicht freiwillig hier. Da wir zurzeit wenig unternehmen können, und alle hier festsitzen, betrachte ich die Filme als eine Art Gesellschaftsspiel.« Da Brettschneider dabei die Hauptrolle übernahm, war es wichtig, den Mann bei Laune zu halten. Für ihn selbst und für den Rest der Anwesenden.

»Wo steht denn das Auto? Doch hoffentlich nicht nah an der Stelle, an der die Lawine runterkam?«, fragte seine Großmutter bang.

»Er sagt, bereits kurz hinter der Kreuzung. Wir müssen also nur die paar hundert Meter von hier runter, dann die Hauptstraße ein Stück weit den Berg hoch. Brettschneider hat zunächst versucht, einfach die Straße weiter hinaufzugehen. Er hoffte wohl, es bis zum *Grand Hotel* zu schaffen und von dort aus seinen Wagen abschleppen zu lassen. Da weder Navi noch Smartphone funktionierten, hat er die Entfernung völlig falsch eingeschätzt. Erst als er auf die Ausläufer der Lawine traf, drehte er um. Du siehst, er hat bereits Erfahrung damit gesammelt, bei Nacht durch den Schnee zu stapfen.« Moritz lächelte leicht bei diesen Worten. Immerhin hatten auch er und Annika einen Ausflug in die Kälte hinter sich.

Wenig später verließen die beiden Männer den Gasthof durch den hinteren Ausgang neben der Küche. Sie waren mit Thermoskannen, Taschenlampen und, auf eindringliche Bitte seiner Großmutter, mit einer Tüte Streusalz bewaffnet. »Das lasst ihr beim Runtergehen einfach aus dem Säckchen rieseln, dann ist der Rückweg einfacher.«

»Oma, pass auf die Gänse auf. Sie brauchen noch ein bisschen, aber man sollte sie nicht aus den Augen lassen und ab und zu begießen«, bat Moritz, bevor er mit dem dick vermummten Brettschneider an seiner Seite loszog. Es schneite nicht mehr, aber der Wind hatte aufgefrischt und stach wie tausend kleine Nadeln in jeden ungeschützten Zentimeter Haut. Einen Moment lang zögerten die beiden, bevor sie sich zunickten und loszogen.

☆ 36 ☆

Es glich einem Kampf mit den Elementen, sich bei diesem unwirtlichen Wetter nach unten durchzuschlagen. Als sie die Kreuzung, und damit die Hauptstraße erreicht hatten, blieben sie keuchend stehen. Auf dem zugeschneiten Asphalt waren keine Reifenspuren zu erkennen. Hier war schon eine ganze Weile niemand mehr gefahren. Trotzdem mussten sie vorsichtig sein. Die Straße war recht eng und es gab keinen Seitenstreifen. Selbst wenn, wäre er nicht mehr erkennbar gewesen.

»Ich gehe voraus, und du bleibst am besten direkt hinter mir«, übernahm Moritz das Kommando. »Achte darauf, deine Taschenlampe immer ein bisschen hin und her zu schwenken. Von oben sollte kein Fahrzeug kommen. Wenn sich überhaupt einer noch traut, bei diesem Wetter zu fahren, kommt er von unten. Besser, man sieht uns in diesem Fall.«

Schweigend stapften sie weiter. Ihr Atem bildete kleine, weiße Wölkchen vor ihrem Gesicht, obwohl sie sich Schals um den Kopf geschlungen hatten. Nach einer Weile drehte Moritz sich um. »Noch weit?«

Brettschneider schüttelte den Kopf, aber er schien sich seiner Sache nicht ganz sicher. Vermutlich hatte er jede Orientierung verloren und selbst keine Ahnung mehr, wie weit sie es noch bis zu seinem liegengebliebenen Auto hatten. Einige Minuten später jedoch tauchte etwas aus der diffusen Dunkelheit auf.

»Da!«, meinte der Fernsehkoch. Moritz erkannte dunkles Blech, vermutlich einer dieser beliebten Geländewagen. Dieser jedoch schien riesige Ausmaße zu besitzen. Das Gefährt stand schräg mit beiden rechten Reifen im Straßengraben.

Wozu braucht ein einzelner Mensch so ein Riesenauto?, dachte Moritz unterdessen, bevor ihn ein anderer Gedanke durchzuckte und ihn zu seinem Hintermann herumfahren ließ.

»Hast du die Wagenschlüssel dabei?«

Brettschneider blieb wie zur Salzsäule erstarrt stehen.

»Himmel«, murmelte er. »Die Schlüssel«, um sich mit sichtlich tauben Fingern abzuklopfen. »In der Manteltasche sind sie nicht«, stellte er mit leichter Panik in der Stimme fest. »Wo habe ich sie denn …«

Moritz war, als habe ihm jemand den Boden unter den Füßen weggezogen. Die ganze Mühe, der ganze Weg. Umsonst. Sie würden nicht an Marc-Olivers Gepäck kommen und somit auch nicht an die Medikamente. Es sei denn, sie schlügen die Scheiben ein.

»Ich glaube, die habe ich stecken lassen«, erklärte der Fernsehkoch nun.

»Schlüssel steckt. Tür verschlossen. Oder was?«

»Nein. Den Wagen kann man nicht verschließen, solange der Schlüssel im Zündschloss steckt.« Schon schob er sich an Moritz vorbei, legte auf den letzten Metern noch einen Zacken zu und war als Erster beim Auto.

»Sag ich's doch!« Er riss die Tür auf, griff nach dem Schlüssel und hielt erneut mitten in der Bewegung inne, als habe man ihn eingefroren.

»Was ist?« Moritz hatte das Auto inzwischen auch erreicht

und blieb neben seinem Begleiter stehen. Der deutete nur stumm ins Wageninnere. Moritz streckte den Kopf nach vorne, leuchtete hinein und blickte Marc-Oliver verblüfft an. »Wer ist das?«

»Keine Ahnung.« Auf dem Rücksitz hockte jemand, der Größe nach musste es sich um ein Kind handeln. Sie sahen lediglich einen roten Anorak und ein paar blonde Haare, die wie gefrorene Halme wirkten. Moritz beugte sich vor und schob vorsichtig die Kapuze des Anoraks zur Seite. Dann sog er erschrocken die Luft ein.

»Ein Mädchen. Ganz kalt. Ich glaube, es ist tot.«

☆ 37 ☆

»Ich kenne die Kleine nicht.« Brettschneider war extrem nervös. »Wie kommt sie in mein Auto? Was macht ein kleines Mädchen überhaupt mitten in der Nacht bei einem Schneesturm draußen?«

Moritz schüttelte verständnislos den Kopf. »Wir brauchen einen Arzt.«

»Ich denke, sie ist tot?« Brettschneider drehte sich zu ihm um.

»Ihre Haut fühlt sich eiskalt an. Sie reagiert nicht. Hier drinnen sind höchstens fünf Grad. Kühlschranktemperatur.« Moritz spürte eine große Hilflosigkeit. Dann fiel ihm der Tee ein, den er bei sich trug. Schnell schob er den kleinen Rucksack vom Rücken, holte die Thermoskanne heraus und goss ein wenig von der heißen Flüssigkeit in den Becher. »Trink«, forderte er das Mädchen auf. Doch es schlug weder die Augen auf noch öffnete es den Mund. Nichts in dem bleichen Gesicht regte sich.

»Moment«, knurrte Brettschneider. Er machte auf dem Absatz kehrt, wobei er so ins Rutschen kam, dass er sich nur mit Müh und Not, wild mit den Armen wedelnd, auf den Beinen halten konnte. Moritz griff ihm beherzt unter die Achseln. Kaum wieder einigermaßen senkrecht, stürmte der Fernsehkoch zum Kofferraum, öffnete ihn und schwenkte gleich darauf eine Flasche in der Hand.

»Schnaps? Du willst dem Mädchen Schnaps einflößen? Bist du des Wahnsinns?«

»Nein, natürlich nicht. Wir müssen es einreiben damit. Habe mal gehört, dass die Finnen das machen.«

»Das stammt vermutlich aus dem Internet«, meinte Moritz zweifelnd, hatte aber auch keine bessere Idee. Marc-Oliver beugte sich in den Wagen hinein.

Zunächst versuchte er, die Kleine aufzuwecken, indem er »Hallo! Kannst du mich hören?«, rief und ihr dabei ein paar leichte Backpfeifen verpasste. Das Kind rührte sich nicht.

»Die Wangen röten sich. Sie lebt noch«, befand Brettschneider, bevor er erst sich selbst und dann dem Mädchen die Handschuhe auszog. Anschließend kippte er ein wenig Wodka in seine Handflächen und begann damit, die Hände des ohnmächtigen Kindes einzureiben. Der Geruch nach Alkohol trieb Moritz die Tränen in die Augen.

»Himmel, hoffentlich hilft das«, murmelte er vor sich hin. Dann fiel sein Blick auf den Beifahrersitz des Wagens. »Da liegt eine Decke«, rief er Brettschneider zu. »Wir können das Kind einwickeln und in den Gasthof tragen. Besser, als es hier noch länger in der Kälte zu lassen.«

Brettschneider hob eine Hand der Kleinen nach oben. »Eindeutig besser durchblutet als noch vor zwei Minuten.«

»Aber sie wacht nicht auf.«

»Nein. Sie ist total unterkühlt. Ich glaube, du hast recht. Wir wickeln sie ein und tragen sie hinauf.«

☆ 38 ☆

Es war viel schwieriger als gedacht, das Mädchen transportfähig zu machen. Sie verwarfen den Gedanken, die Kleine gemeinsam zu transportieren und dabei die Decke wie eine Trage zu verwenden. »Binde sie mir auf den Rücken«, verlangte Brettschneider stattdessen. Er legte sich bäuchlings auf den Rücksitz, Moritz hob das Mädchen hoch, gottlob wog es nicht viel. Dann legte er das Kind mit der Decke auf Brettschneiders Rücken, zog einen oberen Zipfel über dessen rechte Schulter und den zweiten unter seiner linken Schulter durch, und verknotete die Enden vor der Brust des Starkochs. Den unteren Teil der Decke zog er zwischen den Beinen des Kindes durch und verknotete die beiden Enden ebenfalls vor Brettschneiders Bauch.

Der erhob sich nun, das Mädchen hing fest auf seinem Rücken, lediglich die Beine baumelten links und rechts unter der Decke hervor. Wenigstens trug es lange Hosen und feste Stiefel.

»Hoffentlich gehen die Knoten nicht auf.« Moritz zog noch einmal alles fest und schob der Kleinen die Kapuze ihres Anoraks über den Kopf.

»Ich halte sie fest«, meinte Brettschneider und hielt mit einer Hand den vorderen Knoten, während die andere ein Bein des Mädchens umfasste. Während vom Himmel bereits wieder vereinzelte Schneeflocken fielen, machten sie sich auf den Rückweg. Moritz ging direkt hinter Brettschneider. Bereit, ihn oder das Mädchen aufzufangen, falls sein Vordermann ausrutschen sollte oder falls die Knoten der Decke doch nicht fest genug sein sollten. Sie waren bereits fast an der Kreuzung angelangt, als ihn ein Schreck durchfuhr.

»Marc, wir haben deine Tabletten vergessen!« Der Grund, warum sie überhaupt zum Auto gegangen waren. Der Schreck über das reglose Kind hatte ihn völlig in den Hintergrund treten lassen. Brettschneider fluchte heftig. Sein Gesicht war hochrot, sein Atem ging stoßweise. Es war klar, er würde nicht mehr umkehren können. Außerdem musste das Kind so schnell wie möglich ins Warme.

»Ich gehe noch einmal zurück. Sag mir, wo die Tabletten sind«, bot Moritz an.

»Im Kofferraum, in meiner Reisetasche.« Der Fernsehkoch warf ihm den Autoschlüssel zu und setzte seinen Weg fort.

»Es sind nur noch ein paar Meter bis zu der Stelle, an der uns das Streusalz ausgegangen ist. Von da aus geht es besser, vor allem nach der Abzweigung«, rief Moritz ihm noch zu, bevor er sich erneut auf den Weg zu Marc-Olivers Auto machte.

☆ 39 ☆

Der Wagen reagierte auf Knopfdruck, sämtliche Lichter flammten kurz auf. Im gut ausgeleuchteten Kofferraum befand sich ein Korb mit allerlei Nahrungsmitteln wie Salami, Oliven, Gemüse. Daneben stand die einer Arzttasche nachempfundenen Reisetasche, ein teures Fabrikat einer namhaften Firma. Moritz zog den Reißverschluss auf. Marc-Oliver schien ein sehr ordentlicher Mensch zu sein. Kleidung und eine durchsichtige Plastiktüte mit seinen Kochklamotten lagen fein säuberlich geschichtet im Inneren des Weekenders.

Daneben steckte ein Kulturbeutel. Darin fand Moritz zwar keine Tabletten, er beschloss aber trotzdem, ihn mitzunehmen. Die Tabletten entdeckte er in einem Seitenfach der Reisetasche. Als Moritz die Schachtel herauszog, fiel auch ein Brief heraus, der dort ohne Kuvert steckte. Ohne es wirklich zu wollen, erkannte er, dass es sich um ein Schreiben des Senders an seinen neuen Bekannten handelte. Der Betreff »Vorzeitige Beendigung unseres Vertrages« war fett gedruckt.

Es war also schon passiert. Auch wenn Marc-Oliver womöglich hoffte, das Rad noch einmal drehen zu können – die Entscheidung des Senders war bereits gefallen. Moritz tat der andere auf einmal sogar ein wenig leid. Es war sicher nicht einfach, ein Feld zu räumen, auf dem man sich so wohl gefühlt hatte.

Er steckte den Brief zurück und legte den Kulturbeutel und die Tabletten in seinen kleinen Rucksack zu der Thermoskanne. Inzwischen fiel der Schnee wieder dichter, was die Straße zu einer rutschigen Angelegenheit machte. Blieb nur zu hoffen, dass Marc-Oliver mit dem Mädchen ohne Schwierigkeiten den Gasthof erreicht hatte. Alles andere war zweitrangig.

In dem Moment, als er den Kofferraum schließen wollte, wurde ihm bewusst, dass er nicht mehr alleine war. Etwas war auf der Straße neben ihm aufgetaucht. Wie hypnotisiert wandte Moritz den Kopf. Durch den Vorhang des fallenden Schnees, mehr zu erahnen als zu sehen, war ein gelbes Augenpaar auf ihn gerichtet. Er schluckte krampfhaft. Das Tier wirkte wie ein Schatten. Es gab ein tiefes Knurren von sich, bei dem sich Moritz sämtliche Nackenhaare aufstellten. Wie angewurzelt blieb er stehen.

☆ 40 ☆

»Um Himmels willen!«, rief Elisabeth Mosler aus, als ein völlig erschöpfter Marc-Oliver Brettschneider den Gasthof betrat.

»Schnell, das Kind!«, rief der und versetzte damit sämtliche Anwesenden in Bewegung. »Das lag in meinem Wagen, rührt sich nicht und ist eiskalt.«

»Wir brauchen Wärmflaschen, aber nicht zu heiß.« Das war die rothaarige Roswitha, die sich als Krankenschwester entpuppte. »Wir brauchen ein paar Decken.«

Die Wirtin verschwand ohne ein weiteres Wort nach oben.

Während Hanna die Knoten löste, wozu Brettschneiders steif gefrorene Finger nicht mehr in der Lage waren, hob Roswitha das Kind von seinem Rücken. Sie war kräftig genug, das Mädchen zu der gepolsterten Sitzbank neben dem Kamin tragen.

»Hanna, kannst du mir ein Kissen bringen?«, bat Roswitha ihre Freundin, während sie den Reißverschluss vom Anorak des Kindes aufzog.

»Ich muss nachsehen, ob sie verletzt ist«, murmelte sie dabei und nickte zufrieden, als alles in Ordnung schien.

Dann tastete sie nach dem Puls. »Kaum noch zu spüren. Sie ist stark unterkühlt, vermutlich deshalb bewusstlos geworden.« Sie drehte sich zu Elisabeth Mosler um, die in diesem

Moment die Gaststube betrat, um mitzuteilen, es sei alles bereit.

»Gibt es einen Arzt hier in der Nähe?«

Die Wirtin schüttelte bedauernd den Kopf. »Nicht nah genug, um ihn bei diesem Wetter holen zu können. Und das Telefon ist immer noch tot.«

»Wir bringen sie nach oben«, befand Roswitha. Sie packte das Mädchen unter den Achseln, während Hanna die Beine nahm. Assistiert von der Wirtin, trugen sie das immer noch regungslose Kind nach oben.

»Wo ist Moritz?«, fragte Elisabeth Mosler.

»Er kommt gleich. Hat noch etwas aus dem Wagen geholt«, erklärte Brettschneider, der erschöpft auf einen Stuhl gesunken war. Der rutschige Weg, die eisige Kälte und der Transport des Mädchens hatten ihm einiges abverlangt.

»Ich hole Ihnen einen heißen Tee.« Die Wirtin verschwand hinter ihrem Tresen.

Die Stimmung in der Gaststube war mit einem Schlag angespannt und doch gedämpfter als zuvor.

☆ 41 ☆

Elisabeth Mosler hatte ein kleines Zimmer hergerichtet. Es war noch nicht ganz durchgewärmt, doch Roswitha meinte, das sei in Ordnung.

»Wir müssen sie ohnehin langsam aufwärmen, damit ihr Kreislauf nicht zusammenbricht.«

Hanna und Roswitha legten das Mädchen aufs Bett, platzierten je eine lauwarme Wärmflasche links und rechts von ihm und deckten es zu.

»Eine heiße Brühe wäre gut. Und eine Tasse Tee, mit viel Zucker.«

Elisabeth Mosler nickte und ging eilig nach unten, um das Gewünschte zu holen.

Die Heizung gluckste, langsam breitete sich im Zimmer eine angenehme Wärme aus. Roswitha saß links von dem Mädchen, Hanna rechts. Beide umklammerten eine kleine eiskalte Hand.

Elisabeth Mosler kam zurück, brachte noch eine dritte Wärmflasche, die sie dem Mädchen unter die Füße legten, sowie eine Tasse mit heißer Brühe. »Der Tee kommt gleich.«

Ganz langsam kehrte etwas Farbe ins Gesicht des Kindes zurück. Dann, nach endlos scheinenden Minuten, kam es zu sich. Zunächst zuckte die Nase, bevor sich die Augen langsam öffneten, die drei Frauen musterten und sich sofort wieder schlossen, als seien sie bereits von diesem Anblick erschöpft.

»Hörst du uns?«, fragte Roswitha. Sie erhielt keine Antwort.

»Trink etwas«, verlangte Hanna. Sie setzten das Kind auf und hielten die Tasse mit heißer Brühe an seine Lippen. Vorsichtig nippte es daran, trank ein paar Schlucke und signalisierte dann, es habe genug. Matt sank es zurück.

»Wie heißt du? Was hast du bei diesem Wetter draußen zu suchen gehabt?«, wollte Elisabeth Mosler von der Kleinen wissen, während sie eine Tasse mit fruchtig duftendem Tee auf das Nachtkästchen stellte.

Die Angesprochene sah aus, als habe sie Mühe zu verstehen, was man von ihr wollte. Dann schloss sie erneut die Augen.

»Ich bleibe bei ihr, bis sie sich ein wenig erholt hat«, erbot sich Roswitha.

»Wir können uns ja alle abwechseln«, sagte Hanna. »Es scheint nicht absehbar, wann sie wieder so weit ist, Fragen beantworten zu können.«

Elisabeth Mosler nickte. »Ich frage unten mal nach, ob noch jemand bereit ist, sich mit Ihnen abzuwechseln.«

Noch hatten sie keine Ahnung, wer die Kleine war und was sie in die Nacht hinausgetrieben hatte. Aber wenigstens schien das Kind jetzt auf dem Weg der Besserung.

☆ 42 ☆

Es war wirklich lächerlich, so nervös zu sein! Annika sagte sich das ein ums andere Mal. Seit sie durch Marc-Olivers Rückkehr mitbekommen hatte, dass er und Moritz das Haus verlassen hatten und Moritz jetzt immer noch alleine da draußen war, schien tief in ihrem Inneren etwas zu vibrieren. Ungut. Es fühlte sich an, als stünde ihr Körper unter Strom und eine der Auswirkungen bestand darin, dass ihre Blase verrückt spielte und sie ständig pinkeln musste.

Was die Männer so Dringendes zu erledigen hatten, war nicht ganz klar. Brettschneiders Murmeln war lediglich zu entnehmen gewesen, dass man »etwas aus dem Auto« habe holen müssen. Was das sein sollte, das da so wichtig war, dass sich die beiden bei Dunkelheit und eisiger Kälte auf den glatten Weg begeben mussten, blieb wohl ihr Geheimnis. Nur, dass Brettschneider ein halberfrorenes Mädchen mitgebracht hatte, das keiner von ihnen kannte, und von Moritz immer noch nichts zu hören und zu sehen war.

»Er ist sicher bald wieder hier«, versuchte sie, sich zu beruhigen. Ausgerechnet jetzt schien die Zeit überhaupt nicht zu vergehen. Ständig sah sie auf die Uhr. Nur, um festzustellen, dass die Zeiger festgefroren schienen.

Sie blickte zu Elisabeth Mosler hinüber, die hinter ihrem Tresen stand und, dem Duft nach zu urteilen, irgendeinen Saft erhitzte. Holunder wahrscheinlich. Dabei glitt auch ihr Blick zunehmend besorgter immer wieder zur Tür, die sich einfach nicht öffnen wollte. Das Frauenpärchen war mit dem Kind oben, die Rothaarige schien zu wissen, was zu tun war. Man konnte nur hoffen, dass das Mädchen bald wieder wohlauf war.

Aber wo blieb Moritz? Sollte sie rausgehen und ihn suchen? Ihr Vater, Bernhard von Otter und Juliane Fritz hatten die Köpfe zusammengesteckt und unterhielten sich leise, wobei ihr Vater ständig etwas auf einen Block kritzelte. Sophie von Otter baute ihr Equipment im Gastraum auf. Ein Stativ mit einer Kamera stand schon bereit, jetzt drehte sie sämtliche Lampen im Raum so, dass der Tisch, an dem die Filmaufnahmen stattfinden sollten, in gutes Licht getaucht wurde.

Luise Fritz strickte, die Zwillinge schmückten den Weihnachtsbaum und die Nanny las ein Buch.

Annika fragte sich, ob es jemand bemerken würde, wenn sie jetzt einfach hinausginge. Sie schlenderte zur Garderobe hinüber. Ein schneller Blick über die Schulter zeigte ihr, dass ihr Vater nicht auf sie achtete. Schnell griff sie nach ihrem Anorak, zog ihn über und huschte, den Windfang als Blickschutz nutzend, zur Tür hinaus.

Die Luft war so eisig, dass ihr die Nase beim Atmen weh tat. In der Tasche ihrer Jacke steckte ihre Mütze, die sie sich bis weit über die Ohren runterzog. Doch weder die noch die Handschuhe konnten die beißende Kälte abhalten. Sie fror jetzt schon bis auf die Knochen. Wie sollte sie es da schaffen, Moritz zu suchen? Unschlüssig blieb sie vor dem Haus stehen. Versuchte, sich daran zu erinnern, was der Koch erzählt hatte.

Wo genau sein Auto stand. Sie hatte lediglich die Taschenlampenfunktion ihres Smartphones, um sich in der Dunkelheit zurechtzufinden. Sie machte ein paar Schritte, bis sie sich am Rand des Parkplatzes befand. Auf der Straße den Berg hinunter verlief ein dunkler Streifen. Als sie sich ihm näherte, sah sie, dass auf dieser Spur Eis und Schnee geschmolzen waren, sie erkannte das unregelmäßige Profil von Streusalz. Genau diese Spur würde sie zu Moritz bringen. Sie musste einfach diesem Streifen folgen. Sie zog noch einmal ihre Mütze tiefer ins Gesicht, setzte die Kapuze ihres Anoraks auf und lief im Schein ihres Handylichts los.

☆ 43 ☆

Moritz brach trotz der Kälte der Schweiß aus. Das Tier war riesig, seine gelben Augen schienen im Dunkeln regelrecht zu leuchten. Ein Wolf! Ein Wolf? In dieser Gegend? Rasend schnell überlegte er, was er über Wölfe wusste. Nichts. Außer, dass es sie in Deutschland wieder gab. Die Meinungen darüber, ob das toll oder schlimm war, gingen weit auseinander. Er konnte sich erinnern, einmal gelesen zu haben, wie man sich in einer solchen Situation verhielt. Doch genau jetzt war sein Kopf leer. Es schien, als habe eine einzige große Schwärze jeden vernünftigen Gedanken ausgelöscht.

Sollte er sich in den Kofferraum zurückziehen? Zu essen und zu trinken hätte er dort jedenfalls für den Anfang genug. Dieser etwas zynische Gedanken führte ihm jedoch gleich vor Augen, dass er etwas tun konnte, um aus dieser misslichen Situation zu kommen.

Vorsichtig und ohne sich allzu schnell zu bewegen, drehte er sich zur Seite, um an den Einkaufskorb heranzukommen.

»Du hast sicher Hunger, mein Freund«, flüsterte er. Der Schatten bewegte sich, und ihm rutschte für einen Moment das Herz in die Hose. Ohne den Blick von dem Tier zu lassen, griff er hinter sich, tastete sich durch den Korb. Glas, Tüten und endlich, der Schweiß lief ihm inzwischen unter dem Pullover zwischen den Schulterblättern entlang, fühlte er etwas anderes, weiches.

»Hier, mein Guter.« Die schlanken Dauerwürste waren vermutlich das Edelste, was auf dem Markt momentan zu bekommen war. Marc-Oliver würde sicher nicht erfreut sein darüber, dass sie verfüttert worden waren. Aber immer noch besser als alles andere, worüber Moritz jetzt nicht genauer nachdenken wollte.

Ein paar Würste schlitterten über die Straße, fast direkt zwischen die Vorderläufe des Tieres, das ihn immer noch beäugte. Nun beugte es sich nach vorn, die Nase nahm Kontakt damit auf. Noch schnupperte es nur. Als Moritz sich bewegte, ruckte der Kopf nach oben, die Lefzen gingen mit und zeigten eine Reihe scharfer Zähne. Das Knurren klang wie eine Drohung. Moritz erstarrte mitten in der Bewegung. Er hatte keine Ahnung, wie er hier wieder wegkommen sollte.

☆ 44 ☆

»Annika!« Die Stimme ihres Vaters holte sie ein, bevor sie einen Fuß auf die Straße gesetzt hatte.

»Versuchst du wieder, ein Netz zu bekommen?« Er hatte das Licht ihres Handydisplays gesehen und die Tatsache, dass sie sich im Freien aufhielt, falsch gedeutet.

»So ähnlich«, murmelte sie. »Geh ruhig wieder rein.« Er stand an der Tür zum Gasthof, nur in seiner ollen Cordjeans und dem kratzigen dunkelgrauen Troyer.

»Wir brauchen deine Hilfe.«

Auch das noch. Sie rollte mit den Augen. Aber so, dass er es nicht sehen konnte.

»Wer ist wir und um was geht es?« Als sie die Betroffenheit in seinem Blick sah, erkannte sie, wie schroff ihre Worte geklungen hatten.

»Das Mädchen.«

Mist, das hatte sie ganz vergessen. Jede halbe Stunde wechselten sie sich ab am Bett der Kleinen. War sie wirklich schon dran?

»Ich habe die Zeit vergessen«, murmelte sie und warf noch einen verzweifelten Blick die Straße hinunter.

»Ist Moritz noch nicht zu sehen?« Er klang jetzt auch ein bisschen besorgt. Der Schneefall machte es unmöglich, weit zu gucken. Doch auch so konnte man erkennen, dass es auf der einsehbaren Strecke keinerlei Bewegung gab.

»Er müsste längst wieder da sein.« Annika nagte an ihrer Unterlippe.

»Er kennt sich aus, das hat seine Großmutter mir zur Beruhigung mitgegeben, als ihr beide draußen wart.« Er winkte sie zu sich heran. »Komm jetzt rein, es ist einfach zu kalt da draußen und ein Netz kriegst du hier nicht mehr.«

Sie trottete hinter ihm her. Ihren Gefühlszustand hätte sie nicht beschreiben können. Es machte sie unruhig, Moritz da draußen zu wissen. Aber realistisch betrachtet – was hätte sie tun können? Ihr steckte der Ausflug auf die Anhöhe noch in den Knochen. Und ihr Vater hatte recht, wenn einer von ihnen da draußen gut klarkam, dann sicher derjenige, der die Gegend wie seine Westentasche kannte und nicht den ersten Winter hier verbrachte.

Seufzend folgte sie ihrem Vater zurück ins Gasthaus, zog ihre Mütze ab und hängte die Jacke an die Garderobe. Dann ging sie nach oben.

☆ 45 ☆

Das Mädchen war wach, aber es gab keinen Laut von sich. Seine Blicke wanderten hektisch zwischen Roswitha, die gerade das Zimmer verlassen wollte, und Annika, die eben hereingekommen war, hin und her. Es wirkte völlig desorientiert, kein Wunder angesichts der Lage.

»Hallo«, Roswitha beugte sich über das Bett. »Schön, dass du ein bisschen wacher geworden bist. Wie heißt du denn?«

Die Kleine starrte sie an, sagte aber nichts.

»Ich bin Roswitha. Und das«, sie deutete neben sich, »ist Annika.«

»Hi«, murmelte Annika und hob die Hand. Das Mädchen war weiß wie ein Laken und sah immer noch nicht besonders fit aus. Ob sie wieder gehen konnte, jetzt, da die Kleine wach war?

»Komm mal her«, winkte Roswitha sie näher ran. »Vielleicht ist sie bei dir weniger schüchtern als bei Erwachsenen.«

Annika trat ans Bett, doch das Kind, es war vermutlich, sechs, sieben Jahre alt, schien eher zusammenzuschrumpfen.

»Ich hol mal einen frischen Tee, der hier auf dem Nachttisch ist schon ganz kalt«, murmelte Roswitha.

»Kakao«, meinte Annika. »Ich könnte mir vorstellen, dass sie gerne einen heißen Kakao hätte.« Wie kam sie jetzt darauf? Wann hatte sie das letzte Mal Kakao getrunken? Da war sie noch ein Küken und lag krank im Bett. Es war schön gewesen, dass ihre Mutter jeden Nachmittag mit einem Stück Hefekuchen und einer Tasse Kakao zu ihr gekommen war, bis sie sich wieder besser gefühlt hatte. Auf einmal erinnerte sie sich daran. Wie gut ihr das getan hatte. Ein warmes Gefühl, nicht nur wegen des heißen Getränks.

Roswitha verschwand und Annika ließ sich auf dem Bett nieder. Das Mädchen blickte sich im Raum um, als versuche es zu ergründen, was geschehen war.

»Du warst draußen, in der Kälte. Mutterseelenallein. Was hast du da gemacht?« Das Mädchen hob die Hände, als wolle es ihr etwas bedeuten. In seine Augen trat Angst.

»Hallo Annika. Roswitha sagte, dass das Mädchen aufgewacht ist.« Lioba betrat den Raum. Sie setzte ihre Schritte behutsam, als müsse sie darauf achten, niemanden zu stören. Auf Augenhöhe des Kindes blieb sie stehen. Die beiden blickten sich an.

»Sie sagt nichts, ich glaube, sie hat Angst, weil sie nicht weiß, wo sie ist.« Annika erhob sich und bedeutete Lioba mit einer Geste, ihren Platz einzunehmen. »Ihr müsstet ungefähr gleich alt sein, vor dir dürfte sie sich nicht fürchten.«

»Vielleicht spricht sie kein Deutsch«, Lioba setzte sich vorsichtig aufs Bett. Annika konnte nicht anders als sich darüber zu wundern, wie so ein kleines Mädchen schon so erwachsen denken konnte.

»Est-ce que tu parles français? Parli italiano?«, wandte Lioba sich nun an das Mädchen im Bett. Keine Reaktion. Fragend blickten sich die beiden anderen an.

Wieder hob das Mädchen im Bett die Hände und auf einmal glitt ein Lächeln über Liobas Gesicht. Sie hob die Finger, spreizte sie, fuhr sich über die Stirn, tupfte sich gegen ihre Brust und machte allerlei andere, merkwürdig anmutende Gesten. Das Kind im Bett tat dasselbe.

»Sie kann euch nicht hören. Sie ist taubstumm«, erklärte Lioba Annika mit atemloser Stimme.

»Jetzt verstehe ich.« Roswitha war an der Tür erschienen, eine Tasse mit einer dampfenden Flüssigkeit in den Händen. Sie hatte Liobas letzte Worte gehört. »Frag sie doch mal, ob sie einen Kakao haben möchte.«

Liobas Fingerübungen erbrachten eine klare Antwort. Ja!

Nun endlich setzte sich das Mädchen auf, griff nach der Tasse und trank hastig in kleinen Schlucken. Alle drei lauschten sie den Geräuschen, die es dabei von sich gab. Erst als die Tasse leer war, wurde die Konversation fortgesetzt, recht lebhaft, denn Lioba gab sämtliche Fragen weiter, die Annika und Roswitha ihr ansagten, und erklärte gleich darauf die Antworten.

Als sie fertig waren, blickte Annika etwas ratlos zu Roswitha hinüber. »Wir müssen mit den anderen besprechen, was jetzt geschehen soll.«

»Ja, aber zuerst möchte Emilia ihren Weihnachtsengel, wie sie ihn nennt, kennenlernen.«

Das Kind bestand darauf, demjenigen zu danken, der es vor dem Erfrieren gerettet hatte. Annika ging nach unten, um Marc-Oliver zu holen. Dabei dachte sie mit einem schmerzhaften Ziehen in der Brust, dass Moritz ebenfalls an der Rettungsaktion beteiligt gewesen war und sich jetzt bereits viel zu lange da draußen in der Kälte befand. Was, wenn er auf dem Rückweg ausgerutscht war, sich einen Knöchel verstaucht oder gar ein Bein gebrochen hatte? Als sie in der Gaststube ankam, war genau das bei den anderen bereits ein Thema. Der TV-Koch steckte bereits wieder in seinem Anorak, von Otter schien gewillt, ihn zu begleiten.

»Wir müssen nachsehen, was los ist«, meinte Brettschneider. »Er ist wegen meiner Dusseligkeit zurück zum Auto gegangen. Da kann ich ihn nicht einfach bei Nacht und Kälte draußen rumirren lassen.«

Elisabeth Mosler nickte. Ihrer Miene und den Fingern, die sie ineinander verknotete, war anzumerken, dass sie sich inzwischen heftige Sorgen um ihren Enkelsohn machte.

»Nehmen Sie die großen Taschenlampen mit«, bat sie. »Falls er vom Weg abgekommen ist.«

Annika fing an zu zittern und musste sich setzen. Ihr Vater stand plötzlich neben ihr und legte ihr eine Hand auf die Schulter.

»Sie werden ihn finden«, sagte er leise. Dankbar blickte sie zu ihm hinauf. Zu ihrem eigenen Erstaunen legte sie dabei ihre Hand auf seine.

Doch noch bevor die beiden Männer voll angezogen waren, polterte es auf der Treppe und der Windfang teilte sich. Herein kam ein völlig durchnässter, kreidebleicher Moritz. Er knallte die Tür hinter sich zu und blieb, mit den Händen auf den Knien und um Atem ringend, stehen.

»Moritz!«, Annika sprang von ihrem Stuhl auf.

Seine Großmutter war schon mit zwei Schritten bei ihm.

Noch bevor sie etwas sagen konnte, richtete er sich auf.

»Bin ich froh, wieder hier zu sein. Ich hatte schon Angst, dass ich es nicht mehr schaffe. Da unten auf der Hauptstraße treibt sich womöglich ein Wolf herum!«

☆ 46 ☆

Aufgeregtes Gemurmel war die Antwort auf Moritz' Aussage, er habe einen Wolf gesehen.

»Ein Wolf? Aber was, hier gibt es doch keine Wölfe.«

Es war ausgerechnet Juliane Fritz, die das sagte. Sämtliche Köpfe wandten sich ihr zu. Sogleich errötete sie und blickte scheu zu Boden.

»Meine Tochter nun wieder«, ließ sich Luise Fritz vernehmen, bevor sie, an genau die gewandt, fortfuhr. »Was verstehst du denn von Tieren? Wölfen gar? Nichts! Du könntest noch nicht einmal einen Dackel von einem Bernhardiner unterscheiden.«

So etwas wie Trotz erschien im Gesicht der Jüngeren. »Eine ganze Menge verstehe ich, Mutter. Vielleicht mehr als viele andere. Ich habe neulich einen Bericht im Fernsehen gesehen, da …«

»Ach papperlapapp«, fiel ihr die Mutter ins Wort. »Auch wenn du jede Tiersendung anschaust, die gesendet wird, verstehst du doch nichts davon. Als ob man aus solchen Sendungen etwas lernen könnte.«

»Also ich lerne immer wieder daraus«, mischte sich Karlheinz Clausing ein. »Deshalb wüsste ich jetzt gerne, was es mit dem Wolf oder Nicht-Wolf auf sich hat.«

Juliane warf ihm einen dankbaren Blick zu. Sie gab sich

einen Ruck und fuhr fort. »Bevor wir hierhergefahren sind, habe ich den erwähnten Bericht gesehen. Auf einer Landkarte waren die Gebiete eingezeichnet, in denen Wölfe gesichtet wurden. Dieses war nicht dabei. Außerdem«, sie legte eine kleine Sprechpause ein, um sich die Aufmerksamkeit der anderen zu sichern, »meiden Wölfe den Menschen normalerweise.«

»Frau Fritz hat recht«, mischte sich jetzt ausgerechnet Gustav ein. »Ein Wolf muss schon sehr hungrig sein, um sich Menschen zu nähern.«

»Also dieser kam mir sehr nahe. Ich konnte ihn mit einigen Würsten aus Marcs Kofferraum ablenken. Ansonsten hätte er mich vermutlich in eine solche verwandelt.«

Marc-Oliver gab ein Prusten von sich. »Mensch, Moritz, ein Wolf frisst doch keine Cabanossi, seien sie auch noch so edel.« Er schüttelte leicht den Kopf.

»Wieso nicht?«

»Gewürzt, scharf, nicht blutig genug. Nicht sein Ding. Kann ich mir einfach nicht vorstellen.«

»Dem Wolf scheint es aber gut geschmeckt zu haben«, stellte Bernhard von Otter trocken fest. Er war ans Fenster getreten und blickte auf den Parkplatz hinaus. »So gut, dass er anscheinend mehr davon haben will.«

Nun drängten sich alle zum Fenster, auch Hanna und Kordula hatten sich von ihren Plätzen erhoben, um nachzusehen, was die anderen so in Aufruhr versetzte. Draußen auf dem Parkplatz, am Rande des Lichtkreises der Außenbeleuchtung, das schmale Gesicht erhoben, stand ein grauer, schmaler Schatten und blickte zu ihnen herüber.

»Könnte ein Wolfshund sein«, flüsterte Hanna beim Anblick des Tieres vor dem Haus.

»Ein Hund?«, fragte Juliane.

»Eine Kreuzung vielleicht. Mischung aus Wolf und Hund. In Deutschland verboten, aber es gibt immer wieder Leute, die sich so ein Tier aus dem Ausland mitbringen. Oder ein Hund, der einem Wolf einfach sehr ähnlich sieht. Er ist mager und grau, aber ich glaube, Wölfe haben längere Beine.« Gustavs Nase klebte fast schon am Fenster.

»Ich glaube, wir müssen uns nur dann Sorgen machen, wenn dieses Tier da draußen krank oder verletzt und dadurch aggressiv ist.« Juliane rieb sich die Nasenwurzel und blickte angestrengt nach draußen. Dort stand das Tier bewegungslos, als überlege es, was nun zu tun sei.

»Was sollen wir jetzt machen?« Moritz stand, die Arme um den Oberkörper geschlungen, da wie ein begossener Pudel.

»Nichts. Er dreht schon ab.« Sophie von Otter hatte geistesgegenwärtig ihre Kamera eingeschaltet und filmte die Szene. Das Tier drehte sich ein paarmal um sich selbst und trottete dann davon.

Alle atmeten auf. »Bleibt zu hoffen, dass er nicht seine Familie nachholt, um mit ihr essen zu gehen.« Marc-Oliver gluckste bei dieser Vorstellung. »Wenn doch, geben wir ihm das Kaninchen, danach wird er satt sein und uns in Ruhe lassen.« Kaum hatte Marc-Oliver diese Worte ausgesprochen, wandten sich ihm drei empörte Gesichter zu. Kordula Strothoff, Gustav und Annika zeigten ganz deutlich, was sie von diesem Vorschlag hielten: nichts!

»Junge, ich glaube, du brauchst etwas, das ich dir mitgebracht habe«, knurrte Moritz in Richtung seines neuen Freundes.

»Der Hase bleibt hier. Keiner rührt ihn an«, erklärte die Nanny resolut. Gustav drehte sich um und lief zu dem ahnungslosen Langohr hinüber, um es gegen mögliche Attacken des TV-Kochs zu verteidigen. Elisabeth Mosler hatte ihnen eine leere Weinkiste gebracht, in die sie ein paar alte Zeitungen und ein zerschlissenes Frotteehandtuch gelegt hatte. Da hockte das Tier nun schon seit geraumer Zeit vor einem Salatblatt, ohne zu fressen. »Der muss sich erst noch an das alles hier gewöhnen«, war Kordulas Meinung dazu gewesen. Auch sie blickte den TV-Koch zornig an.

»Natürlich bleibt er hier. Wir wissen nämlich jetzt, wem er gehört.« Das war wieder Annika. Sie deutete mit dem Finger zur Decke. »Emilia ist in die Nacht hinausgelaufen, um ihren Schnuppi zu suchen, eben diesen Hasen. Der hockte heute Nachmittag nämlich aus unerfindlichen Gründen nicht mehr in seinem Käfig. Und jetzt ratet mal, um welches Langohr es sich dabei handelt.«

»Himmel. Die Kleine wäre fast erfroren wegen dieses ... dieses Fellknäuels?« Marc-Oliver griff sich an die Stirn.

»Das ist nicht irgendein Fellknäuel. Sondern ihr Schmusetier. Ein Schneehase, wie wir wissen. Und die gibt es in unseren Breitengraden eher selten.«

»So wie Wölfe«, murmelte Luise Fritz im Hintergrund laut genug, dass alle es hören konnten.

»Moment mal«, mischte sich Elisabeth Mosler ein. »Ist das Mädchen dort oben ... irgendwie ... anders?«

Annika nickte. »Am besten fragt ihr Lioba. Sie ist die Einzige, die sich mit der Kleinen verständigen kann.«

»Weil sie nicht sprechen kann?«, fragte die Wirtin.

»Genau, sie ist taubstumm«, erklärte Annika.

Danach informierte sie alle über den Stand der Dinge eine Etage weiter oben.

»Sie heißt Emilia, hat keine Eltern mehr und wohnt bei ihrer Großmutter, irgendwo weiter oben am Berg.«

»Oben am Berg?« Elisabeth Moslers Stimme klang dunkel. Und beunruhigt.

☆ 47 ☆

Als Elisabeth erkannte, wer das kleine Mädchen war, wurde ihr mulmig zumute. »Sie ist die Enkelin des Eigenbrötlers«, flüsterte sie Moritz zu. »Wenn der noch leben würde, hätte ich jetzt keine ruhige Minute mehr.«

»Also Oma, jetzt mach mal halblang«, antwortete ihr Enkel. »Es ist doch so, dass wir diese Emilia gerettet haben. Da müsste uns die Familie doch dankbar sein.«

»Der Mann war gefährlich«, wisperte seine Großmutter. »Hat seine Frau und die gemeinsame Tochter stets unterdrückt. Das Mädchen war heilfroh, als es von zu Hause wegkonnte. Hat früh geheiratet, ist Mutter geworden. Kurz darauf sind sie und ihr Mann ums Leben gekommen. Die Kleine wurde zu den Großeltern gegeben.«

»Dann kennst du sie also doch?«

Elisabeth schüttelte vehement den Kopf. »Niemand kennt irgendwen von denen da oben. Die kleine Familie lebte komplett abgeschieden und tut es heute, zwei Jahre nach dem Tod des Alten, immer noch. Seine Witwe, die Großmutter von Emilia, hat ihren Mann begraben und weiterhin genauso ein Einsiedlerleben geführt wie vorher. Für ein kleines Mädchen muss das schlimm sein, ganz ohne Freundinnen. Kein Wunder, dass es einem Hasen bei Dunkelheit hinterherläuft. Vielleicht ist er das Einzige, was es hat.«

»Und der Wolfshund?«

»Würde ich dem Alten zugetraut haben, sich so ein Tier zu halten. Nur, warum läuft er frei herum?«

»Wo genau steht denn das Haus der Familie?«

Elisabeth begriff mit leichter Verzögerung, was ihr Enkel meinte. Erschrocken griff sie sich ans Herz.

»Moritz! Du glaubst doch nicht etwa, dass die Lawine es erfasst hat?«

Ihr Enkel zuckte die Achseln. »Glauben tue ich gar nichts. Aber so, wie sich das da draußen angehört hat, ist eine ganze Menge Schnee runtergekommen. Wer weiß, auf welcher Breite da alles mitgenommen wurde.«

Ihre halblaute Unterhaltung wurde durch Lioba unterbrochen, die in die Gaststube gestürmt kam, den Hasen aus seiner Kiste holte und damit schnurstracks wieder nach oben lief. Nicht, ohne Marc-Oliver Brettschneider zu bitten, mit ihr zu kommen. »Sie will Ihnen dafür danken, dass Sie sie gerettet haben.«

»Dann solltest du ihr nicht verraten, dass er ihren Schnuppi schlachten wollte!«, rief Gustav seiner Schwester hinterher.

Der TV-Koch indessen schien gerührt und betreten zugleich. »Wir müssen beide gehen«, rief er zu Moritz hinüber. »Schließlich war die Rettung der Kleinen Teamwork.«

»Sag ihr, wir kommen gleich«, fuhr er dann, zu Lioba gewandt, fort. Die nickte und eilte davon. Ihr Zwillingsbruder wirkte in diesem Moment, als habe er etwas verloren. Kordula Strothoff legte den Arm um ihn und flüsterte ihm ein paar Worte zu, die ihn sichtlich aufmunterten.

☆ 48 ☆

Emilia ahnte nichts von den Befürchtungen der Menschen um sie herum. Als Lioba mit dem Hasen auf dem Arm das Zimmer betreten hatte, glitt ein freudiges Lächeln über das Gesicht des Mädchens, das vor kurzem noch mehr tot als lebendig gewirkt hatte.

»Das ist mein Schnuppi!«, malte es mit Gebärdensprache in die Luft. Dabei drückte es den Hasen so fest an sich, dass bei ihm sofort Fluchtreflexe einsetzten, und er mit den Hinterläufen heftig ausschlug.

»Woher kannst du das eigentlich?«, wollte Roswitha von Lioba wissen und fuchtelte mit den Fingern herum.

»In unserer Schule wird das unterrichtet. Also – nicht die gesamte Gebärdensprache, aber die wichtigsten Sachen und das Gebärdenalphabet. Wir lernen das, genauso wie Esperanto.«

»Das gehört zu eurem Lehrplan?«

»Nein.« Lioba lachte fröhlich. »Ich habe mich freiwillig für ein paar Arbeitsgemeinschaften gemeldet. Sprachen fallen mir leicht, deshalb habe ich zusätzlich Lehrstoff gewählt, der eine größere Herausforderung darstellt.«

Roswithas Augen wurden groß und rund. »Herausforderung. Mein lieber Scholli, für eine Siebenjährige wirkst du schon ganz schön erwachsen. Gehe ich recht in der Annahme, dass es sich nicht um eine staatliche Schule handelt?«

Lioba nickte, ganz ernst. »Gustav und ich besuchen eine private Schule. Unsere Eltern legen viel Wert darauf, dass wir die bestmögliche Erziehung bekommen.«

Roswitha sah aus, als habe das Kind soeben ernsthaft das Vorhandensein von Marsmenschen bestätigt.

»Erziehung und Genuss schlossen sich in meiner Kindheit aus«, sagte sie schließlich trocken, bevor sie Lioba und Emilia, in ihre gestenreiche Unterhaltung verstrickt, wieder alleine ließ. Schwierige Situationen im Leben verursachten ihr stets einen gehörigen Appetit, den sie jetzt, da sie wusste, dass das Kind dabei war, sich zu erholen, stillen würde.

Als Marc-Oliver und Moritz das Zimmer betraten, wurde es still. Emilia, die immer noch den heftig sich wehrenden Hasen drückte, sah die beiden Männer mit Tränen in den Augen an. Lioba übersetzte den Dank des Mädchens an seine beiden Retter.

»Sie weiß, dass sie ohne Sie beide nicht mehr am Leben wäre«, schloss sie ihre Rede. »Jetzt möchte sie wieder nach Hause. Sie sagt, dass sich ihre Großmutter sicherlich schon große Sorgen machen wird.«

Die Erwachsenen im Raum wechselten betretene Blicke. Moritz war der Erste, der sprach. »Lioba, sag Emilia doch bitte, dass wir derzeit nicht nach draußen gehen können. Wir haben es mit Müh und Not zu Marcs Auto geschafft. Bis zum Haus der Großmutter aber ist es viel zu weit. Sag ihr«, er hielt kurz inne, bevor er fortfuhr, »sag ihr, dass wir bei der Großmutter anrufen, sobald die Telefone wieder funktionieren.«

Emilia schüttelte langsam den Kopf. »Sie haben kein Telefon«, übersetzte Lioba.

Moritz trat von einem Fuß auf den anderen. »Wir müssen warten, bis das Wetter besser ist«, murmelte er. Dann drehte er sich abrupt um, so dass Emilia nicht sehen konnte, dass er weitersprach. »Sag ihr bitte nichts von der Lawine. Okay?«

Lioba verstand sofort, auf ihrem Gesicht malte sich Bestürzung ab, die sie das andere Mädchen aber nicht sehen lassen wollte, so dass auch sie den Kopf abwandte, bis sie sich wieder gefasst hatte.

Dennoch schien Emilia etwas bemerkt zu haben. Ihre Blicke wanderten über die Mienen der anderen Anwesenden.

Marc-Oliver und Moritz verabschiedeten sich.

»Kannst du bei ihr bleiben, bis die Ablösung kommt?«, fragte Moritz Lioba noch schnell.

Die nickte ohne die Spur eines Lächelns.

☆ 49 ☆

Juliane Fritz hatte sich neben Sophie von Otter und Gustav gestellt. Gemeinsam begutachteten sie das Handyvideo.

»Das ist kein Wolf«, befand Juliane, nachdem sie das Video ein paarmal abgespielt hatten. »Ein Hund, der einem Wolf ähnlich sieht und ziemlich grau und ziemlich mager ist. Aber schauen Sie mal«, sie tippte auf die Beine. »Wölfe haben doch viel längere Beine, oder?«

Gustav nickte wissend.

»Wir könnten einen Spurenleser hinausschicken«, versuchte sich Karlheinz Clausing an einem Scherz. »Der könnte uns das sicher sagen.«

»Das sind Dinge, die nur ein Experte beurteilen kann«, meldete sich Gustav zu Wort.

»Wenn es ein Hund ist, wo ist dann sein Herrchen oder Frauchen?«, rief Luise Fritz.

»Wer schickt ein Tier bei einem solchen Wetter vor die Tür?«, brummte Bernhard von Otter.

»Ich fürchte, das werden wir so schnell nicht erfahren. Es sei denn«, Juliane blickte vielsagend an die Decke, »der Hund ist, wie der Hase, weggelaufen.«

»Vielleicht sogar aus demselben Haus? Wir könnten das Mädchen danach fragen.« Sophie von Otter hatte den Film angehalten und studierte den Kopf des Tieres. »Also, kein Wolf.

Aber hallo – was für ein Schreck. Wenn mir dieser Hund mitten in der Nacht im Schneegestöber begegnet wäre, na danke …« Sie steckte die Kamera weg.

»Heißt ja auch nicht, dass er nicht gefährlich ist. Streunende Hunde sind nicht so ohne. Womöglich hat er die Tollwut!«, meldete sich Luise zu Wort.

»Also bitte!«, fiel Juliane ihrer Mutter ins Wort.

»Wäre der tollwütig, hätte Moritz das sicher gemerkt«, beruhigte die Wirtin sie.

Auf jeden Fall war das Tier zur allgemeinen Erleichterung bisher nicht wieder am Gasthof aufgetaucht und Sophie von Otter begann, alles für den Dreh der Videoclips vorzubereiten.

☆ 50 ☆

»Ruhe bitte. Und ab!« Sophie von Otter stand hinter dem Stativ, auf das sie ihr Smartphone gestellt hatte, warf noch einen prüfenden Blick auf den Winkel der Kamera und bewegte den Arm von oben nach unten.

Luise Fritz und Marc-Oliver Brettschneider saßen sich an einem der Tische gegenüber. Moritz, der sich doch noch hatte breitschlagen lassen, an der Sache teilzunehmen, hatte sämtliche Zutaten für den von Luise Fritz vorgestellten Ofenschlupfer dort ausgelegt. Es war mucksmäuschenstill, als der Starkoch seinem Gast die erste der vorbereiteten Fragen stellte. Luise Fritz beantwortete sie, als habe sie ihr Leben lang nichts anderes getan. Sie griff nach einem Apfel und pries die Sorten mit dem säuerlichsten Aroma als geeignet. Sie brach ein kleines Stück vom harten Brotkanten ab und erklärte, was es damit auf sich hatte. Schließlich hielt sie Vanilleschoten und einen Becher Sahne in die Kamera.

»Ein leckeres, ländliches, ein einfach zubereitetes Gericht, das genau dadurch besticht. Der Ofenschlupfer mit Vanillesoße«, moderierte Brettschneider ab.

Es war Folge eins der geplanten und von Bernhard von Otter in aller Eile konzipierten Internetserie. »Marc-Oliver Brettschneider fragt« lautete der Arbeitstitel. Neben den Interviews, zu denen sich neben Luise noch Hanna und Roswitha,

Karlheinz Clausing und Bernhard von Otter bereit erklärt hatten, würde Brettschneider gemeinsam mit Moritz in der Küche einige der vorgestellten Lieblingsgerichte nachkochen. Lecker, unkompliziert, ländlich, so lautete die Vorgabe. Wenn alles aufgenommen war, würde er die einzelnen Folgen ins Netz stellen können, sobald er wieder Zugang hatte.

»Wir stellen das Ganze unter das Motto: Eingeschneit und trotzdem kochlustig«, grinste Sophie, nachdem die ersten Aufnahmen begutachtet waren.

Ihr war klar, dass ihr Mann das nicht für Brettschneider tat. Jedenfalls nicht ausschließlich.

»Dieser kleine Gasthof, in den du dich ja bereits verliebt zu haben scheinst, ist es doch wert, ein bisschen bekannter zu werden. Hier wäre kein einziger der heute anwesenden Gäste, wenn nicht das Wetter oder andere Widrigkeiten uns einen Strich durch die Rechnung gemacht hätten. Trotzdem hat uns Frau Mosler alle aufgenommen und tut ihr Bestes, damit wir uns auch in dieser Situation wohl fühlen. Die Vorstellung, dass das hier alles den Bach runtergeht, gefällt mir einfach nicht.«

Das waren Bernhards Worte gewesen.

Die ganze Chose machte nicht nur den Mitwirkenden vor der Kamera, sondern auch den Zuschauern Spaß, von Gustav mal abgesehen, der sein Misstrauen dem TV-Koch gegenüber nicht ablegen konnte und den Hasen streng bewachte. Während Karlheinz Clausing auf dem Interviewstuhl Platz nahm, und Moritz die Zutaten zu dem von ihm vorgestellten Leibgericht, einer Petersilienwurzelsuppe, hübsch in Schüsselchen verteilt auf dem Tisch platzierte, schlenderte die Nanny aus der Gaststube hinaus.

☆ 51 ☆

Das Licht fiel warm aus den Fenstern der Gaststube auf die Veranda. Kordula Strothoff stand noch keine fünf Minuten draußen, als die Tür erneut klappte. Es war Hanna, die zu ihr herauskam.

»Keine Angst vorm bösen Wolf?«, neckte sie die Nanny. Die schüttelte lächelnd den Kopf. »Auch nicht vor Hunden. Ich glaube, in so einer Situation kann eine solche Verwechslung durchaus passieren.«

»Auch eine?« Hanna hielt Kordula die Packung hin. Die schien zu zögern, nahm dann aber eine der angebotenen Zigaretten.

»Ich rauche höchst selten«, bemerkte sie, nachdem Hanna ihr Feuer gegeben hatte.

»Ich wünschte, ich könnte das auch sagen.« Hanna lachte kehlig. Eine Weile inhalierten sie schweigend, fest in ihre Jacken gehüllt. Ihr Atem stieg in Wölkchen in die Luft, er schien genauso dicht wie der Rauch, den sie nach jedem Zug an der Kippe ausstießen.

»Tut mir leid, dass Sie heute nicht mehr weitergekommen sind«, bemerkte Kordula nach einer Weile. »Ihre Freundin scheint sich deswegen Sorgen zu machen.«

»Roswitha? Die ist nervös, weil sie ihre Eltern nicht erreichen kann. Die warten schon mit dem Abendessen auf uns.«

»Sie werden von der Lawine gehört haben und sich denken, dass die Straße unpassierbar ist.«

Keiner von ihnen wusste allerdings, ob das Fernsehen funktionierte. Denn im Gasthof gab es kein einziges Gerät. Nur ein Radio, das aber, wie die Empfänger in ihren Autos auch, nur ziemlich zerhackte und kaum verständliche Töne ausspuckte. Es fühlte sich an, als wären sie komplett von der Außenwelt abgeschnitten.

»Tja. Wer weiß, vielleicht ist es gut so«, murmelte Hanna mehr zu sich selbst.

»Kennen Sie die Eltern Ihrer Freundin?«

»Nee. Das heute wäre das erste Treffen gewesen.« Hanna nahm zwei tiefe Züge von ihrer Zigarette und zündete sich mit deren Glut gleich die nächste an, bevor sie sie mit Schwung in den Schnee warf, wo sie zischend verglühte.

»Sie wissen nichts von mir«, fuhr sie fort. »Genauer gesagt nichts über die Natur unserer Freundschaft.«

Kordulas Kopf ruckte herum. »Sind Sie ihre erste Freundin?«

»So ist es. Ich bin lesbisch von Geburt an. Roswitha ist lesbisch, seit sie mich kennt.« Sie kicherte kurz. »Also seit einem guten halben Jahr.«

»Ups.« Auch Kordulas Zigarette war zu Ende geraucht. Sie sah sich nach etwas um, wo sie sie ausdrücken konnte, fand nichts und schnippte sie ebenfalls in den Schnee.

»Sie traut sich einfach nicht, ihren Eltern reinen Wein einzuschenken. Das nervt mich. Ich habe keine Lust, drei Tage lang als ›beste Freundin‹ auf dem Familiensofa zu schlafen und meine Liebste nicht abknutschen zu können.« Hanna wandte den Kopf und blickte in den Gasthof hinein. Dort hantierte Bernhard von Otter mit einem kleinen Kürbis herum. »Gleich sind wir dran. Ob ich ihr vor laufender Kamera eine Liebeserklärung machen sollte?« Wieder kicherte sie.

»Da kenne ich mich nicht aus«, antwortete Kordula schlicht.

»Womit genau?« Hanna sah sie aufmerksam an.

»Mit Beziehungen. Liebeserklärungen. Diese ganzen Dinge. Ich wüsste noch nicht einmal zu sagen, ob ich Männer oder Frauen liebe. Es hat sich einfach nie ergeben.«

Sie zog die Arme dichter um ihren Oberkörper und starrte in den Himmel hinauf.

»Kann mir vorstellen, dass sich das alles mit Ihrem Beruf nicht so ohne weiteres vereinbaren lässt. Die Zwillinge sind vermutlich ein Fulltime-Job.«

»Tja. Das hört sich etwas sachlicher an, als es das für mich ist. Lioba und Gustav werden von mir betreut, seit sie auf der Welt sind. Sie sind mir ans Herz gewachsen. Mir ist manchmal, als seien sie meine eigenen Kinder. Darum habe ich nie das Gefühl gehabt, etwas zu vermissen. Die Zeit mit den beiden gibt mir mehr, als ich mir anfangs vorstellen konnte.« Sie schwieg kurz und atmete tief aus. »Damit ist es ja demnächst leider auch vorbei.«

»Warum das?« Hanna hatte inzwischen auch ihre zweite Zigarette fertig geraucht. Sie rückte einen Schritt näher und sah Kordula fragend an.

»Internat«, stieß die hervor. »Ihre Eltern schicken sie in die Schweiz. Gleich nach dem Winterurlaub. Der soll, so hat man es mir aufgetragen, stattfinden wie immer. Heiligabend feiern die Kinder wie jedes Jahr mit mir im Chalet der Familie.« Sie unterstrich ihre Worte mit einer vagen Kopfbewegung irgendwohin in die Bergwelt. »Danach ist eine Woche Sport angesagt. Ski, Eislaufen, Schneewandern. Am 2. Januar kehren wir aber nicht nach Düsseldorf in die Familienvilla zurück, wie all die Jahre zuvor. Sondern ich bringe die beiden in ein edles Internat am Genfer See. Das war's.«

»Wie? Sie werden die beiden nicht mehr sehen?«

»Nein. Die Eltern wollen das nicht. Sie seien nun alt genug, um sich von mir als Bezugsperson zu lösen. Damit sie sich auf ihre glorreiche Zukunft vorbereiten können. Mehr Sprachen lernen – sie sprechen bereits perfekt Englisch, Italienisch und Französisch –, sich auf einen super Schulabschluss vorbereiten, damit sie auf eine super Uni gehen können. Die richtigen Kontakte knüpfen, damit sie später einmal ein funktionierendes Netzwerk für ihr Business haben.« Kordula Strothoff schwieg abrupt. Die letzten Sätze hatten sich bekümmert angehört.

»Was sagen die Kinder dazu, dass sie Sie nicht mehr sehen sollen?«

»Nichts. Sie wissen es noch nicht. Wir werden uns im Internat voneinander verabschieden. Mein Auftrag ist es, das alles frei von überflüssigen Emotionen zu halten. Genau das waren die Worte der Mutter. Sie denkt, dass Lioba und Gustav dann sofort so vom Alltag in ihrer neuen Schule und von ihren neuen Freundinnen und Freunden absorbiert sind, dass sie mich schnell vergessen. Vermutlich hat sie sogar recht damit. Ich bekomme noch einen Monat lang mein Gehalt und dann ist dieser Abschnitt meines Lebens vorbei.«

»Himmel, was für ein Mist«, entfuhr es Hanna. Es klang mitfühlender, als die Wortwahl vermuten ließ.

»Ja, so kann man es vermutlich ausdrücken.«

Von innen klopfte jemand gegen die Scheibe. Es war Roswitha, sie winkte ihre Freundin herein. Zeit, das Lieblingsgericht vorzustellen.

☆ 52 ☆

»Nun wollen wir die Petersilienwurzelsuppe zubereiten.«

Marc-Oliver Brettschneider nahm eine der weißen Wurzeln aus dem Körbchen, das auf der Arbeitsfläche in der Küche stand, und hielt sie in die Kamera. Moritz neben ihm nahm sie ihm aus der Hand. »Du hast eine Pastinake erwischt«, murmelte er. Er reichte dem Starkoch eine zweite, ganz ähnlich aussehende Wurzel. »Das ist die Richtige.« Gefolgt von einer kurzen Erklärung, woran man die beiden Sorten, die sich sehr ähnlich sahen, unterscheiden konnte.

»Der Duft, Marc-Oliver, der ist ein ganz anderer.« Moritz ließ es so aussehen, als ob das ein geplanter Gag für die Zuschauer sei, als habe sein neuer Duzfreund absichtlich nach der falschen Gemüsesorte gegriffen. Daher beschloss Sophie, die Szene drinzulassen.

Nachdem die beiden Köche sämtliche Arbeitsschritte erklärt und vorgeführt hatten und die Suppe im Topf vor sich hin schmurgelte, packte sie ihr kleines Equipment ein, um für die nächsten Aufnahmen von der Küche wieder in die Gaststube zu wechseln. Die Filmerei bereitete ihr mehr Spaß, als sie es sich noch vor kurzem hatte träumen lassen.

Überhaupt fand sie Bernhards Idee mit den Videoclips inzwischen gar nicht so schlecht. Insgeheim hatte sie bereits beschlossen, über die ganze Sache einen Artikel zu schreiben.

War doch interessant, was ein Dutzend wildfremder Menschen, die zwangsweise in einem Landgasthof in den Bergen festsaßen, miteinander anfingen. Inzwischen hatten sich die beiden ehemaligen Kontrahenten arrangiert und agierten in der erstaunlich geräumigen Küche des Gasthofs friedlich nebeneinander, duzten sich gar und machten eine gute Figur vor der Kamera. Sophie hatte nicht mitbekommen, wie die beiden zueinander gefunden hatten. Sie ahnte jedoch, dass es etwas mit dem nächtlichen Ausflug zu Brettschneiders Wagen zu tun hatte. Und noch jemanden schien er von einer moderaten Verhaltensänderung überzeugt zu haben: Annika, die nicht so aussah, als habe sie mit Essen überhaupt etwas am Hut, hatte sich überraschend entschieden mitzumachen. Sie war nach ihrem Vater vor die Kamera getreten.

☆ 53 ☆

»Hallo, ich bin Annika.« Sie blickte starr in die Kamera, erlaubte sich keinen Blick auf Moritz, der schräg hinter Sophie von Otter stand. Sie nahm jedoch sehr wohl wahr, dass er den Daumen hob.

»Also – mein einfaches Lieblingsgericht erinnert mich an meine Kindheit. Meine Mutter hat es immer für mich gekocht. Sicherlich kennt ihr da draußen es alle.« Eine kleine Pause diente ihr dazu, einen Beutel hochzuhalten. »Man braucht nicht viele Zutaten. Das hier ist die Hauptzutat. Reis.« Nacheinander deutete sie auf die restlichen Zutaten, die auf dem kleinen Tisch vor ihr angerichtet standen. »Dazu Milch, Zucker und Zimt.«

Ihr Blick wanderte kurz ins Leere, dann spürte sie, wie ein Lächeln unwillkürlich über ihr Gesicht huschte, bevor sie weitersprach. »Denn das Gericht, das ich meine, ist Milchreis mit Zimt.« Sie schwieg einen Moment, um sich zu sammeln, bevor sie fortfuhr. »Ihr fragt euch vielleicht, warum ich ausgerechnet das vorstelle. Wenn ich ehrlich bin, frage ich mich das selbst gerade auch. Denn ich habe schon sehr lange keinen Milchreis mehr gegessen. Heute dachte ich bereits viele Male an meine Mutter, sie hat es immer mit sehr viel Liebe für mich gekocht, als ich noch klein war. Irgendwann dachte ich, ich sei zu erwachsen für dieses Gericht. Dazu machte ich mir Gedanken über den Kaloriengehalt.«

Rings um sie herum war es ganz still geworden. Alle im Raum sahen sie an. Sie nahm die Gesichter wie durch eine beschlagene Scheibe wahr. Nur Moritz war klar und deutlich zu erkennen. Er betrachtete sie ernst und gleichzeitig so liebevoll, dass ihr plötzlich ganz warm ums Herz wurde.

Ausgerechnet ein Koch, schoss es ihr durch den Kopf, bevor sie den Blick wieder auf das Objektiv der kleinen Kamera richtete, mit der Sophie von Otter sie filmte. *Vermutlich hat das eine tiefere Bedeutung.*

»Ich habe einfach nicht verstanden, dass es Nahrungsmittel gibt, die unsere Seele nähren. Die wir daher nicht mit den sonstigen Maßstäben messen können. Und genau darum stelle ich euch diese Speise vor.«

Es folgte eine kurze Anleitung für die Zubereitung, dann hob Sophie von Otter die Hand, Annika kam zum Ende, und als die imaginäre Klappe fiel, strahlte sie übers ganze Gesicht.

☆ 54 ☆

»Kleine Pause vor dem Abendessen«, rief Sophie. »Ich schaue mir gleich sämtliche Clips an. Eventuell drehen wir nach dem Essen noch etwas nach.« Sie verschwand nach oben auf ihr Zimmer.

Annika folgte den beiden Köchen in die Küche. »Ich helfe euch«, meinte sie und sah sich unternehmungslustig um.

»Okay, dann darfst du jetzt mal den Rest der Petersilienwurzeln kleinschneiden, damit wir sie als ersten Gang servieren können.« Der Fernsehkoch winkte sie heran, um ihr ein Küchenhandtuch um die Taille zu binden, bevor sie sich an die Arbeit machten.

Für Annika, die so gut wie nie selbst etwas kochte, stellte das, was sie nun tat, ein Buch mit sieben Siegeln dar. Überraschenderweise war es Marc-Oliver, der ihr immer wieder über die Schulter blickte, »gut so« oder »ein bisschen kleiner« sagte. Als alle Wurzeln geschält und klein geschnitten waren, brachte er ihr einen Korb voller Äpfel. »Riech mal«, forderte er sie auf. Annika schnupperte. »Diese Äpfel wurden im Herbst auf Streuobstwiesen geerntet. Sie sind nicht perfekt, aber viel besser als die getunte Ware, die man in den meisten Supermärkten bekommt.«

Moritz, der mit den Klößen beschäftigt war, sah zu ihnen herüber und lachte laut auf. »Das hast du dir ja gut gemerkt«, rief er Marc-Oliver zu.

»Ich bin eben schnell zu begeistern«, erwiderte der. »Die kleinen Videoclips haben mich so richtig auf den Geschmack gebracht. Heimische Nahrungsmittel der Saison, modernisierte Traditionsrezepte, eine wundervolle Umgebung – was will man mehr?« Er breitete die Arme aus und drehte sich einmal um sich selbst. »Hast du eine Ahnung, wann ich zuletzt in so einer großen Küche stand?«

Moritz zuckte mit den Schultern.

»Schon lange nicht mehr. Hier könnte man ja direkt Kochkurse anbieten.« Marc-Oliver ging langsam an den Kochstationen vorbei, in seiner Miene war zu lesen, dass ihm irgendetwas durch den Kopf ging. »Fernsehküchen sind ja recht überschaubar.«

»Die Küche im *Eichenhof* ist auch nicht gerade riesig«, brummte Moritz.

»Und dieser alte Herd.« Der TV-Koch nahm einen Haken von der Wand und hob damit einen Eisenring nach dem anderen von einer der Kochstellen, legte damit einen immer größer werdenden Kreis frei, unter dem in früheren Zeiten ein offenes Feuer gebrannt hatte.

»Damit haben schon meine Urgroßeltern gekocht«, erwiderte Moritz. »Keine Ahnung, ob er noch funktioniert. Meine Oma wollte ihn auf jeden Fall behalten.«

»Wir könnten ja ein Feuerchen darin entzünden.«

»Lass mal. Ich glaube, wir haben noch genug anderes zu tun.« Moritz war mit den Klößen fertig. Er ging zum Waschbecken, um sich die Hände zu waschen.

»Und du? Macht es dir Spaß?«, wandte er sich an Annika.

»Mehr als ich dachte«, erwiderte sie. »Aber sag mal, wie schafft ihr beide es, so schlank zu bleiben?«

Marc-Oliver sah gespielt streng zu ihr hinüber. »Fängst du schon wieder damit an?« Er hob den Zeigefinger.

»Nicht jeder Koch läuft mit einer Berufsfigur herum«, erklärte Moritz grinsend und deutete mit den Händen einen dicken Bauch an. »Mein Rezept dagegen lautet: Hinsehen, was im Essen drin ist, also selber kochen, am besten mit viel Gemüse. Dazu nehme ich mir die Zeit für Sport. Laufen, Skifahren, Snowboarden.«

Annika sagte nichts weiter, sie hantierte mit dem Apfelstecher, hob ein Kerngehäuse nach dem anderen aus. Eine sehr ungewohnte Tätigkeit, die ihr aber zunehmend Spaß machte. Als sie die Butzen in den Abfall werfen wollte, hielt Moritz sie davon ab.

»Die legen wir nachher nach draußen für die Vögel.«

Marc-Oliver drückte in jeden Apfel an eine Seite der Öffnung eine halbe Walnuss, und ordnete sie dann auf zwei Backbleche an. »Damit werden sie jetzt gefüllt.« Moritz reichte Annika eine Schüssel mit einer undefinierbaren Masse und einen langen, schmalen Löffel. »Drück ruhig alles mit dem Daumen fest.«

»Was ist da drin?«, fragte sie.

Moritz und sein Kollege grinsten sich kurz an. »Schnupper doch mal«, meinte Marc-Oliver.

»Augen zu!«, ergänzte Moritz.

Brav schloss sie die Augen. Irgendwie machte ihr das hier mehr Spaß, als sie gedacht hatte. Eigentlich hatte sie nur höflich sein wollen. Es war selbst ihr klargeworden, dass Elisabeth Mosler und Moritz mit der plötzlichen Ankunft so vieler unangekündigter Personen an ihre Grenzen stießen. Die Wirtin hatte eine ganze Reihe von Zimmern herrichten und ihre Gäste in der Gaststube bewirten müssen. Moritz hätte, ohne die Gänse und das Kraut von seinem eigentlichen Arbeitgeber, ganz sicher nicht so schnell so viele Essen herbeizaubern können. Wenn sie Moritz ein bisschen näher kennenlernen wollte, so ihr Gedankengang, böte sein liebstes Revier, die Küche, die beste Möglichkeit. Und jetzt stand sie hier und versuchte zu ergründen, was genau in der Füllung für die Bratäpfel verarbeitet worden war.

»Es riecht nach Rum«, meinte sie schließlich. »Nach Zimt und Vanille.« Die beiden klatschten in die Hände und sie öffnete, erleichtert darüber, dass sie sich nicht lächerlich gemacht hatte, die Augen.

»Dazu noch gehackte Mandeln und eingelegte Rosinen«, erklärte Moritz. »Das verknete ich mit ein bisschen Marzipanrohmasse. Und zum Schluss kommt ein Stich Butter auf den Apfel, damit er schön glänzt und die Haut kross wird.«

Annika konnte nicht anders, als sich sofort die Kalorien vorzustellen, die ein solcher Bratapfel mit sich brachte.

Marc-Oliver musste es ihr angesehen haben, denn er schüttelte leicht den Kopf. »Keine Bange, junge Frau. Dieses Dessert ist ziemlich gesund.« Er deutete auf den Apfel. »Eine der gesündesten Obstsorten«, dann fuhr er fort, die anderen Zutaten zu erklären. »Mandeln sind gut fürs Herz und setzen in kleinen Mengen nicht an den Hüften an. Zimt pusht den Stoffwechsel, Vanille«, er rollte mit einer komischen Miene die Augen, »soll gut für die Liebe sein.« Annika spürte, wie sie errötete, doch Marc-Oliver fuhr schon fort. »Ein bisschen Rum lockert auf, Rosinen enthalten wertvolle Mineralstoffe, gutes, echtes Marzipan ist was ganz Besonderes und ein Flöckchen Butter schadet nicht und gibt dem Ganzen mehr Geschmack.«

Annika nickte zu seinen Ausführungen. Ob er sie lediglich beruhigen wollte?

»Weißt du, was ich überhaupt nicht mag?« Marc-Oliver verschränkte die Arme vor der Brust und sah sie nun ganz ernst an. »Diese jungen Frauen, die sich im Netz immer so dünn und gutaussehend präsentieren, und damit anderen jungen Frauen versuchen einzutrichtern, dass alle genau so sein müssten.« Er warf einen Blick zu Moritz, der ihm ebenso ernst zuhörte.

»Oder, Moritz? Im *Eichenhof* sitzen doch manchmal auch diese Models und Influencerinnen? Was nichts anderes heißt, als dass sie ihren Followern irgendetwas verkaufen wollen. Damit verdienen sie ihr Geld. Und mit den schönen Fotos, die sowieso getunt sind.«

Moritz nickte.

»Und, was essen sie? Meiner Erfahrung nach ein bisschen gedünsteten Fisch und ein paar Gabeln Spinat. Also ehrlich, für solche Leute hat niemand von uns Lust zu kochen. Die können doch schon lange nichts mehr genießen.« Er hob die Hände in die Luft und wedelte damit herum. »Bitte den Salat ohne Öl. Und den Fisch nur in Wasser dünsten. Kein Salz!« Er hatte seine Stimme verstellt, so dass sie nun dünn und hoch klang. Und ein wenig hysterisch. Moritz und er lachten herzlich.

Annika wurde es mulmig. Hatte sie nicht auch manchmal in Restaurants solche bescheuerten Bestellungen aufgegeben? Denn so kam es ihr nun vor: bescheuert.

»Dazu kommt, dass alle, ausnahmslos alle, in Wirklichkeit weder so hübsch noch so glatt, noch so perfekt dünn sind, wie das auf den Fotos aussieht.« Er beugte sich direkt zu Annika, die versucht war, einen Schritt zurückzuweichen. »Sie sehen sowieso alle gleich aus. Weißt du, warum?« Er wartete die Antwort nicht ab. »Weil sie alle dieselben Filter und Photoshop-Tools benutzen.« Jetzt richtete er sich auf und lachte. »In Wirklichkeit haben die Pickel, Dellen, krumme Beine und breite Nasen. Einige sehen in natura sogar besser aus, ganz einfach, weil sie da noch so etwas wie Persönlichkeit ausstrahlen. Also, Mädel, lass dir nichts vormachen. Sei einfach du selbst.« War er fertig? Noch nicht. Nach einem langen, freundlichen Blick auf sie fügte er hinzu. »Ein paar Pfund mehr würden dir sowieso gut stehen. Also – hau rein heute Abend. Ein Menü zweier Starköche kriegst du so schnell nicht wieder.«

☆ 55 ☆

Sophie sah sich von der Tür her nachdenklich um, bevor sie den Raum betrat. Alles war bereit für das Weihnachtsmenü. Merkwürdig, Heiligabend mit so vielen fremden Menschen zu verbringen. Ganz hinten links, direkt neben dem Kamin, stand das Weihnachtsbäumchen, behängt mit roten und goldenen Kugeln. Darunter hockte der Hase in der alten Weinkiste. Er wirkte inzwischen wesentlich munterer als bei seiner Ankunft. Der Tisch der Zwillinge und ihrer Nanny war der letzte auf der linken Seite. Die Wirtin hatte dort ein viertes Gedeck aufgelegt. Hoffte sie, dass das stumme Mädchen mitessen würde? Gegenüber von diesem Tisch hatten sich die beiden Freundinnen niedergelassen. Die Köpfe zusammengesteckt und die Hände ineinander verschränkt, unterhielten sie sich leise. Am Tisch neben ihnen hing Bernhards Jacke über einem Stuhl. Und davor, am Tisch direkt neben der Tür, saßen Mutter und Tochter Fritz. Während Juliane gelegentlich ein Wort mit Karlheinz Clausing wechselte, schwelgte Luise noch immer in Erinnerungen an ihr Interview.

Sophie ging an den beiden vorbei zu ihrem Platz und setzte sich. Eine Flasche Rotwein stand auf dem Tisch, sie goss sich etwas davon in ihr Glas. Bernhard war ihr heute mit seinem Alkoholpegel voraus, was kein Wunder war. Sie sah zu der Nanny hinüber. Nicht zum ersten Mal fiel ihr auf, wie liebevoll sie mit den Kindern umging. Dabei machte sie stets klare Ansagen und wirkte nicht, als würde sie sie über Gebühr verwöhnen. Die Zwillinge hingen an ihrer Nanny und Sophie fragte sich, was wohl die Eltern trieben. War es normal in dieser Familie, dass die Eltern ihre Kinder an Weihnachten alleine ließen, um auf Mauritius Urlaub zu machen?

Bernhard betrat den Raum, er hielt ein paar Blätter in der Hand, winkte zu Clausing hinüber und stellte den Daumen auf.

»Was ist los?«, Sophie trank einen Schluck von ihrem Wein und sah ihren Mann fragend an.

»Karlheinz hat einen Vertragsentwurf skizziert. Damit für uns alle klar ist, was mit dem Material geschieht, das gedreht wird. Also, dass du und ich«, er grinste kurz, »im Abspann als Produzenten genannt werden. Dass man dem Gasthof dankt, dass Moritz als Assistent genannt wird und darüber hinaus müssen wir von allen Mitwirkenden die Erlaubnis haben, das gedrehte Material ins Netz stellen zu dürfen. Du weißt schon.«

Sophie begriff durchaus, was er meinte. Es musste eben alles seine Richtigkeit haben.

»Außerdem hat Karlheinz reingeschrieben, dass Frau Mosler mit dem Material Werbung für sich machen darf. Das finde ich ziemlich nobel, da hat ja vorher keiner dran gedacht. Wie sind die Aufnahmen geworden?«

»Schön. Alles sieht sehr gemütlich aus. Der Ton ist besser als erhofft. Und unsere Laien haben sich gut geschlagen.« Marc-Oliver Brettschneider sowieso. Der Kerl war für die Kamera geboren, sobald sich ein Objektiv auf ihn richtete, fing er an wie von innen heraus zu strahlen. Er war keck, selbstsicher und hatte immer einen flotten Spruch parat. Kein Wunder, dass er es im Fernsehen so weit gebracht hatte. Wenn nun ein wenig von seinem Glanz auf den *Goldenen Stern* abfärben würde, fand Sophie das absolut in Ordnung.

»Ich hab' vielleicht einen Hunger«, vertraute sie ihrem Mann an. Der Gänsebraten duftete inzwischen durchs ganze Haus.

»Dauert nicht mehr lange«, meinte Bernhard und legte seine Hand auf die seiner Frau. »Ich schätze, in einer Viertelstunde wird serviert.«

☆ 56 ☆

Annika wunderte sich über sich selbst. Anfangs, bei der Petersilienwurzelsuppe, hatte sie noch recht hektisch das auf ihrem Smartphone gespeicherte Kalorienverzeichnis konsultiert, das seit einem Jahr ihr ständiger Begleiter war. Gemessen an dem, was sie sich normalerweise zugestand, hätte sie danach nicht weiteressen dürfen.

Doch die beiden Köche hatten in ihrer neu gefundenen Eintracht die Gänse auf einem Servierwagen hereingerollt, sie tranchiert und auf die Teller verteilt, während Elisabeth Mosler Rotkraut, Klöße und glasierte Maronen dazugab und anschließend servierte. Die Getränke durften sich die Gäste selbst einschenken, auf jedem Tisch standen je eine Flasche Rotwein und Wasser, mit Ausnahme des Tisches ganz hinten links. Kordula Strothoff trank nur Wasser, genau wie die Zwillinge und Emilia. Das Mädchen war auf wackligen Beinen heruntergekommen. Es trug warme, trockene Sachen von Lioba, die ihm zwar ein bisschen zu groß waren, aber ihren Zweck erfüllten. Jetzt fiel es mit erstaunlich gutem Appetit über das Essen her.

Während Annika mit gemischten Gefühlen zusah, wie ihr Vater bei zunehmend besserer Laune ein ums andere Mal Juliane Fritz zuprostete, hatte sich Moritz mit seinem Teller zu ihnen an den Tisch gesetzt. »Gestatten?«, lächelte er.

Annika merkte sehr wohl, dass ihr Vater nicht so recht wusste, ob er die Sache mit dem Ausflug in den Schnee ansprechen sollte oder nicht. Sie legte ihm die Hand auf den Arm. »Ich habe Moritz versprochen, vom gesamten Menü zu probieren«, lenkte sie Karlheinz Clausings Aufmerksamkeit auf etwas anderes.

»Wirklich? Das sind ja gute Neuigkeiten.«

Moritz lächelte. »Tut mir leid wegen der ganzen Aufregung über unsere Abwesenheit und die Sache mit der Scheune«, sagte er leise, bevor er sich Annika zuwandte.

»Ich habe dir ein ganz mageres Stück auf den Teller gelegt. Und den kleinsten Kloß. Ein Löffelchen Kraut und zwei Maronen. Das schaffst du.« Seine grünen Augen befanden sich so nah bei ihrem Gesicht, dass ihr ganz flatterig im Bauch wurde.

»Guten Appetit«, wünschte er Vater und Tochter. Die beiden Männer hoben ihre Weingläser, während Annika an ihrer Diät-Cola nippte. Alles wollte sie nicht gleich an einem Tag über den Haufen werfen.

Als sie das erste Stück Fleisch in den Mund schob, musste sie sofort zugestehen, dass Moritz der Braten hervorragend gelungen war. Und während er ihr beim Essen gut gelaunt erzählte, welche Zutaten und Gewürze die Gans so bekömmlich und lecker machten, aß sie einfach immer weiter.

Als sie fertig waren und Moritz die Teller abräumte, berührten sich ihre Fingerspitzen kurz und ihr war, als habe ihr jemand einen Energiestoß verpasst. Mit großen Augen blickte sie Moritz hinterher, als er in die Küche ging. Er hatte eine klasse Figur, schlank und durchtrainiert. Kein Wunder, wenn er doch zum Ausgleich für seinen nahrhaften Beruf viel Sport trieb.

»Der junge Mann hat es dir angetan, oder?« Karlheinz Clausing beugte sich mit verschwörerischer Miene zu seiner Tochter.

»Er ist cool«, antwortete die. »Und er findet mich nicht zu fett.«

»Fett? Himmel, Annika. Du bist weit entfernt davon, auch nur ansatzweise übergewichtig zu sein. Aber das sage ich dir doch auch schon die ganze Zeit.«

Annikas Augen blickten in eine unsichtbare Ferne. »Ja, Papa«, antwortete sie nach einer Weile. »Aber das ist ja was anderes.«

»Was anderes? Weil ich dein Vater bin?«

»Genau. Genau deshalb.« Ein winziges Schmunzeln lag in ihren Mundwinkeln, das sie tatsächlich zuließ.

☆ 57 ☆

»Langsam wird es peinlich. Du schaust immer wieder zu der Nanny hinüber«, wandte sich Roswitha mit klagendem Unterton in der Stimme an ihre Freundin. »Was habt ihr eigentlich vorhin vor dem Haus miteinander geredet?«

»Nicht viel. Dass es ihr letztes Weihnachtsfest mit den Zwillingen ist. Und ich es blöd finde, dass du deinen Eltern noch immer nichts von uns erzählt hast.«

Roswitha ließ die Gabel sinken und starrte ihre Freundin an. »Du hast WAS?«

»Ja, ist doch so. Wenn wir nicht hier festsitzen würden, dann säßen wir jetzt bei deinen Eltern am Tisch. Als gute Freundinnen. Ich würde heute Nacht nicht mit dir in einem Bett schlafen können, sondern müsste auf die Couch. Und deine Mutter würde dich und mich ständig fragen, ob wir einen Freund haben. Wann wir gedenken zu heiraten oder Kinder zu bekommen.«

Hannas Besteck landete klirrend auf dem Teller.

»Das zöge unweigerlich eine Lüge nach der anderen nach sich. Etwas, das ich, wie du sehr wohl weißt, verabscheue. Da kann man ja nur von Glück sagen, dass uns das erspart bleibt. Oder nicht? Und was ist schon dabei, das mal auszusprechen.«

»Einer Wildfremden gegenüber?« Roswithas Blicke schossen im Sekundentakt zwischen Kordula und Hanna hin und her. »Wenn du mich fragst, ist diese Amazone nicht gerade der Mensch, dem ich Geheimnisse anvertrauen würde.«

»Geheimnisse vielleicht nicht, aber Tatsachen schon.« Hanna nahm ihr Besteck wieder auf und setzte ihre Mahlzeit fort, während ihre Freundin noch immer mit verständnisloser Miene dasaß und wirkte, als habe sie den Appetit verloren.

☆ 58 ☆

Am Tisch von Sophie und Bernhard von Otter war eine längere Gesprächspause eingekehrt. Während Bernhard seinen Gedanken nachhing, hörte seine Frau mit halbem Ohr das Gespräch der beiden Freundinnen am Nebentisch mit. Eigentlich, so dachte sie, lief es doch bei allen Beziehungen immer darauf hinaus, dass nach dem ersten Überschwang, der Verliebtheit mit der damit einhergehenden Blindheit für jegliche Form der Unterschiedlichkeit, verbunden mit dem Ausblenden aller möglicherweise auftretenden Schwierigkeiten, die Zeit folgte, in der man genau das verstärkt wahrnahm. Anfangs noch im Glauben, sein Gegenüber ändern und seinen eigenen Wünschen entsprechend formen zu können. Klappte das nicht, kam es schon bald zu ersten Streitigkeiten. Das, davon war Sophie überzeugt, stellte die Weggabelung dar, an der sich alles entschied. Es gab Paare, die, sofern sie zusammenblieben, ab dem Moment immer weiterstritten, konkurrierten, jede Gelegenheit wahrnahmen, dem Partner oder der Partnerin zu beweisen, dass man selbst auf dem richtigen, das Gegenüber auf dem falschen Weg wäre. Und es gab Paare, die sich so sein ließen, wie sie waren. Nicht ständig versuchten, einander zu ändern. Sondern die Partnerschaft als das betrachteten, was sie nun mal war: das Zusammensein zweier unterschiedlicher Charaktere. Die, im Idealfall, beieinander bleiben wollten, auch wenn sie nicht immer in reiner Harmonie lebten. Die Diskrepanzen und Krisen aushielten.

»Woran denkst du?« Bernhard legte seine Hand auf ihre. Sophie war versucht, sich seiner Berührung zu entziehen, tat es dann aber nicht. »An die Schwierigkeit, eine gute Beziehung zu führen«, erklärte sie leise.

»Mir fällt das nicht schwer, daran zu glauben, dass es geht«, gab er zurück. »Weil ich dich liebe und immer lieben werde.«

☆ 59 ☆

Karlheinz Clausing stellte sein Glas ab und senkte die Augen. Seine Tochter war verliebt. In den Enkel der Gastwirtin. Den sie vor ein paar Stunden kennengelernt und zuerst keines Blickes gewürdigt hatte. So schnell konnte es gehen. Etwas schmerzte ihn, und er ahnte, was es war.

Eben hatte er das Ehepaar schräg gegenüber beobachtet. Sie saßen so ruhig da, machten einen mit sich und der Welt zufriedenen Eindruck. Dabei hatte das vor einigen Stunden noch ganz anders gewirkt. Bernhard – sie duzten sich seit der Sache mit Brettschneider – war ein nervöser Typ, der nach der Ankunft zu viele Schnäpse in zu kurzer Zeit getrunken hatte. Sophie, seine Frau, wirkte wie eine dieser Münchner Zimtzicken, die, stets ein Handy am Ohr und den Blick auf irgendetwas vermutlich Wichtiges in ihrem gedanklichen Orbit gerichtet, durch die Straßen und in die angesagten Cafés hasteten, wo sie ihresgleichen trafen, um was eigentlich zu tun? Von Unterhaltung konnte man nicht sprechen beim ständigen Gesummse ihrer Mobiltelefone, die stets Bemerkungen in der Art »Oh, da muss ich dran gehen. Ist ganz wichtig.« produzierten. Oftmals hatte er den Eindruck, dass diese Treffen nichts anderem dienten, als den eigenen Erfolg und die eigene Wichtigkeit herauszustellen. Beides Dinge, die für solche Leute lebenswichtig schienen. Als ob das im Leben überhaupt eine Rolle spielte!

Inzwischen hatte er eine Seite von Sophie kennengelernt, die ihm besser gefiel. Zupackend, pragmatisch, uneitel. Wie sie die Geschichte mit den Internetclips für diesen Brettschneider angegangen war, alle Achtung. Dazu schrieb sie ständig Dinge auf, die ihr im Gasthof gefielen. Für einen Artikel in ihrem Frauenmagazin, wie ihm Bernhard verraten hatte. »Sie hat ihre Liebe zum Land entdeckt. Sagt, die wäre immer schon da gewesen, aber irgendwie verschüttet. Frauen.« Er hatte es mit einem Achselzucken und genau dem halben Lächeln gesagt, dass zeigte, dass er selbst nicht so recht wusste, wie er diese Aussage deuten sollte. Nun wirkten beide sehr in sich gekehrt. Als Bernhard die Hand auf die seiner Frau gelegt hatte, zog sich ein scharfer Schmerz durch Karlheinz' Brust. Er vermisste es, einer Frau so nahe zu sein. Diese Intimität, die man nur haben konnte, wenn man sich voll und ganz aufeinander einließ, fehlte ihm. Schon länger, als er von Rena getrennt war. Er spürte, dass ihn jemand ansah. Juliane lächelte ganz zart zu ihm herüber. Sie wirkte anrührend. Als müsse sie beschützt werden. In diesem Moment fragte Karlheinz sich, ob er das sein konnte. Ein Beschützer für eine Frau, die so ein bisschen aus der Zeit gefallen war. Bis ihm auffiel, dass auch er ein bisschen aus der Zeit gefallen war, und das doch ganz gut passen könnte.

☆ 60 ☆

Juliane war froh, dass ihre Mutter endlich mal den Mund hielt. Es war nicht nur für sie erholsam, sondern zeigte auch, dass Luise Fritz das Essen schmeckte. Wenn die beiden Frauen zum Essen ausgingen, was selten vorkam, hatte die Ältere an fast allem etwas herumzumäkeln. Entweder war die Suppe zu kalt oder das Fleisch zu zäh, der Salat zu sauer oder das Gemüse geschmacklos. Es war schwierig, sie zufriedenzustellen. Hier und heute jedoch schien alles für sie in Ordnung zu sein. Nicht auszudenken, wenn das Lamento wieder losgegangen wäre! Luise Fritz hatte ziemlich lange gebraucht, sich mit den Dingen zu arrangieren. Dass sie beide jetzt nicht im *Grand Hotel Bergschloss* saßen, um in einem eleganten Speisesaal an einem Tisch mit Kristall und Leinen zu speisen, war in den Hintergrund gerückt. Sehr zu Julianes Beruhigung. Denn sie fühlte sich im Gasthof viel wohler als anfangs gedacht. Nicht nur, weil das ganze Haus einfach einen Tick gemütlicher und wesentlich weniger einschüchternd war als ein Luxushotel. Es lag ebenso an den Menschen um sie herum. Besonders an Karlheinz Clausing. Er war keiner dieser lauten, von sich selbst überzeugten Machos, mit denen Juliane zumindest beruflich schon etliche Male zu tun gehabt hatte. Clausing war eher ein Mann für die Zwischentöne. Und da kannte sie sich bestens aus.

Dass sie ein Preisausschreiben für zwei Personen gewonnen und keine Freundin hatte, die sie begleitete, wäre für sie fast ein Grund gewesen, die ganze Sache abzublasen. Aber da war Luise Fritz vor. »Wenn du keine Freundin hast, was ja auch kein Wunder ist, begleite ich dich. Ich könnte ein bisschen Abwechslung gebrauchen«, lautete ihre Ansage dazu. Da waren sie nun, heillos zerstritten, wie eigentlich immer. Keine wie auch immer geartete Entspannung erkennbar. Dafür ein Mann, der auf derselben Wellenlänge funkte wie sie. Juliane lächelte leise vor sich hin. Es war, trotz allem, ein schöner Heiligabend.

☆ 61 ☆

Elisabeth Mosler blickte Moritz mit einem nachsichtigen Lächeln hinterher, als er in die Küche ging, um das Dessert zuzubereiten. Sie hatte wohl bemerkt, dass sich zwischen ihm und dieser Annika eine Verbindung aufbaute. Warum auch nicht. Abgesehen von ihrer viel zu dünnen Figur war sie sehr hübsch. Ein bisschen viel Melancholie lag in ihrem Blick, aber das konnte dem Alter geschuldet sein. Mädchen an der Schwelle zum Erwachsenenleben hatten ein fragiles Seelenleben. Und wenn dann noch die Mutter ging und einen zurückließ … Keine einfache Situation. Sie folgte dem Blick des Vaters und musste erneut schmunzeln. Diese Schreckschraube Luise Fritz hatte offensichtlich noch nicht bemerkt, dass ihre eingeschüchtert wirkende Tochter mit dem Anwalt flirtete. Ja, flirtete, anders konnte man die leuchtenden Blicke, die sie ihm zuwarf, nicht interpretieren.

Sie trocknete ihre Hände an einem der dunkelblauen Handtücher ab, die stets stapelweise neben dem Tresen lagen und holte erneut die Postkarte hervor, die sie früher am Abend mit einer gewissen Nostalgie gelesen hatte. Ob sich auch dieses Weihnachten ein Paar fand? Oder gar zwei?

Allerdings wusste sie nicht, ob sie Moritz überhaupt wünschen sollte, dass er sich diesem Mädchen weiter annäherte. Annika und ihr Vater kamen zwar aus einem Münchner Vorort, und Moritz arbeitete in der Innenstadt, so dass sie sich auch nach diesen Weihnachtstagen treffen konnten. Sie befürchtete allerdings, dass Annika komplizierter war, als Moritz das in seinen rosaroten Vorstellungen wahrnahm.

Als sie ihn nun aber in der Küche vor sich hin trällern hörte, schmolz ihr Herz dahin. Er war so ein toller junger Mann. Sie liebte ihn. Und das nicht nur, weil er alles war, was sie an Familie noch hatte.

»Wollen wir nicht mal die Kerzen am Weihnachtsbaum anzünden?« Marc-Oliver war neben sie getreten. Er trug eine von Moritz' Kochuniformen, die zwar über dem Bauch etwas spannte, ihn aber nicht davon abhielt, wie der Küchenchef aufzutreten. So, wie er seine Blicke über die Anwesenden im Gastraum schweifen ließ, wirkte er, als würde er zur Familie, also ihrer Familie, gehören. Gott sei Dank war er nun wesentlich ruhiger und angenehmer im Auftreten als bei seinem Eintreffen. Was immer die Veränderung bewirkt hatte, es war gut so.

Sie drückte ihm eine Packung Zündhölzer in die Hand, und wenig später brannte ein kleines Licht auf jeder der hellgelben Bienenwachskerzen.

☆ 62 ☆

Elisabeth Mosler dimmte das Licht, schob eine CD in den Player und klopfte mit einem Kaffeelöffel gegen ein Glas. Sofort erstarben sämtliche Gespräche im Raum.

»Ich habe eine CD mit ausschließlich orchestrierter Weihnachtsmusik zum Mitsingen eingelegt«, verkündete sie. »So kommt vielleicht bei dem einen oder anderen doch noch so etwas wie weihnachtliche Stimmung auf.«

»Sentimentales Getue«, brummte Luise Fritz und warf der Wirtin einen finsteren Blick zu.

Stille Nacht erklang aus den kleinen Lautsprechern, anfangs übertönt vom Hüsteln und Füßescharren der Anwesenden. Die drei Kinder sprangen als Erste auf, einige der Erwachsenen erhoben sich nur wenig später, um näher an die kleine Tanne heranzutreten. Auch Brettschneider blickte, die Zündhölzer noch versonnen in der Hand drehend, in die Flammen, die sich in den bunten Kugeln brachen und vervielfachten. Mit einem Schlag lag zum ersten Mal an diesem ereignisreichen Tag so etwas wie Frieden über dem Haus.

Sophie legte ihre Serviette zur Seite und erhob sich, um sich denjenigen anzuschließen, die inzwischen einen kleinen Halbkreis um den Weihnachtsbaum gebildet hatten.

Wenn ich die Gedanken der anderen lesen könnte, stünden da bestimmt einige Wünsche im Raum, dachte sie. *Was habe ich mir eigentlich zu Weihnachten gewünscht?* Sie und Bernhard beschenkten sich gerne gegenseitig. Auch heute lag in Sophies Koffer ein kleines, liebevoll eingepacktes Präsent für ihren Mann und wartete auf die Bescherung. Die fand bei ihnen stets nach dem Abendessen statt, begleitet von einem Glas Champagner. Dieses Jahr würden sie sich wohl mit einem Glas Wein zufriedengeben müssen. Wenn überhaupt. Ihr Mann hatte bereits mehr als üblich getrunken. Gut, dass er nicht mehr fahren musste.

Ihr Blick fing den von Juliane Fritz ein, die ihr schräg gegenüberstand. Sie wirkte gelöst und lächelte, als Sophie sie ansah. So, als wolle sie sagen »Ganz anders als erwartet und trotzdem schön.« Vermutlich wären sie sich im *Grand Hotel* begegnet und ohne einen zweiten Blick aneinander vorbeigegangen. Hätte ihnen das Wetter nicht einen Strich durch die Rechnung gemacht.

Anders lagen die Dinge bei Kordula Strothoff. Deren Ziel war nicht das Hotel gewesen, sondern das Haus der Familie weiter oben am Berg. Sie hätte Sophie nie kennengelernt, wären sie nicht hier eingeschneit. Die Nanny stand neben Juliane, die Arme um die Zwillinge gelegt. Die drei gaben ein vollkommen harmonisches Bild ab.

Zunächst sangen nur die Zwillinge, nach und nach stimmten die anderen Umstehenden ein. Der kleine Chor aus hellen und dunkleren Stimmen – aus dem Hintergrund fielen noch Hanna und Roswitha sowie Karlheinz Clausing ein – klang ein bisschen holprig, aber sehr gefühlvoll. Bis sich eine weitere Stimme erhob, die so glockenklar und hell mit ihrer Reinheit alle anderen übertönte, dass nach und nach der Rest der Gruppe verstummte. Schließlich sang nur noch Juliane Fritz. Sie stand sehr aufrecht, hielt die Augen geschlossen und die Hände vor dem Körper verschränkt. Erst, als das Stück endete, öffnete sie die Augen, die nun in einem ganz anderen Glanz leuchteten als zuvor. Ehrfürchtig starrten alle Anwesenden sie an, was bei ihr zu einem nervösen Blinzeln führte.

Sophie spürte, wie jemand neben sie trat. Noch bevor sie den Kopf drehen konnte, glitt eine kleine, warme Hand in ihre. Die Berührung kam so überraschend, dass sie beinahe ihren Arm weggerissen hätte. Sie tat es nicht, sondern blickte stattdessen auf den hellbraunen Scheitel des stummen Mädchens hinab. Emilia sah aber nicht zu ihr, sondern zum Baum und war ganz ruhig.

Da setzte bereits das zweite Lied ein, das *Ave Maria*. Eine leichte Bewegung kam in die Gruppe um den Weihnachtsbaum. Niemand fiel ein, alle blickten zu Juliane Fritz hinüber. Die schloss zum zweiten Mal die Augen, öffnete die Lippen und ließ ihre glasklare Stimme durch den Raum schweben. Sophie spürte eine Gänsehaut. Selten hatte sie jemanden so ergreifend singen hören. Den anderen ging Julianes Stimme ebenfalls sichtlich ans Herz. Lediglich ihre Mutter saß wie versteinert da, mit eingefrorenem Gesicht und zusammengepressten Lippen. Das änderte sich auch nicht, als alle anderen am Ende des Liedes ihrer Tochter Beifall klatschten, den diese mit geröteten Wangen und glänzenden Augen entgegennahm. Das *Ave Maria* war verklungen, doch die Wärme, mit der Julianes Gesang ihrer aller Seelen berührt hatte, blieb.

Sophie hob den Kopf. Sie hatte, wie einige der anderen auch, Tränen in den Augen. Julianes Stimme hatte ihr Innerstes berührt. Zudem war ihr leicht schwindelig. Das allerdings lag nicht nur an Julianes Gesang, auch nicht am Wein. Emilia hielt sich regelrecht an ihr fest und der Druck der schmalen Finger sandte eine weiche, warme Welle direkt in Sophies Brust. Ihr war einen Moment lang so, als bekäme sie keine Luft mehr. Etwas stieg auf, von der Brust in die Kehle, von der Kehle in die Augen. Vergeblich versuchte sie, es wegzublinzeln. Die kleine Gemeinschaft vor dem Baum befand sich inzwischen in Auflösung, alle strebten zu ihren Tischen zurück.

In diesem Moment, kurz bevor sie sie wieder losließ, hob Emilia den Kopf und sah Sophie an. Die klaren, hellen Augen des Kindes schienen tief in ihre Seele zu blicken. Etwas geschah in diesem Moment, etwas wurde geschaffen, sie ahnte es nur. Als die Kleine ihre Hand aus der ihren zog und einmal kurz die Lider senkte, als wolle sie sich damit verabschieden, war es Sophie, als verlöre sie etwas sehr Wertvolles. Sie blickte Emilia hinterher. An Kordula Strothoffs Tisch kletterten die drei Kinder wieder auf ihre Stühle. Die Nanny schenkte allen Wasser nach. Eine friedliche, kleine Gesellschaft.

Wie betäubt ging Sophie zu ihrem Platz zurück. Bernhard hatte sich alles von dort aus angesehen, er war nicht wirklich gefühlig in solchen Dingen. Zu Weihnachten einen Baum aufstellen, ihn mit Kugeln, Kerzen und Lametta zu schmücken, das tat er immer nur Sophie zuliebe, die die Adventszeit gern zelebrierte.

Jetzt sank sie neben ihrem Mann auf den Stuhl und griff nach ihrem Weinglas.

»Die Kleine ist ja ganz schön zutraulich«, wandte er sich an seine Frau. »War dir das nicht unangenehm?«

Unangenehm? Nein, ganz im Gegenteil. Auf einmal lagen

ihr so viele Worte auf der Zunge. Sie sprach kein einziges davon aus. Das würde sie auch weiterhin nicht tun. Nicht, bevor sich der Tumult in ihrem Inneren wieder gelegt hätte.

☆ 63 ☆

In der Küche herrschte ein ziemliches Durcheinander, das Moritz und Marc-Oliver noch vor dem Servieren des Desserts beseitigen wollten. Doch dazu sollten sie erst einmal nicht kommen. Denn mit einem Schlag wurde es dunkel im Gasthof. Ohne das Licht des Kaminfeuers und der Kerzen auf den Tischen hätten die Anwesenden im Lokal Mühe gehabt, sich im Raum zu orientieren.

»Was ist das denn?«, rief jemand.

»Hoffentlich keine Lawine«, jemand anderes.

»Kurzschluss«, meinte ein Dritter.

Durch den Raum schwirrten Fragen, alle redeten durcheinander.

»Großmutter, was ist los?« Moritz kam aus der Küche. Elisabeth Mosler nahm ihm das Tuch ab, an dem er sich die Hände trocknete, und drückte ihm eine Taschenlampe in die Hand. »Schau mal im Keller nach, ob alle Sicherungen drin sind.«

Er kam nur Minuten später zurück. »An den Sicherungen liegt es nicht.«

»Also Stromausfall«, antwortete sie knapp. Das war der Gipfel. »Ich habe keine Ahnung, ob ich genügend Kerzen im Haus habe«, murmelte sie, bevor sie sich mit lauter Stimme Gehör verschaffte.

»Liebe Gäste, wir haben leider keinen Strom. Da ich davon ausgehe, dass nicht nur wir im Gasthof betroffen sind, sondern die ganze Gegend, wage ich nicht zu hoffen, dass der heute noch mal wiederkommt.« Sie hielt erschöpft inne, bevor sie fortfuhr. »Falls jemand von Ihnen Taschenlampen oder Ähnliches im Wagen hat, wäre es jetzt an der Zeit, die zu holen. Ich werde nachsehen, wie viele Kerzen wir haben.« Sie konnte nur hoffen, dass der Vorrat ausreichte, um jedes Zimmer damit auszustatten. »Moritz, du schmeißt bitte den Notfallgenerator an«, wandte sie sich an ihren Enkel. Während sich ein Teil der Gäste erhob, um zu den Autos zu laufen, trottete Moritz erneut in den Keller. Kurz darauf erwachten wieder einige der Lampen zitternd zum Leben. Alle atmeten auf.

»Klar ist aber auch, dass der Notfallgenerator nur eingeschränkte Kapazitäten besitzt«, raunte Bernhard von Otter seiner Frau zu.

»Was heißt das?«

»Heizung drosseln, Warmwasser sparen, Lichter löschen. Und in den Räumen, die nicht unbedingt geheizt werden müssen, die Heizkörper runterdrehen.«

Geraune schwirrte durch den Raum, doch niemand zeigte sich ungehalten.

»Die Wirtin kann einem aber auch leidtun«, wisperte Juliane ihrer Mutter zu. »Zuerst wird sie von uns Gästen regelrecht überfallen, dann diese Lawine, die uns von der Welt abschneidet, und jetzt auch noch das.«

»Ach, du immer mit deinem Mitleid!« Luise schüttelte verständnislos den Kopf. »Meine Tochter«, fuhr sie dann, zu den anderen gewandt in hoher Lautstärke fort, »ist immer so gefühlsduselig. Dabei müsste sie doch am besten wissen, dass man damit nicht weit kommt. Diese Dame«, das letzte Wort zog sie unangenehm in die Länge, »hat sich den Falschen ausgesucht. Augen auf bei der Partnerwahl, kann ich da nur sagen!« Die harschen Worte waren ganz offensichtlich wie eine Ohrfeige für Juliane Fritz. Der schoss die Röte ins Gesicht und sie schien unter den Augen der Umstehenden zusammenzuschrumpfen. Karlheinz suchte ihren Blick, sie jedoch sah angestrengt zu Boden, ihre Finger verkrampften sich und sie sagte kein Wort mehr.

Sophie und Bernhard zogen sich mit betretenen Mienen aus dem Gespräch zurück, indem sie begannen, sich leise darüber zu unterhalten, was jetzt weiterhin zu tun sei. »Wir heizen den Kachelofen in unserem Zimmer. Und nehmen Wärmflaschen mit ins Bett«, riet Bernhard seiner Frau. »Vielleicht hat jemand einen Campingkocher dabei, damit wir Wasser erhitzen können.«

»Wärmflaschen! Hast du eine dabei?« Sophies Gesicht nahm einen spöttischen Ausdruck an.

»Nein. Du doch, oder? Wenn nicht, fragen wir Frau Mosler.«

Sophie schien verstanden zu haben, dass der Vorschlag ihres Mannes durchaus sinnvoll war, daher nickte sie ihm besänftigend zu.

☆ 64 ☆

Karlheinz Clausing stand noch immer am Tisch von Mutter und Tochter Fritz. In ihm brodelte es. Was war nur mit dieser alten Frau los, dass sie es einfach nicht schaffte, ihre Tochter mal eine Stunde lang nicht anzupflaumen oder zu beleidigen? Julianes Schultern bebten, und er ahnte, wie es in ihr aussah. Vermutlich versuchte sie gerade krampfhaft, nicht zu weinen. Er war kurz davor, ihr eine Hand auf den Arm zu legen. Einfach, um ihr zu zeigen, dass sie nicht alleine war, er mit ihr fühlte. Doch sofort fragte er sich, ob das vielleicht genau das Gegenteil bewirken würde. Bei seiner Tochter kam das nie gut an. Annika zog sich, wenn sie sehr wütend oder sehr betroffen war, in sich zurück. Und wehe, er versuchte, sie zu beruhigen oder zu trösten. Wann hatten Frauen eigentlich begonnen, so komplizierte Wesen zu werden? Waren sie es immer schon gewesen und er hatte es früher einfach nicht bemerkt?

Er ging zu Annika hinüber, bevor seine Anwesenheit am Tisch von Juliane und Luise Fritz anfing, peinlich zu werden. Seine Tochter saß mit einem Buch zwischen den aufgestützten Ellbogen da und las.

»Was ist das für ein Buch?« Er legte die Kerzen ab.

»Hat Moritz mir gegeben. Es geht um eine junge Köchin, die ihren Beruf erst richtig begreift, nachdem sie sich in einen Mann verliebt hat, der ihr zeigt, wie man das Leben genießt.«

Und das Essen vermutlich auch, fügte er in Gedanken hinzu. *Dieser Moritz scheint ein gutes Gespür zu haben. Und schlau ist er auch noch.*

☆ 65 ☆

Eine halbe Stunde nach dem Stromausfall rollten die beiden Köche einen Servierwagen mit Desserts in die Gaststube.

»Angesichts der eingeschränkten Möglichkeiten haben wir lediglich zwei Varianten anzubieten«, informierte Moritz mit entschuldigendem Ton in der Stimme.

»Ein Bratapfel nach Art des Hauses«, er wies auf einige Schälchen, die appetitlich dufteten, »sowie eine Schokokirschtorte.« Für beides hatte die Ofenhitze nach der Gans gerade noch gereicht. Nach und nach kamen alle nach vorn, um sich das Dessert ihrer Wahl abzuholen. Lediglich Annika blieb sitzen. Doch noch war ihr Versprechen nicht ganz eingelöst. Nachdem er alle anderen bedient hatte, stellte Moritz einen Teller mit einem winzig kleinen Stück Torte und einem ebenso winzigen Bratäpfelchen vor ihr ab. »Für unsere fleißige Kollegin.« In seinen Augen tanzten leuchtende Funken.

Während sich die Gäste danach, satt und zufrieden, entweder noch einen Kaffee, eine Zigarette oder einen Absacker gönnten, verschwanden Marc-Oliver und Moritz in ihre Zimmer, um zu duschen. Als beide in die Gaststube zurückkehrten, war dort eine leicht schläfrige Ruhe eingekehrt.

Es schien, als würden alle Anwesenden ihren Gedanken nachhängen. Einige wirkten traurig, andere eher heiter.

Annika sah nachdenklich vor sich hin.

Das Feuer war bereits fast gänzlich heruntergebrannt. Außerdem würden sie für jene Gäste, deren Zimmer einen Kaminofen besaßen, weitere Scheite benötigen.

»Ich gehe noch mal nach draußen, um etwas Feuerholz zu holen«, rief Moritz seiner Großmutter daher zu. Er griff nach dem Holzkorb, warf sich seinen Anorak über und stapfte hinaus in die Kälte. Die Außenbeleuchtung brannte nicht mehr, vor dem Haus war es dunkel.

Moritz trat von der Veranda auf den Vorplatz, ging nach links ums Haus herum. Er griff nach dem Kaminholz, das dort unter einer Remise säuberlich aufgestapelt lag, als er einen Schatten bemerkte. Sofort stellten sich ihm wieder die Nackenhaare auf. Doch dieses Mal ließ das Tier kein Knurren vernehmen. Vielmehr winselte es leise. Moritz trat ein paar Schritte zurück. Im schwachen Licht des Mondes erkannte er seinen alten Bekannten. Der kauerte, zitternd und erbärmlich winselnd, auf dem Boden einer Vertiefung zwischen dem Feuerholz und einem Stapel Getränkekisten. Sein Blick besaß nichts Furchterregendes mehr.

»Hey Kumpel, was machst du denn hier?«, murmelte Moritz. Der Hund hob den Kopf nur, um ihn gleich wieder sinken zu lassen. Moritz verstand nicht viel von Tieren, seine Großmutter hatte nie welche gehabt außer Hühnern und Kaninchen, er selbst dachte in einer Stadt wie München und bei seinen unregelmäßigen Arbeitszeiten nie darüber nach, sich ein Lebewesen anzuschaffen, das regelmäßig gefüttert, gepflegt und beschmust werden musste. Dennoch fühlte er jetzt so etwas wie Mitleid mit dem Vierbeiner.

»Warte hier. Ich bin gleich zurück.« Schnell füllte er den Korb, ging zurück ins Haus und sprach Juliane Fritz an, die mit ihrer Mutter eine Patience legte.

»Das Tier, das ich für einen Wolf hielt … sind Sie sicher, dass es ein Hund ist?« Sie schien nachzudenken, dann nickte sie zögerlich. »Ich verstehe zwar nicht wirklich viel davon«, diese Aussage wurde durch ein heftiges Schnauben ihrer Mutter unterstrichen, »aber laut dem Bericht, den ich gesehen habe, sehen Wölfe anders aus.«

Moritz fuhr sich mit der Hand durchs Haar, bevor er sich mit lauter Stimme an die anderen Anwesenden wandte.

»Hat jemand von Ihnen einen Hund? Oder versteht zumindest etwas von Hunden?« Zu seiner Überraschung erhob sich Hanna, obwohl Roswitha nach ihrer Hand griff und versuchte, sie zurückzuhalten. »Ich hatte mal einen Cockerspaniel.«

Moritz versuchte, sich seine Enttäuschung nicht anmerken zu lassen. Ein Cockerspaniel, na ja.

Die Kinder blickten ebenfalls zu Moritz hinüber. Während Liobas Finger seltsame Dinge taten, meldete auch sie sich zu Wort. »Emilias Großmutter hat einen Hund.«

Die Kleine nickte, als habe sie gehört, was ihre neue Freundin gesagt hatte. Sie glitt von ihrem Stuhl und hob die Hand in Höhe ihres Kopfes. »Sie sagt, dass er so groß ist.« Lioba hüpfte ebenfalls von ihrem Stuhl und stellte sich neben das taubstumme Mädchen.

»Okay.« Moritz durchquerte den Raum. »Da draußen sitzt der Hund, den ich heute fälschlicherweise für einen Wolf hielt. Er scheint ziemlich unterkühlt zu sein. Vielleicht hat er auch

Hunger. Die Würste haben sicher nicht lange vorgehalten. Womöglich ist er krank. Ich verstehe nichts von Tieren. Aber er tut mir einfach leid.« Er hob unschlüssig die Arme.

Kordula Strothoff trat ebenfalls zu der Gruppe. »Lassen Sie uns rausgehen und nachsehen«, meinte sie. »Falls der Hund ein Dach über dem Kopf braucht, hätten Sie eines?«

Moritz schüttelte vehement den Kopf. »Hier im Haus? Nein. Aber wir haben hinten am Grundstück eine Hütte. In der stehen die Gartengeräte. Vielleicht dort?«

»Es ist schweinekalt. Wenn der Hund ein Haushund ist, überlebt er das nicht.« Das war die Frau mit dem Cockerspaniel, Hanna.

»Jetzt schauen wir erst einmal«, befand die Nanny und bat die Kinder, sich wieder zu setzen.

Zu dritt gingen sie hinaus. Dieses Mal mit Taschenlampen und einem Stückchen Schinkenwurst bewaffnet. Der Hund lag noch so da, wie Moritz ihn verlassen hatte. Seine Flanken zitterten heftig. Inzwischen wirkte er mehr tot als lebendig.

»Der arme Kerl«, murmelte die Nanny. Sie näherte ihre behandschuhte Rechte dem Hund und hielt ihm das Stück Wurst vor die Nase. Er reagierte so langsam, dass sie schon dachten, er wolle nichts fressen.

»Wir müssen ihn ins Warme bringen.« Das war Hanna.

Bevor Moritz oder die Nanny reagieren konnten, hörten sie Schritte hinter sich.

»Lioba! Gustav!« Jetzt war Frau Strothoff nicht mehr gelassen. »Ihr solltet drinnen bleiben. Hier draußen ist es viel zu kalt!«

»Emilia wollte den Hund sehen«, gab Lioba mit entschuldigender Stimme zurück. Die drängte sich nun an den Umstehenden vorbei und fiel vor dem Hund auf die Knie. Plötzlich kam Leben in das Tier. Es hob den Kopf, sprang auf und wedelte so heftig mit dem Schwanz, als wolle es die Getränkekisten zu Fall bringen.

Lioba, die sich in sicherer Entfernung zu dem Hund befand, stand ganz still. Ohne Augenkontakt konnte sie Emilia nichts fragen. Die drehte sich nach einer unendlich langen Weile um und machte ein paar Zeichen.

»Emilia kennt den Hund. Er gehört ihrer Großmutter. Sie versteht nicht, was er hier macht und wie er hierherkommt«, übersetzte Lioba.

»Da wüsste ich was.« Alle fuhren herum zu Marc-Oliver, der nun ebenfalls zu ihnen nach draußen gekommen war.

»Der Hund hat Emilias Spur verfolgt. Darum war er zunächst bei meinem Wagen. Und darum ist er jetzt hier.«

Emilia, die Arme um den Hals des klapperdürren Tiers geschlungen, sah aufmerksam von einem zum anderen.

»Dann ist er also von zu Hause weggelaufen?« Hanna zog ihren dicken Parka enger um sich. Ihr Atem bildete weiße Wolken vor ihrem Gesicht. »Auf jeden Fall scheint er ungefährlich zu sein. Wir könnten ihm Wasser und etwas Futter geben. Hier draußen wird er nicht überleben.«

Moritz, der eine Ahnung davon hatte, was es mit dem Hund wirklich auf sich haben könnte, schwieg. Wenn das Haus von Emilias Großmutter tatsächlich ein Opfer der Lawine geworden war, dann war der Hund jetzt genauso heimatlos wie das kleine Mädchen.

»Wir können ihn doch mit auf unser Zimmer nehmen«, schlug Gustav vor.

»Das kommt nicht in Frage!« Kordula Strothoffs Stimme

war messerscharf. Die Zwillinge schienen zu wissen, wann es bei ihrer Nanny noch Spielraum zu Diskussionen gab. An diesem Punkt offensichtlich nicht. Sie senkten die Köpfe und schwiegen.

Alle anderen blickten sich betreten an. Emilia, die die Nacht im Appartement der drei verbringen sollte, würde ihren Hund nicht mitnehmen können.

»Der Hase bleibt ebenfalls, wo er ist«, stellte die Nanny noch klar und Moritz ahnte bereits, dass er einen alten Käfig aus Großvaters Zeiten aus dem Keller holen, ihn ins Nebenzimmer stellen und den Hasen dort hinein verfrachten müsste.

Doch noch war das Thema Hund nicht geklärt. Es war klar, wenn das arme Tier nicht ins Warme kam, würde es womöglich die Nacht nicht überstehen.

☆ 66 ☆

Sie hatte beschlossen, Juliane Fritz nicht leiden zu können. Zu offensichtlich war es, dass ihr Vater und diese verhuschte Person sich schon seit geraumer Zeit immer wieder zulächelten. Am Nachmittag hatten sie gar ein Glas Wein miteinander getrunken.

»Stell dir vor, Juliane wollte mal Sängerin werden«, hatte ihr Vater ihr danach erzählt.

»Und, was wollte sie singen? *Hänschen klein?*«, lautete ihre Antwort. Sie hörte selbst, wie ätzend ihre Stimme klang.

»Ach was«, ihr Vater schüttelte irritiert den Kopf. »Klassik natürlich.«

Dass dieser wunderbare Zukunftsplan nicht aufgegangen war, hatte Juliane ihrer Mutter zu verdanken. Jetzt gab sie Klavierunterricht und sang in einem Kirchenchor. Die einzigen Momente ihres Lebens, in denen sie sich frei und lebendig fühlte, hatte sie ihm anvertraut.

»Die Mutter wollte sie einfach nicht gehen lassen«, murmelte Clausing, darauf bedacht, nicht zu den Frauen hinüberzusehen. Doch Annika tat genau das, weil sie wusste, wie irritierend das für diese Juliane war. Sie wollte, dass die Frau dort drüben merkte, dass über sie gesprochen wurde. Annika tat ihr Bestes, dabei einen geringschätzigen Gesichtsausdruck zur Schau zu stellen. Obwohl auch sie nicht unberührt geblieben war von Julianes Gesang. Dass ihr Vater ausgesehen hatte, als würde sich ihm das Evangelium offenbaren, war jedoch ein Ärgernis.

Und sie hatte Sophie von Otter und das kleine Mädchen gesehen. Wie sie nebeneinander standen. Wie die Kleine ihre Hand in die der erwachsenen Frau schob. Zu ihr aufsah. Und Sophie? Die blickte das Kind fast schon liebevoll an. Annika hatte es beinahe das Herz zerrissen. Sie konnte sich noch sehr gut an Weihnachtsfeste mit ihrer Mutter erinnern. Auch sie hatte viele Jahre vor einem Weihnachtsbaum gestanden, in die Flammen der Kerzen geblickt, den Duft nach Bienenwachs eingesogen. Sich auf die liebevoll eingepackten Geschenke gefreut. Natürlich war das schon sehr lange her, die letzten Jahre war es nicht mehr so innig gewesen. Doch jetzt, als sie die beiden dort hatte stehen sehen, tat etwas weh in ihrer Brust. Sie hätte sich gerne abgewandt, konnte es aber nicht. Es war, als hätten sich ihre Blicke an der Frau mit dem Kind an der Hand festgesaugt. Erst als die kleine Gruppe sich wieder zerstreut hatte, löste sich der Kloß in ihrer Kehle

Nun beobachtete sie, wie Juliane zur Toilette ging. Annika zögerte nur kurz, bevor sie aufstand und ihr folgte.

Im Vorraum stellte sie sich an das Waschbecken und seifte sich lange und ausgiebig die Hände ein. Die Spülung in einer der Kabinen rauschte, Juliane kam heraus. Ihre Augen glänzten, sie blickte Annika freundlich an. Die trat zur Seite, griff nach einem der kleinen Handtücher und trocknete sich die Hände bedächtig ab.

»Jetzt ist das doch noch ein sehr schöner Weihnachtsabend«, begann Annika das Gespräch.

Juliane hob, ahnungslos und immer noch lächelnd, den

Kopf. »Besser, als ich es mir ursprünglich vorgestellt hatte«, meinte sie mit leiser Stimme.

»Schade, dass meine Mutter heute nicht hier sein kann«, fuhr Annika fort. Sie warf das Gästehandtuch in hohem Bogen in den dafür vorgesehenen Korb unter dem Waschbecken. »Dann wäre mein Vater auch nicht so traurig.«

Das Lächeln verschwand, Juliane drehte den Wasserhahn zu und griff ebenfalls nach einem Handtuch. »Mir kommt er gar nicht so traurig vor«, erwiderte sie. Es war ihr anzuhören, dass es leicht klingen sollte, doch ihre Stimme klang gepresst.

»Na ja, er ist halt höflich.« Annika zuckte mit den Schultern und warf ihr Haar zurück. »Aber ohne meine Mama ist das hier alles nichts. Nicht für mich. Und für ihn auch nicht.« Sie genoss die offensichtliche Verwirrung in Julianes Zügen und beschloss, noch eins draufzusetzen. »Es gibt leider immer wieder Frauen, die seine Freundlichkeit für mehr halten. Aber mal ehrlich – kann man so dumm sein?«

Jetzt blickte Juliane richtiggehend erschrocken aus der Wäsche. Aus ihren Wangen war jede Farbe gewichen.

»Nur gut, dass er mich dabei hat. Wenigstens eine der Frauen, die ihm wirklich wichtig sind im Leben.« Sie stieß sich von der Wand ab, gegen die sie sich gelehnt hatte und ging an Juliane vorbei. So dicht, dass deren welliges Haar Annikas Wange streifte. »Vergessen Sie das nicht«, raunte sie ihr noch zu, dann war sie durch die Tür. Draußen atmete sie mehrfach tief durch. Das sollte reichen, um der dummen Pute klarzumachen, dass ihr Vater kein Freiwild war. Der sollte sich lieber darauf konzentrieren, ihre Mutter zurückzuerobern. Und keinesfalls einer so verhuschten Person schöne Augen machen. Auch wenn die noch so toll singen konnte.

Karlheinz Clausing blickte seiner Tochter freundlich entgegen. Als sie sich setzte und seine Hände in ihre nahm, erkannte sie an seiner Miene die Verwirrung über diese so zärtliche wie ungewohnte Geste.

»Ich hoffe, dass wir morgen hier wegkönnen. Irgendwohin, wo mein Handy Empfang hat und ich Mama anrufen kann. Sie macht sich sicher schon Sorgen um uns.«

Clausing nickte, wirkte jedoch leicht abwesend. »Annika, was ich dir sagen wollte ...«

Er unterbrach seine Worte, als sich die Eingangstür öffnete. Moritz und ein paar andere Personen kamen mit rot gefrorenen Nasen und Wangen von draußen rein. Neben Emilia taumelte ein Hund, der das Kind fast überragte. Dahinter folgte Kordula Strothoff, an jeder Hand einen Zwilling. Marc-Oliver bildete die Nachhut. Die beiden Köche hatten Holzscheite geholt, Moritz bedeutete Annikas Vater, ein Teil sei für ihn bestimmt. Clausing stand auf und murmelte so etwas wie »wir reden gleich weiter«, bevor er den anderen nach oben folgte.

☆ 67 ☆

»Was ist denn mit Ihnen los?«

Sophie blickte Juliane Fritz besorgt an. Die stand, mit roten Augen und leicht zittrig, am Waschbecken im Vorraum der Damentoilette. Sie sah aus, als wisse sie nicht mehr aus noch ein.

»Mit mir? Dass, was immer mit mir ist. Ich bin einfach fürs Leben nicht geeignet. Vermutlich hat meine Mutter recht, wenn sie sagt, dass ich alles falsch mache.« Sie stieß sich ab und wollte an Sophie vorbei, doch die hielt sie am Arm fest.

»Setzen Sie sich. So sollten Sie nicht rausgehen.«

Sophie geleitete Juliane zu einem der Hocker, auf den diese eher fiel als sich zu setzen.

Sophie nahm auf dem Hocker daneben Platz. »Was ist geschehen?«

Juliane hob schniefend die Hand, in der sie ein durchfeuchtetes Taschentuch zerknüllte.

»Vermutlich habe ich mich schon wieder zum Affen gemacht«, erwiderte sie. »Mir war, als ob Herr Clausing sich gerne mit mir unterhält. Manchmal lächeln wir uns auch zu. Heute Nachmittag hat er mich auf ein Glas Wein eingeladen.« Sie hielt abrupt inne und drehte sich zu Sophie um. »Sagen Sie mir die Wahrheit – habe ich mich ihm aufgedrängt?«

Sophie schüttelte völlig konsterniert den Kopf. »Überhaupt nicht. Er findet sie sympathisch, das sieht doch jeder hier.«

Julianes Nase zuckte etwas. »Seine Tochter sieht das anders. Sie behauptet, er vermisse seine Frau und sei lediglich freundlich zu mir. Ließ mich spüren, dass sie der Meinung ist, ich habe das falsch verstanden.«

»War sie gemein zu Ihnen?«

»Das war sie. Hat mir das Gefühl gegeben, ich sei aufdringlich.«

Sophie musste wider Willen kurz auflachen. »Sie? Also – auf die Idee wäre ich nicht gekommen. Sie wirken anders auf mich.«

»So? Wie denn?« Die Worte klangen leicht kratzbürstig.

»Eher zurückhaltend. Schüchtern. Fein.«

Julianes Blick wurde weich, die Augen feucht. »Wirklich?«, hauchte sie.

»So erlebe ich Sie.« Sophie unterstrich ihre Worte durch ein Nicken. »Sie sind ja nicht wie Ihre Mutter«, setzte sie dann noch trocken hinzu.

Juliane prustete leicht auf. »Sie lässt mich nicht aus ihren Krallen«, sagte sie düster.

»Karlheinz Clausing wartet sicher nicht auf seine Frau«, setzte Sophie das Gespräch fort. »Meinem Mann gegenüber hat er angedeutet, dass die beiden in Scheidung leben.«

»Das stimmt«, murmelte Juliane. »Das hat er mir auch erzählt.«

»Warum sind Sie dann so mitgenommen von dem, was die Tochter sagt?«

Julianes Kopf hing nun herunter, sie sah aus wie eine verblühte Tulpe. »Ich traue meinen eigenen Empfindungen nicht mehr.« Ihre Stimme war jetzt so leise geworden, dass Sophie sich vorbeugen musste, um sie überhaupt zu verstehen.

»Eine alte Geschichte, die mir meine Mutter immer und immer wieder vorhält. Ganz besonders, wenn sie merkt, dass ich mich für jemanden interessieren könnte.« Sie hob den Kopf, tupfte mit dem reichlich malträtierten Taschentuch an ihrer Nase herum und wandte sich dann Sophie zu. »Ein Mann, Sie ahnen es vielleicht schon, hat mir einmal übel mitgespielt. Seither …« Sie schwieg, als sei sie sich nicht mehr sicher, was sie sagen sollte.

»Seither sind Sie misstrauisch.« Sophie blies die Wangen auf und ließ die Luft laut entweichen. »Das ist doch normal, dass man nicht den gleichen Fehler zweimal machen möchte. Aber nicht jeder Mann ist ein … ein …« Sie wusste nicht mehr weiter. Wollte kein falsches Wort benutzen.

»Heiratsschwindler! Das ist das richtige Wort.«

Sophie schwieg, schockiert. So schlimm? Das hätte sie nicht vermutet. Sie legte Juliane mitfühlend die Hand auf den Arm. »Das tut mir leid. Wie haben Sie es gemerkt?«

»Auf jeden Fall zu spät. Er war schon auf und davon mit meinen Ersparnissen. Es war für mich ein Schlag in die Magengrube und für meine Mutter ein gefundenes Fressen. Seither lässt sie mir überhaupt keinen Freiraum mehr.«

»Also, ich kenne Herrn Clausing nicht, aber auf mich macht er keinen schlechten Eindruck.«

»Auf mich auch nicht. Aber seine Tochter scheint mit aller Macht verhindern zu wollen, dass wir uns näher kennenlernen.«

Sophie seufzte leise. Gab es noch irgendwo eine Beziehung, die frei von Problemen war?

»Ich habe den Eindruck, die junge Frau fühlt sich ein bisschen orientierungslos. Die Mutter hat die Familie schon vor rund einem Jahr verlassen und Annika kommt damit nicht gut zurecht. Sie klammert sich womöglich an eine Hoffnung, die nicht mehr besteht.«

Was sie nicht aussprach war: Clausing sollte baldmöglichst mit seiner Tochter reden und ihr gestehen, dass die Scheidung lief. Aber wie immer waren auch in diesem Fall die scheinbar einfachsten Dinge am schwierigsten zu bewältigen. Einfach miteinander sprechen. So schmerzlich es auch gewesen war, von Bernhards neugeborener Tochter zu erfahren, war Sophie in diesem Moment dankbar dafür, dass zwischen ihr und Bernhard das Geheimnis dieses Tages nicht mehr stand.

☆ 68 ☆

Elisabeth Mosler zeigte sich nicht begeistert von Moritz' Vorschlag. Aber sie war auch kein Unmensch. Ein Tier sehenden Auges direkt vor der eigenen Haustür erfrieren zu lassen, war nicht ihr Ding. »Bist du sicher, dass er weder gefährlich noch krank ist?«

Moritz zuckte mit den Schultern. »Diese Emilia ist der Meinung, er sei lammfromm.« Na ja, diesen Eindruck hatte er selbst zwar an Marc-Olivers Wagen nicht gehabt, aber da hatte er den Hund ja auch noch für einen Wolf gehalten.

»Und die Skikammer ist frei.« Von der Kammer, die von außen zu betreten war, führte eine zweite Tür hinter der Garderobe ins Haus. In dem Raum konnten Wintergäste Skier und Schlitten abstellen und ihre Schuhe wechseln, bevor sie nach einem Tag auf der Schneepiste auf die Zimmer gingen. Jetzt, da es keine Gäste gab, war die Kammer leer. Im Gegensatz zu der Hütte im Garten waren dort die Temperaturen angenehmer.

Eine Viertelstunde später hatten sie mittels eines ausrangierten Federbetts und zweier alter Decken für den Hund ein Lager hergerichtet. Moritz stellte zwei Plastikschüsseln dazu. Eine war mit Wasser gefüllt, in die andere hatte er einige Küchenabfälle gelegt. Hundefutter gab es keines im Haus, aber Wurstzipfel, ein bisschen Brot und ein Brei aus Haferflocken und ungesalzener Brühe mussten es eben auch tun.

Der Hund war so erschöpft, dass er sich widerstandslos auf sein Nachtlager bugsieren ließ und dort einfach liegen blieb. Schwieriger war es, Emilia von ihm wegzukriegen. Die Kleine strampelte und wehrte sich, hielt den Hals des Tieres mit einer schier unfassbaren Kraft umschlungen und brachte damit selbst Kordula Strothoff an ihre Grenzen.

»Ich will Emilia nicht weh tun, aber wenn sie bei uns im Appartement übernachten soll, dann muss sie sich von ihrem Hund verabschieden.«

Lioba schwieg und machte auch keine Zeichen. Sie wirkte, als sei sie zwischen Folgsamkeit und Mitgefühl für ihre neue Freundin hin- und hergerissen.

In diesem Moment traten Sophie von Otter und Juliane Fritz aus der Damentoilette heraus auf den Flur. Letztere wirkte leicht aufgelöst und strebte an ihren Tisch. Sophie jedoch kam zu ihnen herüber. Sie erfasste die Situation mit einem Blick.

»Woher kommt dieser Hund?« Die Frage richtete sich an Kordula.

»Er gehört wohl Emilias Großmutter und muss dem Mädchen gefolgt sein, als es das Haus verließ, um den Hasen zu suchen. Jetzt will die Kleine den Hund nicht mehr loslassen. Aber wir können sie die Nacht über nicht hierlassen, das geht gar nicht.«

Sophie nickte versonnen. Dann bewegte sie sich zu dem Kind hinüber, ging in die Knie und tippte Emilia leicht an. Die wandte sich um, in ihrem Gesicht stand zu lesen, wie durcheinander sie gerade war. Sophie bedeutete ihr mit einer Handbewegung, sie möge doch aufstehen und mitkommen. Emilias

Blicke flogen von ihr zu Moritz, Lioba und Kordula. Kamen wieder zurück. Sophie lächelte ihr beruhigend zu.

»Lioba, kannst du sie fragen, ob sie mit mir wieder hinüber in die Stube kommt? Für den Hund ist es hier warm genug, aber sie hat sich heute schon viel zu lange in der Kälte aufgehalten. Wenn sie hierbleibt, wird sie krank.«

Doch so viel an Überzeugungsarbeit war nicht mehr nötig. Zur großen Erleichterung der anderen Anwesenden ließ Emilia den Hals ihres Hundes endlich los, strich ihm noch ein paarmal über die schmale graue Schnauze, erhob sich, griff nach Sophies Hand und ging mit ihr hinüber in die Gaststube. Drei Augenpaare folgten den beiden, mit teils erstauntem und teils erleichtertem Blick.

☆ 69 ☆

Das Notstromaggregat lief auf vollen Touren. Trotzdem wurde es langsam kühl im Haus. In sämtlichen Zimmern waren die Heizkörper nur auf die unterste Stufe eingestellt, damit die Rohre nicht einfroren. Das Notstromaggregat war definitiv nicht in der Lage, mollige Wärme oder heißes Wasser zu erzeugen. Die Wirtin hatte daher im alten Herd ein Feuer angezündet und den größten Topf, der sich in ihrer Küche finden ließ, aufgestellt, um sämtliche Wärmflaschen – sie hielt stets einige davon im Haus für ihre Gäste bereit – zu befüllen.

Die machten sich nun auf, um zu Bett zu gehen.

»Emilia schläft im Bett neben Lioba«, verkündete Kordula Strothoff. Gustav hatte sich ganz als Kavalier erwiesen und war bereit, auf das Sofa auszuweichen, wofür sich die Nanny nun Bettwäsche aushändigen ließ. »Das machen wir schon«, bedeutete sie der geschäftigen Wirtin.

Das zweite Erwachsenenschlafzimmer bot die Nanny Juliane Fritz an, deren Einzelzimmer über keinen eigenen Ofen verfügte und die ganz offensichtlich dennoch lieber darin erfroren wäre, als zu ihrer Mutter zu ziehen.

»Haben Sie noch ein weiteres Bett frei?«, wollte Sophie wissen. Die Frage trug ihr den irritierten Blick ihres Ehemannes ein. »Ich könnte mir vorstellen, dass es Emilia beruhigt, wenn ich ebenfalls dort oben bin«, beantwortete sie seine unausgesprochene Frage. »Du wiederum könntest das Zimmer mit Karlheinz teilen. Er hat auch keinen Ofen.«

Auch Hannas und Roswithas Zimmer verfügte über keinen Kachelofen. Die beiden Frauen winkten jedoch ab. »Kein Problem«, meinte Roswitha. »Ich bin in einem alten Bauernhaus aufgewachsen, da waren die Winternächte immer recht kühl. Das halte ich schon aus.« Hanna schien ähnlich zu denken, nahm aber die Wärmflasche dankend an, ebenso wie Marc-Oliver, der sich dabei allerdings bemühte, nicht gesehen zu werden.

»Und du?«, wollte Moritz von Annika wissen.

Die zuckte mit den Schultern. »In meinem Zimmer ist es ziemlich kalt. Ich habe aber keine Lust zu jemandem zu ziehen.«

»Hättest du Lust, mir Gesellschaft zu leisten?«, fragte Moritz. »Ich muss hier unten bleiben, um auf das Feuer zu achten, damit das Haus nicht komplett auskühlt. Wäre allerdings nur ein Lager in einem Schlafsack.«

Annika überlegte nur ganz kurz, bevor sie nickte.

»Obwohl es hier unten inzwischen auch schon ganz kalt ist«, fügte sie hinzu. »Irgendwoher zieht es.«

»Das Gefühl habe ich auch«, stimmte Moritz ihr zu. »Als stünde irgendwo ein Fenster auf. Ich sehe gleich mal nach. Aber zuerst muss ich den alten Kaninchenkäfig von meinem Großvater aus dem Keller holen.«

Der weiße Hase war inzwischen wieder putzmunter, er hatte bereits zweimal versucht auszubüchsen.

Kordula Strothoff und die Kinder hatten die Gaststube verlassen. Annika, die sich ein bisschen nützlich machen wollte, pustete die Kerzen auf den Tischen aus und räumte die Gläser und Tassen auf ein Tablett. Dann schüttelte sie die Tischtücher am Kamin aus, faltete sie zusammen und brachte alles zum Tresen nach vorne. Auch Luise Fritz hatte sich erhoben, um mit der Wirtin nach oben zu gehen. Ihre Tochter unterhielt sich im Flur mit Sophie von Otter, Annika konnte die Stimmen der beiden hören, es ging darum, die Nacht im Appartement zu verbringen, das die Nanny mit den Kindern bewohnte.

»Der Kachelofen wärmt alle Zimmer, so dass wir in der Nacht nicht erfrieren«, sagte die von Otter gerade. »Mein Mann wird sich unser Zimmer dann mit Karlheinz Clausing teilen.« Annika musste schmunzeln bei dem Gedanken, dass ihr Vater die Nacht mit einem bis vor wenigen Stunden noch Wildfremden verbringen sollte. Hoffentlich schnarchte er nicht wieder so, dass die Wände wackelten. Aber egal, Hauptsache, weder er noch diese Juliane konnten auf den merkwürdigen Gedanken kommen, sich in der Nacht gegenseitig wärmen zu wollen …

Sie hatte bereits alle freien Tische abgeräumt, lediglich Marc-Olivers Sachen lagen noch an seinem Platz herum und das Frauenpaar hockte in seiner Ecke und unterhielt sich leise, als Moritz mit dem Käfig aus dem Keller zurückkam.

»Ist ein bisschen staubig, aber es müsste gehen«, meinte er. Annika half ihm, den Nager hinein zu bugsieren. Sie legte noch eine Möhre dazu, bevor Moritz den Holzverschlag zusperrte und den Käfig nach nebenan trug.

☆ 70 ☆

»Das Feuer wird jetzt einige Stunden brennen. Sie sollten zwischendurch ein paar Scheite nachlegen, damit es nicht in der Nacht ausgeht.« Elisabeth Mosler stellte einen mit Holz gefüllten Metallkorb neben dem Kachelofen ab, prüfte, ob der Haken der Verschlussklappe richtig eingerastet war und holte noch ein zusätzliches Deckbett für Luise Fritz. Die hockte auf dem Bettrand, presste die Lippen zusammen und wirkte insgesamt so, als würde sie gleich vor Ärger platzen.

»Das ist eben höhere Gewalt«, versuchte die Wirtin, Luise zu beruhigen. »Morgen früh sieht sicher alles wieder ganz anders aus.«

Luise Fritz senkte den Kopf und zunächst dachte Elisabeth, sie würde zornig schnauben. Gleich darauf merkte sie, dass sie sich täuschte. Luise weinte.

»Ach Gott, so arg ist es doch auch wieder nicht. Wir sind eingeschneit und haben keinen richtigen Strom. Aber Sie und ich, wir haben im Laufe unseres Lebens sicherlich schon Schlimmeres erlebt«, versuchte sie, der anderen etwas Trost zu spenden.

»Ich fürchte, das Schlimmste steht mir noch bevor«, antwortete Luise Fritz mit ungewohnt leiser Stimme und wischte sich das Wasser unter den Augen weg. »Ich habe ja keine Tomaten auf den Augen.« Elisabeth hob fragend die Brauen.

Da fuhr Luise schon fort. »Meine Tochter, sie macht diesem Anwalt aus München schon den ganzen Abend über schöne Augen. Da bahnt sich was an.«

»Ja, und wenn schon. Sie ist eine erwachsene Frau. Warum sollte sie sich nicht verlieben?«

Diese Worte lösten bei Luise einen erneuten Sturzbach an Tränen aus, der von einem krampfhaften Schluchzen begleitet wurde. Elisabeth konnte nicht anders, als sich neben Luise zu setzen und ihr den Arm um die Schultern zu legen. Die Frau hatte sich den ganzen Tag über schrecklich unangenehm aufgeführt. Aber so viel Kummer wünschte man ja doch keinem. Vor allem nicht an Weihnachten.

»Was wäre denn daran so schlimm?«, fragte sie.

»Alles. Alles wäre schlimm. Männer ...« Das Ungesagte stand spürbar in der Luft.

»Sie haben schlechte Erfahrungen gemacht, stimmt's?«

Luise nickte, schluckte, würgte an den nächsten Worten. »Ausgerechnet an Weihnachten hat er mich verlassen. Wir waren verlobt, wollten heiraten. Meine Tochter war unterwegs. Da hat er sich entschieden, mich sitzenzulassen.«

»Sie mussten Juliane alleine aufziehen?«

Die Fritz nickte. Unter ihren Tränen blitzte es bereits wieder zornig. »Alles habe ich für das Mädchen getan. Alles. Nur, damit sie mich jetzt, wo ich alt bin, verlassen wird. Wegen dieses Anwalts!« Ihre Empörung steigerte sich mit jedem Wort. Energisch wischte sie sich übers Gesicht.

»Frau Fritz, Weihnachten ist doch das Fest der Liebe. Sie würden sich ein großes Geschenk damit machen, sich selbst zu lieben. Das Leben, das Ihnen gegeben wurde, mit all seinen

Höhen und Tiefen anzunehmen. Stattdessen sorgen Sie dafür, dass eine frühere Enttäuschung Sie jeden Tag aufs Neue quält. Und Ihre Tochter auch. Es liegt an Ihnen, das zu stoppen. Sie können glücklicher sein, und Ihre Juliane ebenfalls.«

»Ja, die aber woanders!«

»Um zu wissen, dass Ihre Tochter ihrer eigenen Wege gehen wird, ist es doch noch ein wenig zu früh, oder?«

»Juliane wird weggehen. Mich alleine lassen. Sie hält es ja sowieso kaum noch aus.«

»Das ist ja auch kein Wunder, so wie Sie sich ihr gegenüber benehmen«, bemerkte die Wirtin trocken.

»Ach. Sie haben ja keine Ahnung!«, plusterte Luise Fritz sich jetzt auf. »Als alte Frau allein auf dieser Welt, das ist doch … schrecklich!« Sie blickte die Wirtin mit feuchten, weit aufgerissenen Augen an. Dann bemerkte sie, wie ihre Worte auf die andere wirkten.

»Also – die ersten Jahre nach dem Tod meines Mannes waren nicht schön. Aber inzwischen fühle ich mich ganz wohl«, meinte Elisabeth denn auch mit einem leichten Schmunzeln, das bei den nächsten Worten einer ernsten Miene wich. »Zumindest bisher habe ich nichts vermisst. Ich bin rüstig genug, meinen Gasthof zu führen. Natürlich habe ich normalerweise Personal. Einen Koch, eine Küchenhilfe und eine Kellnerin. Dazu der Kontakt zu den Gästen. Aber das ist inzwischen ja wohl Schnee von gestern.« Sie blickte zu Boden und biss sich auf die Unterlippe. »Dennoch würde ich von meinem Enkelsohn nicht erwarten, dass er auf Dauer herzieht und bei mir bleibt.«

»Was machen Sie denn, wenn Sie nicht mehr können?«

Elisabeth zuckte die Achseln. Das Thema war ihr nicht ganz

so egal, wie sie gerade tat. Aber sie gehörte nicht zu den Menschen, die sich ständig alle möglichen Katastrophen ausmalten. Dadurch, da war sie sich sicher, verhinderte man ja zuverlässig, ein unbeschwertes Leben führen zu können.

»Ich entscheide das dann zu gegebener Zeit«, gab sie zurück. »Je nachdem, ob ich den Gasthof verkaufen kann, ob ihn noch jemand pachten will, oder ob ich hier meinen Lebensabend verbringe.«

»Juliane ist alles, was ich habe«, schniefte Luise.

»Dann sollten Sie Ihre Tochter besser behandeln.« Elisabeth erhob sich. »Ich muss mal wieder runter. Wenn Sie noch etwas brauchen, lassen Sie es mich wissen. Ein Stündchen bin ich sicherlich noch auf. Danach können Sie sich an meinen Enkel wenden. Moritz bleibt die Nacht über unten, in der Gaststube.«

Sie strich Luise noch einmal tröstend über den Arm. »Gute Nacht. Wir sehen uns auf jeden Fall morgen beim Frühstück.« Damit ging sie zur Tür.

»Einen Augenblick noch«, rief ihr Luise hinterher. »Meinen Sie, ich sollte Juliane einfach sagen, dass sie bei mir bleiben muss?«

Elisabeth unterdrückte eine harsche Antwort. Begriff diese Frau denn gar nichts?

»Nein. Sie sollten Ihrer Tochter alles Glück dieser Welt wünschen, egal, wo sie es findet, und sie dafür loslassen. Das sollten Sie ihr sagen.«

Leise, aber mit Nachdruck zog sie die Zimmertür hinter sich zu.

☆ 71 ☆

Kordula Strothoff hatte die Kinder ins Bett gebracht. Sie wirkte selbst nach diesem langen und anstrengenden Tag nicht müde, wie Sophie neidvoll bemerkte, als sie sie durch die offene Tür des Schlafzimmers, das sie nun mit Juliane Fritz teilte, im angrenzenden Raum herumgehen sah.

»Ich habe uns eine Flasche Rotwein mit hochgenommen«, rief sie ihr und Juliane zu. »Weil ich dachte, wir alle könnten einen Schlummertrunk gebrauchen.«

»Gute Idee«, murmelte die Nanny. Sophie, die einen seidenen Pyjama trug, warf sich ihren bodenlangen Frotteebademantel über und schlüpfte in ein paar lammfellgefütterte Pantoffeln. Juliane kam in einem Flanellschlafanzug und mit dicken Socken an den Füßen aus dem Badezimmer. Ihr Haar fiel, offensichtlich frisch gebürstet und frei von Haarspray, auf die Schultern.

»Steht Ihnen gut, diese legere Frisur«, rief Sophie ihr zu. »Und überhaupt – wollen wir uns nicht duzen?«

Kordula holte drei Gläser aus einer Anrichte und stellte sie auf den Tisch, bevor sie sich mit einem tiefen Seufzen auf das Sofa fallen ließ. »Ich bin Kordula, aber das wisst ihr ja bereits.«

»Sophie.« Sophie schwenkte die Flasche und setzte den Korkenzieher an.

»Juliane.«

Sie lächelten sich zu und hoben die Gläser.

»Es ist schon merkwürdig. Normalerweise hätten wir uns gar nicht kennengelernt. Vielleicht im Vorübergehen gegrüßt, dort oben im *Bergschloss*«, Sophie nickte bei diesen Worten Juliane zu. »Du, Kordula, wärest uns beiden gar nicht begegnet. Jetzt sitzen wir hier, in einer an sich recht unguten Situation, eingeschneit in einem Berggasthof, den keine von uns betreten hätte, wären nicht all unsere Pläne durch das Wetter und eine Lawine durchkreuzt worden. Dabei fühlt es sich so, wie es gerade ist, für mich richtiger an.«

Juliane lächelte dankbar, Kordula nickte versonnen.

»Noch mal frohe Weihnachten. Und auf eine hoffentlich ungestörte Nachtruhe«, prostete Sophie den anderen beiden zu.

»Ruhe ist zu erwarten. Wir sind so weit weg vom Schuss, und mit weiteren Überraschungsgästen ist wohl nicht zu rechnen«, pflichtete Kordula ihr bei. Sie setzte das Glas an und kostete. »Sehr lecker«, befand sie. »Hast du gut ausgewählt, Sophie.«

»Ich dachte schon, du trinkst keinen Alkohol«, fiel Juliane ein.

»Nicht, solange ich im Dienst bin.« Kordula sprang auf, knallte in einer übertriebenen Geste die Hacken zusammen und legte die Hand an die Stirn, als wolle sie salutieren. Dann sank sie wieder in die Polster des Sofas und blickte die Frauen, die sich ihr gegenüber in den beiden Sesseln der Couchgarnitur niedergelassen hatten, mit leicht trauriger Miene an.

»Hat sich ja bald erledigt«, murmelte sie, und erzählte den beiden anderen kurz, wie es um sie und ihren Job stand.

»Ich muss euch mal was fragen. Wo wir gerade beim Thema

Eltern und Kinder sind.« Juliane angelte nach der Flasche und goss sich noch einen winzigen Schluck ein.

»Vorhin, ich wollte eigentlich meiner Mutter eine gute Nacht wünschen, habe ich vom Flur aus zufällig ein Gespräch zwischen ihr und der Wirtin mitgehört.« Sie blickte angestrengt in ihr Glas, während sich ihre Wangen heftig röteten. »Ich habe mich immer gefragt, warum sie so garstig zu mir ist. Mir wäre es dabei im Leben nicht eingefallen zu glauben, es habe etwas mit Zuneigung zu tun. Oder – um es genauer auszudrücken – damit, dass sie mich klein halten wollte, um mich bei sich zu behalten.« Sie hielt inne, augenscheinlich erschöpft von den Dingen, die ihr dabei durch den Kopf gingen, und nippte vorsichtig an ihrem Wein.

»Jetzt hat sie Angst, du willst dein eigenes Leben leben. Womöglich mit Herrn Clausing?« Sophies Stimme klang neckend. Kordula lachte lautlos.

»Genau. Sie will auf keinen Fall, dass ich sie alleine lasse.«

»Ist sie denn alleine?«, wollte Kordula wissen.

»Es gibt keinen Mann in ihrem Leben. Über meinen Vater hat sie mir nichts erzählt, nicht einmal ein Foto von ihm habe ich gesehen. Sie hat mir erzählt, er sei gestorben, als ich noch ganz klein war. Seit heute weiß ich, dass er sie verlassen hat, als sie mit mir schwanger war. Ausgerechnet an Weihnachten! Deswegen klammert sie sich an mich. Einmal«, sie blickte kurz verschwörerisch zu Sophie hinüber, die beruhigend die Lider senkte und damit signalisierte, nichts zu den Details zu sagen, die ihr Juliane anvertraut hatte, »war ich bereits drauf und dran, mir ein eigenes Leben aufzubauen. Doch es scheiterte. Seither krallt sie sich noch fester an mich, tut alles, um mein Selbstbewusstsein zu untergraben. Das ist sowieso nicht besonders ausgeprägt. Daher habe ich eine lange Zeit gedacht, ich sei nichts wert und könne daher auch alleine nicht zurechtkommen.«

»Inzwischen hast du bemerkt, dass du sehr wohl etwas wert bist und auch alleine zurechtkommen würdest«, stellte Kordula trocken fest.

»So ähnlich. Ich bin ganz sicher weit davon entfernt, so tough aufzutreten wie du.« Sie sah die andere mit ehrlicher Bewunderung an. »Wie du diesen Marc-Oliver zurückgeholt hast. Alle Achtung!«

Kordula schmunzelte. »Das kann man lernen. Nennt sich Selbstverteidigung. Kann ich dir wärmstens empfehlen. Ich benötige es aus beruflichen Gründen, denn ich bin nicht nur die Nanny der Zwillinge, sondern gleichzeitig ihre Beschützerin. Daher ist es ein Muss. Für jede andere Frau sollte es das aber auch sein. Es hilft, sich nicht schwach oder als Opfer zu fühlen. Das überträgt sich. Tatsächlich war ich nie ängstlich oder zaudernd. Das Training hat mich dann noch stärker gemacht, auch mental.«

»Du bist also ein Bodyguard für die Kinder?« Sophie lehnte sich nach vorn. Ihre schlanken Finger spielten mit dem Glas, ließen den roten Wein darin kreisen.

»Lioba und Gustav sind besondere Kinder. Sehr intelligent, sehr reif für ihr Alter. Leider muss man auf sie auch besonders gut aufpassen, weil die Eltern sehr wohlhabend sind. Da gehören ein paar Tricks zum Inventar der Nanny.«

Sie lächelte kurz, bevor sie sich wieder Juliane zuwandte. »Geh einfach deinen Weg. Du bist nicht für das Leben deiner Mutter verantwortlich.«

»Sie wird mir vorwerfen, ich sei undankbar. Nachdem sie immer alleine für mich sorgen musste.«

»Das nennt man seelische Erpressung«, wandte Sophie ein, »darauf solltest du dich nicht einlassen.«

»Mir ist das Verhalten deiner Mutter rätselhaft.« Kordula erhob sich, streckte die Arme nach oben und dehnte sich, untermalt vom leisen Knacken ihrer Gelenke, bevor sie sich erneut auf das Sofa fallen ließ. »Aber eines kann ich dir sagen – wenn du vorhast, dir dein Leben weiter zu versauen, dann kannst du bei ihr bleiben.«

»Und falls nicht, gibst du auch ihr eine Chance, neu über sich nachzudenken.« Sophie trank den Rest ihres Weines in einem Schluck aus und stellte das Glas auf den Tisch.

»Danke«, murmelte Juliane. Ihre Augen wanderten zwischen den beiden Frauen hin und her. »Ich kenne euch kaum, und doch behandelt ihr mich, als wären wir Freundinnen. Das ist schön.«

»Ich mag dich«, antwortete Sophie einfach.

»Ich mag euch beide«, antwortete Kordula. »Und ich denke, dass Freundschaft keine Frage davon ist, wie lange man sich kennt. Sondern davon, was man miteinander teilen möchte.«

☆ 72 ☆

Im Raum war es angenehm warm. Moritz hatte dicke Matten auf den Boden gelegt und die Schlafsäcke darauf ausgebreitet. Auf Annikas Seite lagen zusätzlich noch zwei Kissen und eine warme Decke. Sie hatte lange überlegt, was sie wohl anziehen sollte. Dass sie hier nicht mit einem Pyjama in den Schlafsack stieg, verstand sich von selbst. Mit ihrem langen Sweatshirt, der schwarzen Leggins und Wollsocken fühlte sie sich hingegen recht wohl. Moritz trug einen Hoodie über einer weich fallenden langen Sporthose. Sie betrachtete sein Profil, während er im Kamin die Glut schürte und noch ein paar Scheite Holz auflegte.

Es war kribbelig, mit ihm ganz alleine zu sein. Auch wenn er angedeutet hatte, dass es für ihn einfach besser sei, sich nicht die ganze Nacht alleine hier unten um die Ohren zu schlagen, hatte die Situation etwas von einem DATE. Und das war eindeutig etwas, das Annika schon lange nicht mehr gehabt hatte. Wenn sie sich selbst gegenüber ehrlich war, verursachte ihr Moritz' Nähe mehr innerlichen Aufruhr, als sie das bisher kannte. Noch nicht einmal ihr letzter Freund hatte sie so nervös gemacht. Nervös im angenehmen Sinn. Sie fragte sich schon, wie es wäre, Moritz zu küssen. Ihren Kopf an seine Schulter zu legen, die Hände auf seinen Rücken.

»Meinst du, das reicht erst einmal?«, fragte er in ihre aufgeregten Gedanken hinein. Sie blinzelte nervös, bis sie realisierte, dass das Feuer gemeint war.

»Klar. Hier ist es mollig warm. Und wir haben ja noch die Schlafsäcke.«

Moritz erhob sich, hängte den Schürhaken in die eiserne Halterung neben dem Kamin und rieb sich die Hände. »Gut, dann lassen wir es jetzt mal so.« Er stellte den Wecker an seiner Armbanduhr, bevor er sich grinsend neben ihr niederließ.

»Schade, wenn ich gewusst hätte, dass ich dich treffe, hätte ich dir ein kleines Weihnachtsgeschenk mitgebracht.« Beim Anblick seiner Augen, so dunkel und so nah vor ihrem Gesicht, bekam sie einen Kloß im Hals. »Worüber würdest du dich denn freuen?«, fuhr er fort, als sie nichts sagte.

»Weiß nicht«, sie zuckte die Achseln. Dinge wie *ein neues Smartphone mit Superkamera,* oder *ein Trip nach Thailand* wären wohl nicht angebracht. Diese Wünsche hatte ja noch nicht einmal ihr Vater ihr erfüllen wollen. Genauso wenig wie den größten Wunsch, den sie überhaupt hatte. Ihre Mutter zurückzuholen. Als habe Moritz ihre Gedanken gelesen, nahm er das Gespräch genau an der Stelle wieder auf.

»Morgen früh versuche ich es gleich noch einmal mit dem Handy. Du gibst die Nachricht und die Nummer ein, ich steige auf den Hügel und versuche dann, sie abzuschicken.«

»Warum soll ich nicht mitkommen?«

»Weil dein Vater mich erwürgen würde. Noch so einen Ausflug verzeiht er mir nicht.«

»Mein Vater kann dir doch egal sein.«

»Nee. Kann er nicht. Ich will ja schließlich seine hübsche Tochter näher kennenlernen, da brauche ich ihn. Als Komplizen.« Moritz beugte sich vor und strich ihr eine widerspenstige Haarsträhne hinters Ohr.

Annika spürte, wie sich jedes einzelne Härchen an ihren Unterarmen aufrichtete. So, als seien sie winzige, dünne Tentakel, die Moritz entgegenwuchsen. Sein Gesicht war jetzt direkt vor ihrem. Ihr Blick tauchte ein in seinen, bis er vor ihren Augen verschwamm, weil sie sich nun ganz nah waren.

Sie schloss die Augen und hob ihm ihr Gesicht entgegen. Doch auf seinen Kuss wartete sie vergebens.

»Hey, ihr zwei Turteltauben«, krakeelte es nämlich in unangenehmer Lautstärke. »Ich glaube, ich brauche mal euren Rat.«

☆ 73 ☆

Marc-Oliver Brettschneider hatte nachgedacht. Gründlich, wie er sagte. Das Ergebnis seiner Überlegungen hatte wohl keine Zeit, er wollte es ihnen in einem übersprudelnden Mitteilungsdrang gleich erzählen.

»Deine Großmutter will den Laden hier dichtmachen«, begann er seine Ideen vor ihnen auszubreiten. »Das müsste sie aber nicht, wenn jemand«, das letzte Wort zog er vielsagend in die Länge, »den Gasthof übernehmen würde. Idealerweise ein Koch, der in der Lage ist, etwas Besonderes auf die Teller zu zaubern. Und damit die Gäste wieder anlockt.« Grinsend zog er die Brauen nach oben. »Verstehst du, worauf ich hinauswill?«

Moritz schüttelte den Kopf. Er hatte sich zu dem TV-Koch an den Tisch gesetzt, während Annika, auf ihrem Schlafsack sitzend, ihnen zuhörte.

»Ich kann und will und werde den Gasthof nicht übernehmen. Falls du das denkst. Weil ich nämlich erst letztes Jahr meine Ausbildung beendet habe. Bin erst mal Commis de Cuisine. Bevor ich überhaupt daran denken kann, etwas Eigenes aufzumachen, muss ich noch einiges an Erfahrungen sammeln. Du weißt sehr gut, dass das das A und O in unserem Beruf ist. Man will ja nicht stehen bleiben, bevor man richtig laufen gelernt hat.«

»Oh«, machte Marc-Oliver und kaute nervös auf der Innenseite seiner Wangen herum. »Das ist schade. Ich dachte nämlich …«

Er unterbrach sich und schwieg. Moritz warf Annika einen bedauernden Blick zu, in dem die Hoffnung mitschwang, der TV-Koch möge jetzt endlich aufhören, Pläne zu schmieden und ebenfalls zu Bett gehen.

»Also ich dachte, du und ich, wir könnten was gemeinsam machen. Du übernimmst den Gasthof, ich mache dich zu meinem Assistenten bei der Fernsehshow, und zusammen geben wir hier Kochseminare«, sein Arm schwang in Richtung der Küche. »Den Platz hätten wir. Und zusätzlich gehen wir mit diesen Videoclips auf Sendung. Jede Woche einen. Oder so. Das sind sich gegenseitig unterstützende Maßnahmen, die dir und mir gleichermaßen helfen.« Jetzt rutschten seine Brauen hoch, fast bis zum Haaransatz. »Na, was sagst du?«

»Marc, dein Sender hat dich gefeuert. Du brauchst dafür keinen Assistenten mehr. Darüber hinaus bist du gerade mit deinem Restaurant pleitegegangen. Da wäre ich, bei aller Sympathie, doch sehr vorsichtig mit einer Partnerschaft.«

Dem Starkoch fiel das Lächeln aus dem Gesicht. »Scheiße«, murmelte er. »Du weißt das vom Sender?«

»Tut mir leid.« Moritz beugte sich vor und legte seinem Gegenüber die Hand auf die Schulter. »Der Brief lag in deiner Reisetasche. Ich konnte ihn nicht übersehen.«

»Okay.« Marc-Olivers Kopf sackte nach vorn. »Läuft wohl alles ziemlich bescheiden bei mir zurzeit.«

Moritz blickte nachdenklich auf den TV-Koch. »Weißt du was? Als du hier reingekommen bist, hast du dich aufgeführt wie ein Ekel par excellence. Ich hätte dich am liebsten auf den Mond geschossen.«

Von Annikas Seite her drang gemurmelte Zustimmung herüber.

»Als du mir dann etwas … du weißt schon, was ich meine … von dir erzählt hast, fand ich dich schon viel sympathischer. Nachdem wir Emilia gerettet haben, die du auf deinem Rücken hier in den Gasthof getragen hast, warst du beinahe liebenswert. Aber weißt du, was mich wirklich überzeugt hat davon, dass du auch als Koch eine andere Seite hast?«

Marc-Oliver schüttelte langsam den Kopf.

»Das war in der Küche. Wie du mit Annika gesprochen hast. Da habe ich gemerkt, dass auch noch eine andere Seele in deiner Brust schlummert. Eine, die sich nichts aus dem ganzen Promigedöns, dem TV-Show-Chichi macht. Die sich vielmehr wirklich damit beschäftigt, was gutes Essen sein kann, sein muss. Liebe zum Produkt, sagte mein Ausbilder immer.«

Marc-Oliver sagte erst einmal nichts. Dann sagte er leise: »Danke. Das hat mir noch nie jemand gesagt.« So etwas wie Rührung glomm in seinen Augen. Er erhob sich und ging davon. Eine einsame Gestalt, die sich in der Dunkelheit auflöste.

»Sein Vorschlag ist doch nicht schlecht.« Annika streckte ihre Beine aus und stützte sich rückwärts auf ihren Armen ab. »Eigentlich würdet ihr alle profitieren. Deine Großmutter, Marc-Oliver. Und du.«

»Nee, nee. Was ich vorhin gesagt habe, das meine ich ernst. Ich kann und will meine Zelte in München nicht abbrechen. Glaubst du, ich hätte darüber nicht nachgedacht? Mich hat es total geschockt zu hören, wie schlecht es um den Gasthof steht. Meine Großmutter hat bis heute kein Wort darüber verloren. Wäre ich nicht überraschend hier aufgetaucht, wer weiß, wann ich es erfahren hätte.«

Er seufzte tief. »Es ist für mich noch zu früh, den Gasthof zu übernehmen. Und mit jemandem zusammen ein Geschäft zu betreiben, der gerade erst bewiesen hat, dass er das nicht kann, das wäre doch glatter Selbstmord.«

»Warum will er sein Restaurant denn schließen?«

»Von wollen kann keine Rede sein. Er hat unrentabel gewirtschaftet. Das muss man sich mal vorstellen. Der Laden war jeden Tag rappelvoll, Reservierungen sind immer noch lediglich mit monatelangem Vorlauf zu bekommen. Und er schafft es, das in den Sand zu setzen. Zu viele Gerichte auf der Karte, zu viel Zeug, das weggeworfen werden musste. Alles vom Feinsten und vom Teuersten. Es ist nicht damit getan, gut kochen zu können. Oder die Honneurs zu machen. Oder im Fernsehen ein bisschen Chichi zu veranstalten.« Bei den letzten Worten verdrehte er komisch die Augen und Annika musste lachen. »Man muss auch was von Kalkulation verstehen. Davon, wie man eine vernünftige Karte aufbaut. Etwas von Personalleitung und von Betriebsführung. Marc hat, bei allem, was er sonst kann, davon ganz offensichtlich leider keine Ahnung.«

»Verstehe.«

»Die Sache mit den Kochseminaren allerdings, die könnte ich mir auch vorstellen.«

»Nicht zu vergessen die Videoclips.«

»Beides brächte vielleicht wieder Gäste hierher.«

»Und würde den *Goldenen Stern* vor der Schließung und Marc-Oliver vor dem Absturz bewahren. Eine klassische Win-Win-Situation.«

»Eine Nacht darüber schlafen schadet nicht. Ich werde morgen noch einmal in Ruhe mit ihm sprechen.« Moritz erhob sich, dehnte und streckte sich und gähnte dabei lauthals. »Aber jetzt brauche ich eine Mütze voll Schlaf, mein Wecker klingelt in zwei Stunden, dann muss ich im Kamin Holz nachlegen.«

Er kroch in seinen Schlafsack, Annika tat es ihm auf ihrer Seite gleich.

»Wo waren wir gerade stehen geblieben, bevor Marc uns unterbrochen hat?«, flüsterte Moritz und tippte ihr mit dem Finger auf die Nasenspitze. Annika spürte ein Flattern im Magen, als sie sich zu ihm drehte. Noch war die Nacht ja nicht vorbei.

☆ 74 ☆

Sie hatten die Gläser gespült, die leere Flasche in den Papierkorb gelegt, ihre Wecker gestellt und sich auf die morgendliche Reihenfolge im Badezimmer geeinigt, als ein lauter Schlag gegen die Tür sie alle zusammenfahren ließ.

»Um Himmels willen«, raunte Juliane und sah sich unwillkürlich um. Ob nach einem Versteck oder nach einer Waffe war nicht ganz klar.

»Wer ist da?« Kordula war zur Tür gegangen.

»Ich bin's. Aufmachen!«

»Das ist dieser Verrückte. Dieser Koch.« Sophie zog den Bademantel enger um sich.

»Was will der denn von uns?« Juliane schüttelte ungläubig den Kopf.

»Lassen. Sie. Mich. Rein!«

»Der weckt noch die Kinder auf«, brummte Kordula. Sie drehte den Schlüssel und riss fast zeitgleich die Tür auf. Der Mann, der dort draußen mit der Stirn am Türblatt lehnte, fiel, derart überrumpelt, fast kopfüber in den Raum hinein.

»Mädels, ich will mit euch pokern«, rief er, als er sich wieder gefangen hatte. Tatsächlich schwenkte er einen Satz Spielkarten in der Hand.

»Mit uns? Suchen Sie sich dafür doch ein paar Männer«, fauchte Sophie.

»Hab' ich versucht. Karlheinz macht nicht auf.«

Kein Wunder, dachte Sophie, *der schläft ja auch bei meinem Mann.* Diesen Umstand schien der Fernsehkoch nicht mitbekommen zu haben. Nur, was war mit dem Mann los? Er wirkte nicht betrunken, aber auf eine beunruhigende Weise aufgedreht.

»Pokern«, wiederholte er lautstark. »Um Geld. Richtig viel Geld. Ich brauche den Schotter.« Er hob die Arme und drehte sich einmal um sich selbst. »Um diesen schönen Gasthof zu kaufen.«

»Was ist los?« Juliane Fritz, die ihre Kontaktlinsen bereits herausgenommen hatte, huschte ins Schlafzimmer, um ihre Brille aufzusetzen.

»Kohle, Zaster, Pinke«, Brettschneider war nicht zu stoppen. »Ich hab' es im Urin. Heute gewinne ich das Spiel und morgen die ganze Welt!«

Die drei Frauen blickten sich unsicher an. Kordula Strothoffs Blick ging darüber hinaus zur Tür des Zimmers, in dem die Kinder schliefen. Sophie glaubte zu wissen, was sie dachte: Emilia würde nichts mitbekommen von dem Krach, aber Lioba und Gustav womöglich schon. Hoffentlich machte dieser Radaubruder den Kindern keine Angst.

»Herr Brettschneider, Sie gehen jetzt bitte wieder in ihr Zimmer zurück. Wir wollen nicht pokern, wir wollen schlafen. Das sollten Sie besser auch tun. Es war ein langer Tag. Gute Nacht.« Kordula hatte bereits die Tür geöffnet und unterstrich ihre Worte mit einer eindeutigen Geste. Ihre Finger landeten sanft auf dem Ellbogen des Kochs, um ihm den Weg nach draußen zu weisen.

Juliane stand mit offenem Mund neben Sophie.

»Was fällt dem denn ein«, murmelte die und schüttelte den Kopf.

»Nur ein Spiel! Ein klitzekleines!« Brettschneider wand sich aus Kordulas leichter Berührung und stürmte ins Zimmer zurück. Woraufhin Juliane die Flucht ergriff und sich hinter dem Sofa verkroch.

»Seien Sie doch keine Spielverderberinnen!« Die Stimme des TV-Kochs schraubte sich bereits wieder in die Höhe. Man musste ihn doch im ganzen Haus hören! Sophie ertappte sich bei dem Gedanken, dass sie sich ihren Mann hierher wünschte. Möglichst sofort. Bernhard würde nicht lange fackeln und den nächtlichen Ruhestörer an die frische Luft setzen, beziehungsweise, da das nicht ging, in sein Zimmer verfrachten.

»Los jetzt. Kohle raus.« Er drehte sich feixend zu Juliane um, die ihn von der Couch her anstarrte und deren Augen hinter den Brillengläsern übergroß wirkten. »Keine Angst, ich will kein Strippoker spielen, Sie dürfen angezogen bleiben«, rief er ihr zu. Worauf sie empört quiekte.

Sie braucht wirklich ein bisschen Nachhilfe von Kordula, dachte Sophie. *So wie ich vermutlich auch.*

☆ 75 ☆

Sie lagen sich seitlich gegenüber. Im Raum war es bis auf den tanzenden Schein des Kaminfeuers dunkel. Moritz hatte ein paar Tannenzapfen dazugelegt, die leise knisterten und einen harzigen, winterlichen Duft im Raum verbreiteten. Seine Hand lag warm auf ihrer Wange, sein Daumen strich liebevoll über ihre Oberlippe.

»Du bist so hübsch«, flüsterte er. Annika kicherte leise.

Er hob den Oberkörper leicht an und beugte sich zu ihr herüber. Langsam und ohne den Blick von ihrem zu wenden, näherte sich sein Gesicht dem ihren.

»Annika …«, setzte er an. So, wie er ihren Namen aussprach, schlug ihr Herz sofort höher. Was er sagen wollte, erfuhr sie nicht, denn im selben Moment ertönte von irgendwo im Haus ein dumpfer Schlag.

Moritz fuhr auf, seine Stirn kräuselte sich, er horchte angestrengt ins Haus hinein.

»Was war das?«, murmelte sie und zog instinktiv die Decke etwas höher, bis unters Kinn. Jetzt schien alles wieder ganz ruhig und Annika war gerade so weit, das Ganze als Einbildung abzutun, als ein laut geführter Wortwechsel einsetzte. Es war nicht zu verstehen, worum es ging. Einen der Beteiligten konnten sie sofort identifizieren.

»Das ist doch die Stimme von Marc-Oliver.«

»Genau«, pflichtete ihr Moritz bei. Im Halbdunkel war in seiner Miene nicht wirklich viel zu lesen. Dass er besorgt aussah, bemerkte Annika jedoch schon.

Moritz unterdrückte ein Fluchen und sprang auf. »Bleib du hier. Ich gehe nachsehen, was da oben los ist.« Damit rannte er hinaus, sie hörte ihn schon Sekunden später auf der Treppe.

Seufzend ließ sie sich zurücksinken. Fand man denn hier heute Nacht überhaupt keine Ruhe?

☆ 76 ☆

Kordula Strothoff sah aus, als stünde sie kurz davor, Marc-Oliver Brettschneider zum zweiten Mal an diesem Tag k. o. zu schlagen. Sophie musste daran denken, was ihr Mann ihr über die Szene auf der Straße erzählt hatte. »Ein gezielter Schlag und er ging zu Boden.«

Wenn ich ein Kind hätte, würde ich es auch von so einer Frau beschützen lassen wollen, schoss es ihr durch den Kopf. Die sich daran anschließenden Gedanken, die sich ausschließlich um die Tatsache drehten, dass sie gar kein Kind hatte, und dass das bei ihrem Mann ganz anders aussah, schob sie sofort zur Seite. Nicht jetzt.

Dieses Mal blieb Kordula davon verschont, in Aktion treten zu müssen. Denn auf einmal stand Moritz vor der Tür. Er schien die Situation mit einem Blick zu erfassen.

»Marc-Oliver. Hast du deine Tabletten nicht genommen?« Ihm war anzusehen, dass Ärger und Besorgnis in ihm um die Oberhand stritten.

»Tabletten? Brauche ich nicht! Bin gerade so gut drauf. Ich. Will. Pokern.« Er tippte dabei dem Jüngeren so vehement mit dem Finger auf die Brust, dass Moritz zwei Schritte rückwärts taumelte, bevor er sich wieder fing.

»Marc, du kommst jetzt mit. Keine Widerrede. Ich wäre da draußen fast erfroren wegen dir. Um dir deine Medikamente zu holen. Da kann ich erwarten, dass du sie auch nimmst.«

Brettschneider starrte seinen Kollegen erstaunt an.

»Los, Abmarsch.« Moritz griff, wie wenige Minuten zuvor Kordula, nach Brettschneiders Ellbogen und zog ihn mit sich. »Sorry, die Damen. Aber Marc-Oliver ist manchmal ein bisschen – unberechenbar.«

»Das haben wir bemerkt«, piepste Juliane, immer noch in sicherer Entfernung hinter dem Sofa verschanzt.

»Vielleicht erklären Sie uns das morgen. Gute Nacht.« Kordula schloss nachdrücklich die Tür und atmete dreimal tief durch.

»Ich dachte schon, ich müsste diesen Rambo ein zweites Mal auf die Bretter schicken.« Sie schüttelte indigniert den Kopf. »Was für ein Theater!«

Sophie unterdessen sah nachdenklich vor sich hin. Was meinte Moritz mit den Medikamenten? Dann schüttelte sie auch diesen Gedanken ab. Hauptsache, dieser Zampano war jetzt ruhiggestellt. Nicht, dass er womöglich mitten in der Nacht noch einmal bei ihnen auftauchte!

☆ 77 ☆

Annika hörte die beiden in der Küche flüstern. Was genau geschehen war, das wusste sie noch nicht. Vorhin war Moritz mit Marc-Oliver im Schlepptau von oben heruntergekommen. Seitdem hockten die beiden in der Küche und unterhielten sich gedämpft. Wie sollte sie da schlafen können! Es grenzte sowieso an ein Wunder, dass niemand sonst im Haus das Theater mitbekommen hatte, das Brettschneider veranstaltet hatte.

Ihr Herz schlug heftig. Nicht nur, weil der TV-Koch so einen Radau gemacht hatte. Nein, auch Moritz' Nähe löste etwas in ihr aus, das sich ganz und gar nicht nach Schläfrigkeit anfühlte.

Sie hob den Kopf und lauschte angestrengt. Lediglich Wortfetzen drangen an ihr Ohr.

»… mich in Gefahr begeben für dich … Tabletten nehmen … Wodka ist Gift … muss ich dir ja nicht sagen.«

Das war Moritz' Stimme.

»… vergessen … der ganze Stress hier … suche nach einem Ausweg … manchmal alles scheißegal.« Marc-Oliver klang mal hoffnungslos, mal zerknirscht.

Von der weiteren Unterhaltung konnte sie lediglich Stichworte hören. Es schien, als ob die beiden dort drüben eine Vereinbarung trafen.

»Kann ich dich alleine lassen?«, fragte Moritz irgendwann.

»Bin okay. Wird nicht mehr vorkommen. Tut mir leid«, lautete die Antwort.

Dann, endlich, ging in der Küche das Licht aus. Sie hörte, wie Marc-Oliver nach oben ging, und Moritz sich zu ihr herüberschlich. Vermutlich dachte er, sie schliefe inzwischen tief und fest. Bevor er in seinen Schlafsack krabbelte, warf er noch ein paar Scheite in den Kamin. Tatsächlich war das Feuer inzwischen fast gänzlich niedergebrannt.

Dann endlich raschelte es im Schlafsack neben ihrem.

»Ich schlafe noch nicht«, flüsterte sie ihm zu und musste kichern, als er sich hörbar erschreckte.

»Oh Mann«, tönte es zu ihr herüber. »Ich bin todmüde.«

»Was war denn?«

»Erzähle ich dir morgen.« Einen Moment lang glaubte sie, er sei nach diesen Worten bereits erschöpft eingeschlafen, als er sich noch einmal erhob. Seine Hand tastete im Zwischenraum ihrer Schlafsäcke herum, bis er ihre fand.

»Hey, wie wäre es mit einem Gutenachtkuss?«

Verdammt gerne, dachte Annika. Sie stützte sich auf ihren Ellbogen auf, um sich zu Moritz hinüberzubeugen, als das Knarren der Treppenstufen sie innehalten ließ. Auch Moritz hatte es gehört. Aus seiner Ecke kam etwas, das sich nach einem Fluch anhörte.

»Leute, ich muss zu euch kommen«, wisperte es Sekunden später von der Tür her. »Mein Zimmer ist eiskalt.« Zum dritten Mal in dieser Nacht hatte Marc-Oliver es geschafft, sich zwischen sie zu drängen. Seufzend ließ sich Annika wieder auf ihren Schlafsack plumpsen, während Moritz noch einmal aufstand.

»Was schleppst du denn da alles mit herunter?«, hörte sie ihn flüstern.

»Bettdecke, Kopfkissen. Ich hau mich auf die hintere Bank«, antwortete Marc-Oliver. Dann hörten sie es rascheln, und wenig später hatte er sich dort drüben eingerichtet und grunzte zufrieden.

»Schlaf gut, Annika«, flüsterte Moritz, hörbar frustriert.

»Du auch.« Schade, dass es jetzt doch keinen Gutenachtkuss zwischen ihnen geben würde. Das hatte dieser Marc-Oliver ja leider verhindert. Sie seufzte kurz auf, bevor die Müdigkeit ihr die Lider nach unten zog. Wenige Minuten später war sie eingeschlafen.

☆ 78 ☆

Etwas Feuchtes bewegte sich an ihrem Gesicht entlang und ein heftiges Atmen in ihr Ohr schreckte Annika aus einem tiefen traumlosen Schlaf. Sie fuhr hoch und hätte fast laut aufgeschrien. Neben ihr stand der Hund und im diesigen Licht des Wintermorgens, das inzwischen durch die Fenster des Gasthofes fiel, sah er noch räudiger und schmutziger aus als am Vorabend. Dem Tier hing die Zunge aus dem Hals, es blickte sie unverwandt an. Leicht angeekelt rieb sie sich die Wange mit einem Zipfel ihrer Decke trocken, bevor sie den Hund behutsam von sich wegschob. Im Schlafsack neben ihr lag Moritz, so tief eingemummelt, dass lediglich ein paar dunkle Haare oben herausragten. Annika stöhnte leise und setzte sich auf. Der Hund trat elegant von einer Seite zur anderen und hechelte weiter in ihre Richtung.

»Hast du Hunger? Durst?« Er hob die Schnauze, als wolle er ihr antworten. »Ich versteh nichts von Hunden, nur damit du es weißt«, brummte sie. Es war kühl geworden im Raum und sie schälte sich nur widerwillig aus ihrem Schlafsack. Doch sie musste dringend pinkeln. Und vermutlich würden ein paar neue Holzscheite im Kamin auch nicht schaden. Im Halbschlaf hatte sie mitbekommen, dass Moritz in der Nacht mehrfach aufgestanden war. Vermutlich hätte jetzt neben ihm eine Bombe einschlagen können, er würde es nicht merken. Sie dehnte und streckte sich, warf einen Blick zu Marc-Oliver hinüber, der ebenfalls noch tief zu schlafen schien, und entschied, als Erstes das Feuer zu füttern, dann zur Toilette zu gehen und danach würde sie sehen, was sie für den Hund tun konnte.

Der folgte ihr ein Stück und blieb dann am Eingang zum Gasthof stehen. Sein Kopf schwang zur Tür hinüber und Annika, deren Blase jetzt heftig drückte, verstand, dass es dem Tier ähnlich ging.

»Gassi?«, fragte sie ihn halblaut. Der Schwanz fing heftig an zu schlagen. Sie seufzte tief, warf einen langen Blick auf die beiden Männer und beruhigte dann den Hund. »Bin gleich zurück!« Ob er sie verstand? Als sie Minuten später wieder in die Gaststube trat, nachdem sie sich eine Hose, einen Pullover und feste Schuhe angezogen und Anorak, Mütze und Handschuhe geholt hatte, stand der Hund noch an derselben Stelle.

Annika griff nach dem Schlüssel, drehte ihn um und schob den zusätzlichen Riegel oben an der Tür auf. Als sie sie öffnete, drang frische Morgenluft herein, die aber nicht mehr ganz so kalt war wie noch am Vorabend. Der Hund drängte sich an ihr vorbei und sprang über den verschneiten Parkplatz. Dort schien er vor lauter Freude, endlich seine Blase leeren zu dürfen, nicht so recht entscheiden zu können, wo dieses Ereignis stattfinden sollte. Schließlich entschied er sich für den Hinterreifen eines riesigen Geländewagens mit Münchner Kennzeichen. Der der von Otters vermutlich.

Annika schlug die Arme um den Oberkörper und ging ein paar Schritte auf der Veranda bis zur Hausecke. Jetzt, da es hell genug war, etwas von der Umgebung zu sehen, fand sie die

Gegend gar nicht mal so schlecht. Der Schnee lag immer noch so hoch wie am Vorabend. Doch nun, da die ersten Sonnenstrahlen ihn streichelten, funkelte die weiße Pracht in kalter Schönheit. Alles wirkte weich und unberührt. Über sämtliche Fußspuren des Vorabends hatte sich eine Schneedecke gelegt.

Annika hob ihr Smartphone und machte ein paar Fotos. Die würde sie auf ihrem Internet-Fotobuch einstellen. Das sich, so hoffte sie, auch ihre Mutter immer wieder mal ansah. Der Hund kam auf sie zugelaufen, und sie knipste ihn auch. Jetzt, im hellen Licht des Tages betrachtet, sah man schon, dass es kein Wolf war. Doch er passte trotzdem ganz hervorragend in diese Winterlandschaft.

Annika stieg die Stufe an der hinteren Schmalseite der Veranda hinunter und umrundete ein haushohes Rankgitter. Von den Blüten, die sich hier im Sommer vermutlich entlangschlängelten, war keine Spur mehr zu erkennen. Links von ihr, hinter dem Gitter lag die überdachte Remise, unter der sich das Brennholz stapelte. Sie lief daran entlang und atmete den würzigen Geruch der Scheite und die klare Luft tief ein. Noch kitzelte die Kälte ihre Nase, doch es lag in der Luft, dass der neue Tag wesentlich angenehmer werden würde als der vorherige. Ruhig war es hier. Man hörte überhaupt nichts. Jedenfalls nicht, bis die Stimmen zweier Männer an ihr Ohr drangen.

»Wann willst du es deiner Tochter denn sagen?«

Das war von Otter. Annika hob den Kopf und blickte nach oben. Direkt über ihr befand sich ein kleiner Balkon. Nicht anzunehmen, dass die beiden Männer dort standen. Vermutlich hatten sie aber die Balkontür zum Lüften geöffnet.

»Eigentlich gestern. Wir sind dann leider unterbrochen worden. Aber heute, heute sage ich es ihr.«

Oh Gott! Hatte er womöglich mit der verhuschten Blonden angebändelt? Wollte er mit ihr auf und davon?

»Es ist ja nicht die erste Ehe, die geschieden wird. Kinder gewöhnen sich irgendwann daran.« Das war von Otters Stimme.

Annika blieb fast das Herz stehen. Geschieden? Die Ehe ihrer Eltern? War sie nicht die ganze Zeit noch fest davon ausgegangen, dass ihr Vater ihre Mutter zurückholen würde? Ihr Magen schlug einen Salto. Ihr wurde flau, sie stützte sich mit einer Hand an den Holzscheiten ab.

»Rena und ich sind uns einig. Es wird keinen Rosenkrieg geben, keinen Streit. Nicht ums Geld, nicht um Annika. Meine demnächst Exfrau ist völlig einverstanden, dass ich das alleinige Sorgerecht erhalte, es ist ja nicht mehr lange, bis meine Tochter volljährig ist. Dann kann sie sowieso entscheiden, wo und bei wem sie leben möchte.«

»Wenn ich dich richtig verstanden habe, will deine Exfrau eure Tochter nicht?« Bernhard von Otter war die Skepsis deutlich anzuhören.

»Nein. Hat sie mir deutlich gemacht. Sie will, das waren ihre Worte, einfach mal wieder Freiheit spüren. Sie weiß noch nicht, ob und wo sie sich mit ihrem Neuen niederlassen will.«

In Annikas Kopf drehte sich alles. War das ein Traum? Ein schlechter Scherz? Schlief sie womöglich noch? Hatte ihr das viele Essen nicht gutgetan? Sie presste die Lider zusammen, konnte aber nicht verhindern, dass ihr Tränen in die Augen stiegen. Was hatte das alles zu bedeuten? Sie wusste nichts von einem neuen Mann im Leben ihrer Mutter. Auf einmal bekam sie eine Riesenwut. Warum nur hatte ihr Vater ihr das nicht gesagt?

»... deiner Tochter nichts gesagt?«, drang dieselbe Frage, gestellt von diesem von Otter, zu ihr herunter.

»Rena wollte es nicht. Hat mich regelrecht bekniet, ihr das zu überlassen. Sie hat hoch und heilig versprochen, Annika an Weihnachten in einem persönlichen Mutter-Tochter-Gespräch alles zu erzählen. Stattdessen ist sie zu einem Asientrip aufgebrochen. Sie hat ihrer Tochter noch nicht einmal ...«

Die Balkontür über ihr wurde geschlossen, die Stimme verstummte. Annika hätte schreien können. Das also war es, was ihr Vater ihr gestern Abend hatte sagen wollen. Sie dachte, es handele sich wieder um etwas, was die Schule oder ihre Zukunftspläne betraf. Themen, die zurzeit öfter auf der Gesprächsagenda standen. Stattdessen ... Sie schlug mit der geballten Faust heftig gegen die Holzwand.

Neben ihr kläffte der Hund. Sie hatte ihn ganz vergessen. Offensichtlich hatte er sein Geschäft erledigt. Und jetzt? Hunde waren vermutlich immer hungrig.

»Du wirst warten müssen, bis Moritz aufwacht. Vorher gibt es nichts«, sagte sie misslaunig zu dem Tier. Das bellte noch einmal, bevor es zur Eingangstür zurücktrottete. Nach kurzem Zögern folgte Annika ihm. In ihr tobte ein Sturm der Gefühle. Am liebsten hätte sie geschrien, vor Wut und Enttäuschung.

☆ 79 ☆

Im Inneren des Hauses kam langsam Bewegung auf. Als Annika die Gaststube betrat, war Moritz bereits aufgestanden und hatte die Schlafsäcke mitgenommen. Marc-Oliver Brettschneider hockte auf der Bank und stierte mit undefinierbarer Miene vor sich hin. Aus der Küche drang das leise Klappern von Töpfen und Pfannen. Auch Elisabeth Mosler war also schon auf den Beinen.

Annika brachte den Hund zu seinem Platz im Nebenraum zurück. Sie füllte den Wassernapf im Waschraum auf und ging danach in die Küche.

»Ich gebe ihm nachher was«, antwortete Frau Mosler zerstreut. Sie stand vor dem Kühlschrank und inspizierte den Inhalt. »Erst einmal muss ich schauen, was ich für die menschlichen Gäste vorrätig habe.« Annika schnappte sich eine Mohrrübe, um den Hasen damit zu füttern.

Als sie zurück in die Gaststube trat, liefen die Nanny und die Zwillinge an ihr vorbei ins Freie. Gleich darauf standen sie auf der Veranda, um irgendwelche Atem- und Tai-Chi-Übungen zu machen. Im Nebenraum wiederum standen Hanna und Roswitha in Yoga-Pose auf einem Bein und summten etwas, das sich wie »Ommmm« anhörte. Wie es schien, waren alle schwer beschäftigt mit ihren morgendlichen Wohlfühlritualen.

In ihrem Zimmer war es kalt, sie huschte ins Bad, konnte sich aber nicht überwinden, in der eisigen Luft unter die Dusche zu treten. Sie wusch sich, so gut es diese widrigen Umstände zuließen, putzte sich ausgiebig die Zähne, bürstete ihr Haar und warf routinemäßig einen Blick auf ihr Smartphone. Kein Empfang, aber das war ja zu erwarten gewesen. Als sie zurück auf den Flur trat, stieß sie beinahe mit Sophie von Otter und Juliane Fritz zusammen, die aus der darüberliegenden Etage herunterkamen. Beide wirkten ausgeschlafen und ausgesprochen gut gelaunt. Zwischen ihnen ging das stumme Mädchen. Es blickte Annika nur kurz an. Die hätte ihm gerne gesagt, dass sie mit dem Hund bereits Gassi gegangen war, aber da sie keine Ahnung von der Verständigung hatte, ließ sie es bleiben. Auch die beiden Frauen blickten zu ihr herüber. Sophie nachdenklich, Juliane reserviert. Annikas knapper Gruß wurde genauso knapp erwidert, dann waren sie aneinander vorbei. Aus dem Erdgeschoss stieg Kaffeeduft auf. Auf einmal verspürte Annika einen Bärenhunger. Dazu eine gewisse Langeweile. Sie würde einfach fragen, ob sie wieder in der Küche helfen konnte, dann wäre sie wenigstens beschäftigt.

Frau Mosler schien unschlüssig, ob sie Annikas Hilfe annehmen konnte, nickte dann aber. Minuten später legte sie Tischdecken auf und platzierte Teller und Tassen.

»Morgen, du Fleißige!« Moritz war hinter ihr aufgetaucht. Er grinste, als er sie so sah. Sein Blick verdüsterte sich jedoch, als er Marc-Oliver erblickte. Der schlurfte wie benebelt im Raum umher.

»Hey, Alter, was ist los?«

»Die verdammten Medikamente«, stöhnte der Fernsehkoch. »Sind wohl noch nicht perfekt eingestellt.«

Im selben Moment veränderte sich etwas im Raum. Ein leises Zischen ertönte aus einem der Heizkörper, und eine Wandlampe im hinteren Teil des Raumes leuchtete auf.

»Der Strom ist zurück!«, rief Moritz in Richtung Küche.

Dann schob er Marc-Oliver zur Treppe. »Duschen, umziehen. Dich bei den Damen aus dem obersten Stockwerk für gestern Abend entschuldigen. Frühstücken. Danach alles andere.«

Brettschneider murmelte etwas, das wie Zustimmung klang und verschwand.

»Die musste ich ihm gestern fast gewaltsam einflößen«, meinte Moritz und zog eine ziemlich zerdrückte Medikamentenpackung aus seiner Hosentasche.

»Was sind das für Tabletten?« Annika trat zu ihm und warf einen Blick darauf.

»Irgendetwas gegen bipolare Störung«, erklärte er.

»Da ist Vorsicht geboten.« Sie fuhren herum. Roswitha und Hanna hatten ihre Yoga-Stunde beendet. Die Krankenschwester stand hinter ihnen. »Sorry, habe gerade euer Gespräch mitbekommen. Auf die Medikamente muss man gut eingestellt sein. Kaum denkbar, dass der Arzt eures Bekannten das nicht überprüft hat.« Sie warf einen zweifelnden Blick zur Tür, durch die Marc-Oliver bereits verschwunden war.

»Kennen Sie sich da aus?« Moritz reichte ihr die Schachtel. »Ich frage nur, weil wir hier immer noch abgeschnitten sind und ich vermeiden möchte, dass Marc-Oliver noch mal in gewisse Gemütszustände kommt.«

Roswitha zog das Gummiband straff um ihre dichten roten Locken und besah sich die Tabletten. »Er hat mit Sicherheit eine Anweisung, wie viel und in welchen Abständen er seine Dosis nehmen muss. Möglich, dass er sich einfach nicht daran hält.«

Sie gab Moritz die Packung zurück und ging zur Tür. Ihre Freundin Hanna wechselte ein paar Meter weiter noch einige Worte mit Kordula Strothoff, die Zwillinge polterten nach oben und Moritz folgte ihnen. »Ich muss das mal mit Marc klären«, murmelte er.

Annika schlenderte zu den beiden Frauen hinüber. Die hatten ihr Gespräch beendet, die Nanny eilte mit großen Schritten ihren Schützlingen hinterher, während Hanna sich ein Glas Wasser holte.

Annika musterte sie mit leichtem Neid. Die Schwarzhaarige war groß, schlank und wirkte dabei total durchtrainiert. Als sie den Arm hob, war deutlich das Spiel ihrer Muskeln unter dem dünnen Shirt zu sehen. Als spüre sie, dass sie beobachtet wurde, drehte sie sich zu Annika um.

»Hi!«, warf sie ihr zu.

»Sie sehen toll aus«, brach es aus Annika heraus. »Ihre Figur. Was tun Sie dafür, um so schlank zu sein?«

Hanna hob die Brauen. Ihr Blick wanderte an Annika hoch und runter. Dann schürzte sie die Lippen. »Mein BMI liegt sehr wahrscheinlich über deinem«, bemerkte sie langsam. »Dabei habe ich einfach Glück. Mein Körper baut schnell Muskulatur auf, in meiner Familie sind alle schlank und ich liebe Yoga, Schwimmen und Laufen.« Sie setzte das Glas ab. »Und Essen. Manchmal Wein«, fügte sie mit einem halben Lächeln hinzu. Sie musterten sich einige Augenblicke stumm. Annika kam sich schon blöd vor, dass sie überhaupt etwas gesagt hatte, als Hanna mit freundlichem Unterton fortfuhr. »Machst du auch Sport?«

Annika hob die Schultern. »Schulsport«, murmelte sie.

Hanna lachte laut auf. »Also, das habe ich immer gehasst. Aber wenn du meinen Rat willst: Probier es einfach mal. Irgendetwas ist für jede von uns dabei.«

Damit hob sie grüßend den Arm und verschwand.

☆ 80 ☆

Moritz und seine Großmutter hatten die Kühlschränke und die Vorratskammern geplündert, so dass sämtliche Gäste in den Genuss eines ausgiebigen Frühstücks mit großen Scheiben getoasteten Bauernbrots, hausgemachten Marmeladen, Rührei mit Speck, Käse, Säften, Tee und Kaffee kamen. Die Stimmung war überwiegend gut, viele Gespräche wurden über mehrere Tische hinweg geführt, es wurde gescherzt und gelacht. Nur an einem Tisch herrschte verdächtige Stille.

Annika hatte sehr wohl gespürt, dass ihr Vater an diesem Morgen keine besonders gute Laune versprühte. Karlheinz Clausing schob den Salzstreuer auf dem Tisch hin und her, brummte auf jede Frage eine rätselhafte Antwort und stierte fast ein Loch in die Tischdecke.

»Papa, was ist los?«, hatte sie ihn irgendwann gefragt. Ein bisschen ängstlich hatte sie erwartet, dass er von dem Gespräch mit Juliane Fritz wusste. Vielleicht hatte die sich bei ihm beschwert? Oder lag ihm das Gespräch über die geplante Scheidung im Magen?

»Du hast es ja vorgezogen, heute Nacht mit diesem jungen Mann hier unten zu übernachten«, begann er schließlich. Annika fiel ein Stein vom Herzen. Darum ging es also! Beim Anblick seines Dackelblicks hätte sie fast gelacht.

»Mit Moritz. Ja. In getrennten Schlafsäcken. Und falls du

denkst, es wäre irgendetwas zwischen uns geschehen, kann ich dich beruhigen. Wir haben uns noch nicht einmal geküsst.« Wie bedauerlich sie das fand, sagte sie nicht.

»Ach Annika!« Er ergriff, sichtlich erleichtert, ihre Hand.

»Also Papa!«, erwiderte sie empört. »Du denkst doch nicht, dass wir hier ... also nee!«

Sie wandte den Kopf zu den Fritzens hinüber. Juliane bestrich ihre Brotscheibe gerade in höchster Konzentration mit Butter. Ihre Mutter saß da, die Tasse auf halber Höhe, und betrachtete ihre Tochter mit einem undefinierbaren Blick.

»Ich frag dich ja auch nicht, ob du heute Nacht mit der da ...« Annikas Kopf zeigte in Julianes Richtung, *»herumpoussiert* hast.« Sie ahmte bei diesem Wort die nörgelige Stimme von Mutter Fritz nach. Es dauerte einen Moment, bevor Karlheinz Clausing begriff, was seine Tochter gerade gesagt hatte.

»Verdammt nochmal!« Seine flache Hand knallte so heftig auf die Tischplatte, dass sich das Geschirr kurz abhob und klirrend wieder aufschlug. Unter den bestürzten Blicken der anderen Gäste rang ihr Vater sichtlich um Fassung.

»Ich *poussiere* nicht. Weder mit Juliane noch mit sonst jemandem. Obwohl ich keinen Grund hätte, es nicht zu tun.« Er wandte sich ihr zu, seine Stimme wurde ganz leise. »Denn deine Mutter hat uns verlassen. Anfangs hat mich das verletzt. Ich habe, genau wie du, gehofft, sie würde wieder zurückkommen. Bis ich merkte, dass auch meine Gefühle sich verändert hatten. Aber nicht ich habe den endgültigen Bruch vollzogen. Sie will die Scheidung. Sie will frei sein.« Er stockte, wusste nicht mehr weiter.

»Hat sie jemanden kennengelernt?«

»Hat sie. Irgendeinen Künstler, der genauso unstet durchs Leben taumelt wie sie damals, als wir uns kennenlernten.«

Er wandte sich ihr zu, nahm ihre Hand in seine und hielt sie fest. »Annika, sie wird nicht zurückkommen. Nicht zu mir. Und leider auch nicht zu dir. Da sie es dir nicht selbst gesagt hat, dachte ich, wir könnten hier in Ruhe miteinander reden. Auch darüber, wie es weitergeht. Deine Mutter und ich sind uns einig, dass ich mich um dich kümmere. Dass du bei mir wohnen kannst, so lange du willst, brauche ich dir ja nicht zu sagen.«

Annika spürte dieselbe Schwere in der Brust wie am Morgen, als sie das Gespräch ihres Vaters mit Bernhard von Otter mitgehört hatte.

»Liebst du sie denn nicht mehr?«, startete sie einen letzten, verzweifelten Versuch.

Ihr Vater brauchte lange, bevor er antwortete.

»Liebe wird einem geschenkt. Ab dem Moment ist man selbst dafür verantwortlich. Gemeinsam. Man muss sie hegen und pflegen, die Klippen des Alltags mit ihr umschiffen, Krisen meistern, Abnutzungserscheinungen hinnehmen. Das schaffen nicht alle Paare. Du wirst das später vielleicht auch mal erleben. Deine Mutter hat irgendwann aufgehört, mich zu lieben. Und ich habe irgendwann aufgehört zu glauben, ich könne daran etwas ändern. Inzwischen weiß ich, dass wir einfach nicht auf Dauer zusammenpassen. Dass ich etwas anderes brauche.« Unwillkürlich hatte er den Blick gehoben und sah zu Juliane Fritz hinüber. Ganz kurz nur, doch Annika hatte es bemerkt.

»Du meinst, jemanden wie sie?« Sie hörte selbst, wie verzweifelt ihre Stimme klang. Diese Frau und ihr Vater – sie konnte es sich nicht vorstellen.

»Na, hoffentlich bringt sie nicht ihre Mutter mit in eure Verbindung«, fügte sie noch bitter hinzu.

☆ 81 ☆

Trotz der Tatsache, dass die Rückkehr des Stroms die Laune der Gäste spürbar gehoben hatte, lag über der gesamten Gesellschaft immer noch eine leichte Anspannung, die sich erst löste, als von draußen das tiefe Brummen eines schweren Gefährts zu hören war. Sofort sprangen einige Gäste auf und liefen zur Tür.

»Da kommt ein Räumfahrzeug«, war Luise Fritz überzeugt.

»Das ist der Katastrophenschutz«, stellte Moritz klar. Ein großer, klobiger Wagen mit Schneeketten auf den riesigen Reifen bog auf den Parkplatz ein, der Motor wurde abgestellt, zwei Männer in dicken Anoraks und mit gefütterten Kappen auf dem Kopf sprangen heraus.

»Frau Mosler, alles in Ordnung bei Ihnen?«

Die Wirtin nickte und winkte die beiden in die Gaststube herein.

»Wir klappern zurzeit alle Häuser ab, die etwas außerhalb liegen. Der Strom war ausgefallen«, alle nickten bestätigend, »die Telefone funktionieren immer noch nicht«, bedauerndes Gemurmel war die Antwort, »und die Straße wird frühestens am Nachmittag wieder passierbar sein.«

Die beiden nahmen dankend den heißen Kaffee entgegen, den Elisabeth Mosler ihnen reichte, und blickten die Anwesenden der Reihe nach an.

Der Größere der beiden, der auch der Wortführer war, räusperte sich kurz, bevor er fortfuhr. »Sind bei Ihnen alle an Bord? Oder fehlt jemand?« Die Wirtin schüttelte den Kopf. »Hier sind mehr, als ich gestern Nachmittag erwartet hatte«, meinte sie aufgeräumt. »Und alle, die ankamen, sind auch noch da. Wir haben einen Wagen hier draußen, der in die Werkstatt muss«, sie blickte zu Hanna und Roswitha hinüber. »Außerdem ist Herr Brettschneider ein Stück weit die Straße hoch im Straßengraben gelandet.« Der Fernsehkoch, inzwischen etwas munterer, gab eine kurze Lagebeschreibung.

»Ach, die Angeberkarre. Haben wir schon gesichtet. Wird wohl noch ein bisschen dauern, bis der Abschleppdienst hier ist.«

Marc-Oliver nahm es mit Humor zur Kenntnis.

»Wenn alle Gäste da sind, umso besser.« Der Mann blickte plötzlich betrübt drein. »Denn die Lawine hat leider auch Opfer gefordert.« Er nahm kurz seine Mütze ab, um sich am Kopf zu kratzen, bevor er fortfuhr. »Das kleine Haus, schräg oberhalb. Das ist nicht mehr. Wir gehen von zwei Toten aus. Die alte Frau Gruber und ihre Enkeltochter. Wir haben die Leichen noch nicht bergen können, aber dort oben ist kein Stein auf dem anderen geblieben.«

Mit einem Schlag war es totenstill im Raum. Moritz und seine Großmutter sahen sich betreten an. Kordula Strothoff legte den Arm beruhigend um die Zwillinge. Sophie blickte sich um. »Die Enkeltochter«, murmelte sie, »heißt nicht zufällig Emilia?«

Der Mann zuckte mit den Schultern. »Die beiden lebten völlig von der Welt abgeschieden. Erst recht, seit der alte

Gruber tot ist. Wie das Mädchen heißt, weiß ich nicht. Nur, dass es wie seine Großmutter taubstumm sein soll.«

Es war, als habe eine Bombe eingeschlagen. Juliane hob die Hand an den Mund, um einen Schreckensschrei zu unterdrücken. Lioba sah ängstlich zu ihrer Nanny hoch. Marc-Oliver rieb sich die Stirn, als wolle er sicherstellen, wach zu sein und nicht in einem Albtraum. Alle anderen blickten sich erschrocken an.

In diesem Moment kam Emilia aus dem Nebenzimmer geschlendert, sie trug ihren Hasen auf dem Arm und kraulte das Tier zwischen den Ohren. Beim Anblick der fremden Männer blieb sie ruckartig stehen. Ihre Augen wurden groß und fragend. Denn auch wenn sie nichts hörte, sie spürte wohl, dass etwas geschehen war. Etwas, das auch sie betraf. Die Männer vom Katastrophenschutz verstanden nicht sofort, was los war.

»Das ist die Kleine«, setzte Elisabeth Mosler sie ins Bild. »Sie war gestern, als die Lawine runterging, auf der Suche nach ihrem ausgebüxten Hasen. Wir haben sie halb erfroren draußen gefunden.«

Alle Blicke wandten sich dem Kind zu. Der Hase hatte ihm das Leben gerettet. Doch jetzt gerade, in diesem Augenblick, wirkte Emilia wie der einsamste kleine Mensch auf dieser Welt.

»Kordula«, fragte Lioba ihre Nanny leise, »muss ich das Emilia jetzt sagen, das mit ihrer Großmutter?«

☆ 82 ☆

»Bist du wahnsinnig? Wie kommst du denn auf eine solche Idee?« Bernhard von Otter lief unruhig im Zimmer auf und ab, während Sophie, die die Ruhe selbst zu sein schien, auf dem Bettrand saß und ihm ihre Zukunftspläne unterbreitete.

»Emilia hat niemanden mehr. Sie ist taubstumm. Glaubst du wirklich, dass sie überhaupt noch eine Chance hat im Leben? Sie wird in ein Heim kommen, wenn sie Glück hat, zu einer Pflegefamilie. Aber auch nur dann, wenn sich Leute finden, die bereit sind, jemanden aufzunehmen, der nicht perfekt ist.« Das Wort *perfekt* untermalten ihre Finger mit angedeuteten Anführungszeichen in der Luft.

»Du scheinst zu vergessen, dass du dich mit ihr nicht einmal unterhalten kannst. Wie soll das werden, mit einem taubstummen Mädchen? Willst du vielleicht diesen superklugen Zwilling, diese …«

»Lioba«

»… genau die. Willst du die vielleicht gleich mit adoptieren? Oder vielleicht gleich beide, damit es sich auch lohnt?«

»Lioba und Gustav haben Eltern. Schon vergessen?«

»Ich nicht, aber deren Eltern scheinen es vergessen zu haben. Lassen ihren Nachwuchs sogar an Weihnachten alleine. Da kannst du mal sehen, wie weit es kommen kann.«

»Sicher brauchen wir am Anfang vielleicht eine Art Dolmetscherin. Aber jeder kann die Gebärdensprache lernen. Ich kann sie lernen. Und das habe ich auch vor.«

»Überlass sie den Behörden, die wissen am besten, was zu tun ist«, verlangte Bernhard und hob in einer flehenden Geste die Hände.

»Behörden! Komm mir doch nicht damit. Wir könnten ihr etwas anderes bieten. Ein Heim. Liebe …«

»Ja, du vielleicht«, unterbrach ihr Mann sie fast rüde. »Ich liebe dieses Mädchen nicht. Ich kenne es ja überhaupt nicht. Nur weil es jetzt Vollwaise ist und keine Verwandten mehr hat, muss ich es doch wohl nicht unbedingt mögen.«

Sophie schnaubte kurz ungeduldig, bevor sie fortfuhr. »Also dann, zumindest 50 Prozent von uns können ihr Liebe bieten. Dazu eine gute Schulbildung. Und eine Nanny!«

»Nanny? Himmel, es wird immer schöner«, brummte Bernhard, »du scheinst zu vergessen, dass wir in München leben. Dort sind die guten Nannys schneller weg vom Markt, als sie nachwachsen können. Bei all den modernen, gut situierten Doppelverdienern, die ihren Nachwuchs so termingenau planen wie eine Vorstandssitzung.«

»Wir brauchen keine Nanny zu suchen. Wir haben schon eine.«

»Oh, das ist ja interessant«, fuhr er sie an. »Und wie hast du das hingekriegt, hier aus der eingeschneiten Wildnis, ohne Telefon, Internet oder sonstige Verbindungen nach draußen? Hast du getrommelt oder vielleicht Rauchzeichen geschickt? Und wann? Zwischen dem Moment, in dem du erfahren hast, dass die Großmutter tot ist, und unserem jetzigen Gespräch, liegen kaum mehr als zwei Stunden.«

»Bernhard, sei bitte nicht albern! Ich habe einfach sehr schnell geschaltet, das ist alles.«

Er blickte sie derartig verständnislos an, dass sie seufzend die Arme hob. »Kordula. Sie ist ab Januar frei.«

Es dauerte einen Moment, bis Bernhard begriff. »Diese Amazone? Die Freude daran hat, Männer k.o. zu schlagen? Und morgens mit Kleinkindern bei eisigen Temperaturen Yoga-Übungen macht?«

»Sie ist schlagkräftig, das stimmt. Denn sie fungiert auch als eine Art Bodyguard. Und das, was sie heute früh gemacht haben, nennt sich Tai Chi. Wirkt sich harmonisierend auf Körper, Geist und Seele aus.«

Bernhard schnaubte wie ein wilder Stier.

»Täte dir auch mal gut«, fügte Sophie noch trocken hinzu.

Als sie gehört hatte, was geschehen war, fügte sich vor ihrem inneren Auge alles zusammen. Die besondere Beziehung, die Emilia zu ihr aufgebaut hatte. Die Zuneigung, die sie für das Mädchen empfand. Der Wunsch, Mutter zu sein. Und da ihr das nicht vergönnt war, wenigstens für ein Kind sorgen zu dürfen.

Emilia war, nachdem sie vom Tod ihrer Großmutter erfahren hatte, in eine Art Schockstarre verfallen. Sie war nicht mehr ansprechbar gewesen und Kordula hatte sie nach oben gebracht. Wo sie in Embryonalstellung auf dem Bett lag. Die Augen geschlossen, die Haut wie Wachs. Sophie war den beiden gefolgt, damit Kordula wieder zu den Zwillingen zurückgehen konnte, die ebenfalls völlig neben der Spur waren. Gustav tröstete seine Schwester, dabei ging es ihm selbst nicht gut. Doch schon bald würden sie in ihr eigenes Leben zurückkehren und das taubstumme Mädchen vergessen. So wie sie alle hier. In Sophie sträubte sich etwas. Sie saß lange an Emilias Bett. Einfach so, ohne das Kind zu bedrängen. Irgendwann kroch die kleine Hand zu ihr herüber. Emilia weinte lautlos. Und Sophie weinte mit ihr und fasste ihren Entschluss.

Bernhard schnaufte. »Und den Hund und den Hasen, willst du die auch gleich mit einpacken?«

Sophie hob beschwichtigend die Hände. »Natürlich nicht. Ich dachte, die könnten hier bleiben, bei Frau Mosler.«

»Frau Mosler? Die braucht keinen Hund und erst recht keinen Hasen mehr, die macht den Laden hier dicht. Es dürfte selbst dir aufgefallen sein, dass, mit Ausnahme von Karlheinz und seiner Tochter, kein einziger Gast freiwillig hier ist. Der Gasthof ist am Ende.« Er drehte sich zum Fenster und blickte einen Moment lang schweigend hinaus. »So bedauerlich ich das auch finde«, setzte er halblaut hinzu.

»Du hattest dein Weihnachtswunder doch schon. Gönn mir und Emilia jetzt unseres.« Sophie erhob sich und trat zu ihrem Mann. »Wir erfüllen doch alle Kriterien für eine Adoption«, versuchte sie, ihn doch noch zu überzeugen.

»Nur über meine Leiche«, polterte der indessen, bevor er sich umdrehte und türknallend das Zimmer verließ.

☆ 83 ☆

Nachdem davon auszugehen war, dass die Hauptstraße spätestens am Nachmittag frei sein würde, begaben sich die ersten Gäste auf ihre Zimmer, um zu packen.

»Hey, ihr bleibt doch noch?«, fragte Moritz. Annika nickte. »Mein Vater wollte ja sowieso hierher. Aber wird deine Großmutter den Gasthof für nur zwei Gäste offen lassen?«

»Ich bin auch noch da«, brummte Brettschneider. »Das *Grand Hotel* kann mir gestohlen bleiben.« Er lachte schelmisch.

»Und die beiden Damen.« Moritz zeigte mit einer Kopfbewegung zum Tisch von Mutter und Tochter Fritz.

»Wieso die? Ich denke, die wollten ins *Grand Hotel*?«

»Jetzt nicht mehr. Ich könnte mir vorstellen, dass dein Vater daran nicht ganz unbeteiligt ist.« Er grinste. »Und ich gehe jetzt mein Versprechen von gestern einlösen.« Annika brauchte einen Moment, bis sie verstand, was er meinte. Die SMS an ihre Mutter.

»Ich habe es mir anders überlegt«, informierte sie ihn. Moritz hob fragend die Brauen. »Wie das? Gestern war es dir so unheimlich wichtig.«

Sie biss sich auf die Lippe und blickte schweigend zu Boden. Warum war es nur so verdammt schwer, darüber zu sprechen?

»Es gibt da etwas, das sie mir persönlich sagen muss. Von

Angesicht zu Angesicht. Ich werde mit ihr skypen, sobald das geht.«

»Keine Weihnachtsgrüße?«

Sie schüttelte vehement den Kopf. »Lass uns lieber mal nachsehen, ob wir ein bisschen snowboarden können.«

☆ 84 ☆

»Du hast WAS getan?« Luise Fritz stand über ihren geöffneten Koffer gebeugt, ein Kleidungsstück in der Hand, im Raum und sah ihre Tochter an, als habe diese den Verstand verloren.

»Den Gutschein verschenkt. Genau.«

»Wie konntest du das tun! Mir diesen Aufenthalt versauen?!« Ihre Stimme wurde unangenehm laut.

»Wenn schon. Ich habe das Preisausschreiben gewonnen und dich mitgenommen. Jetzt habe ich entschieden hierzubleiben. Mir gefällt es nämlich in diesem Gasthof ganz ausgesprochen gut!«

»So, so.« Luise Fritz ließ die Jacke in den Koffer fallen und trat auf ihre Tochter zu. Sie stemmte die Fäuste in die Hüften, ihre Augen blitzten zornig. »Weil du dich an diesen Anwalt ranmachen möchtest. Der sich sowieso nur für dich interessiert, weil seine Frau auf Kur ist. Danach«, sie machte mit der Hand eine schneidende Bewegung durch die Luft, »bist du doch ruck, zuck weg vom Fenster. Was denkst du denn, was so ein Mann von dir will?«

Juliane schluckte schwer. Ihre Finger krampften sich umeinander, als sie ruhig antwortete. »Falls du von Karlheinz Clausing redest – ich mache mich nicht an ihn heran. Wir lernen uns gerade erst kennen. Wir verstehen uns und sind uns sympathisch. Darin jetzt schon mehr sehen zu wollen wäre sicher nicht angebracht. Trotzdem habe ich einfach größere Lust, hier zu bleiben, als in dieses *Grand Hotel* umzuziehen.«

»Und wem hast du den Gutschein geschenkt?«

»Hanna und Roswitha.«

»Diesen beiden ... vom anderen Ufer?« Luise Fritz traten fast die Augen aus den Höhlen.

»Sie sind ein Paar. Und von Kordula weiß ich, dass Hanna sich beim Gedanken, die ganzen Feiertage über bei Roswithas konservativen Eltern zu wohnen, nicht wohl fühlt. Das *Grand Hotel* ist nur ein paar Kilometer vom Wohnort der Familie entfernt. Da können die beiden ihre Verwandtenbesuche absolvieren und haben noch etwas Zeit für sich. Sie haben sich übrigens sehr gefreut darüber.«

»Dass ich da noch ein Wörtchen mitzureden habe, interessiert dich wohl gar nicht?!«, keifte Luise Fritz nun.

»Hast du nicht, Mutter.« Juliane richtete sich sehr gerade auf bei diesen Worten. »Falls du aber nicht hierbleiben möchtest, nehmen dich Sophie und Bernhard sicherlich mit ins *Grand Hotel.* Miete dir dort ein Zimmer. Ich bezahle es, so dass du nichts verlierst. Du musst dich einfach nur entscheiden, denn die beiden fahren, sobald die Straße frei ist.« Mit diesen Worten drehte sie sich um und verließ das Zimmer.

☆ 85 ☆

»Wir nehmen Emilia mit ins Haus von Liobas und Gustavs Eltern. Jetzt, während der Weihnachtstage, wird im zuständigen Jugendamt sicherlich niemand erreichbar sein, so dass es für das Mädchen das Beste ist. Die Kinder sind jedenfalls begeistert. Sie haben bereits mitgeteilt, dass sie einen Teil ihrer Weihnachtsgeschenke an Emilia abtreten.«

Kordula Strothoff hievte einen Koffer in den Wagen. Die drei Kinder standen Hand in Hand vor dem Haus, die Zwillinge hatten Emilia in die Mitte genommen. Deren rot geweinten Augen sprachen eine deutliche Sprache. Denn eines hatte Kordula von Anfang an klargemacht: Sie konnte ihre Tiere nicht mitnehmen.

»Egal, wie es weitergeht. Sie muss sich darauf einrichten«, raunte die Nanny Sophie zu, um sie dann zu fragen: »Wie hat dein Mann deinen Plan aufgenommen?«

»Er sagte: ›Nur über meine Leiche‹«, antwortete Sophie düster.

»Soll ich ihn für dich umbringen?« Ein kleines Lächeln umspielte Kordulas Mund bei diesen Worten. Sophie knuffte sie in die Seite und blickte zu den Kindern hinüber. »Emilia wird nicht in ein Heim kommen, dafür sorge ich. Mein Mann ist mir noch etwas schuldig, und das weiß er ganz genau.«

Als die vier abgefahren waren, stapfte sie ins Haus zurück.

Auch ihre Sachen waren bereits gepackt. Doch sie hatte noch etwas mit Frau Mosler zu klären.

»Doch, natürlich. Wenn ich weiß, wann genau diese Leute kommen, sperre ich den Gasthof auf und richte alles her.«

Die Wirtin schien ihrer Idee gegenüber nicht abgeneigt, im Gegenteil. Sophie grinste zufrieden in sich hinein. Der Artikel über den kleinen Berggasthof, der sich so hervorragend für Digital Detox, entspannte Auszeiten in herrlicher Natur und fast jegliche Art von Wintersport eignete, war bereits fix und fertig geschrieben. Es fehlten nur noch die Fotos. Die würde ein Profiteam schießen, sobald Sophie die Chefredakteurin davon überzeugt hatte. Sollte ihr nicht schwerfallen, bisher war die ihren Vorschlägen immer gefolgt.

»Und die Seifen?«

»Ich habe Ihnen alle eingepackt, die ich im Haus hatte. Sie glauben wirklich, Ihre Freundinnen in der Stadt werden sie mögen?«

»Ganz bestimmt, Frau Mosler. Ich bin ja auch völlig hingerissen von der Qualität und dem Duft.« Dazu konnte es nicht schaden, ihre Redaktionskolleginnen ein bisschen zu bestechen. Denn Sophie hatte sich etwas überlegt, bei dessen Umsetzung sie alle denkbare Unterstützung brauchen würde.

»Setzen Sie uns die ebenfalls auf die Rechnung. Keine Widerrede«, stellte sie klar, als Elisabeth abwehrend die Hände hob.

Bernhard kam mit Getöse und immer noch finsterem Blick die Treppe herunter. Er schleppte ihr Gepäck zum Wagen.

»Wissen Sie was, ich würde am liebsten ebenfalls hierbleiben, aber ich glaube, mein Mann macht das nicht mit.«

»Frau von Otter, alles eins nach dem anderen. Bei den Männern erreicht man meiner Erfahrung nach mehr, wenn man ihnen die Dinge in perfekt portionierten Häppchen serviert«, erwiderte die Wirtin diplomatisch, mit einem verschmitzten Grinsen im Gesicht.

»Was ist mit Frau Fritz senior? Sie deutete an, mit uns fahren zu wollen?«

»Sie hat es sich wohl anders überlegt. Jedenfalls meinte sie vor einer Viertelstunde, sie wolle ihr Zimmer behalten.«

Elisabeth Mosler seufzte kurz, bevor sie Sophies Umarmung erwiderte. »Gute Fahrt Ihnen beiden. Und alles Gute!«

Drei Stunden später hatten auch Roswitha und Hanna nach dem Besuch eines Pannendienstes mit ihrem Wagen den Gasthof verlassen.

»Fünf Gäste«, murmelte Elisabeth Mosler vor sich hin. »Sind immerhin fünf Gäste mehr als erwartet.«

»Frau Mosler!«, rief ihr in diesem Moment Marc-Oliver Brettschneider aus der Gaststube zu. »Hätten Sie einen Moment Zeit für mich?«

»Worum geht es denn?«, fragte sie.

»Um Ihre und um meine Zukunft«, meinte er vielsagend.

»Junger Mann, dann koche ich uns erst mal einen frischen Kaffee. Denn um das zu besprechen, dafür wird ein Moment wohl kaum reichen!«

☆ 86 ☆

Ein Jahr später – 24. Dezember

Der Winter war in diesem Jahr etwas später eingezogen als im Vorjahr, dennoch lag an Heiligabend eine dichte Schneedecke über der Landschaft.

Im Gasthof *Zum Goldenen Stern* herrschte seit dem Vormittag rege Betriebsamkeit. Girlanden aus Tannenzweigen und -zapfen schmückten die Veranda, der goldene Stern auf dem Dach war blank geputzt und wartete darauf, eingeschaltet zu werden, um sein Licht in den Wintertag hinaus zu strahlen, aus der Küche drang der Duft von Gans und Rotkohl.

Wie im Jahr zuvor war es der Wagen von Karlheinz Clausing, der als Erster auf den Parkplatz vor dem Haus einbog. Annika sprang, kaum dass er den Motor abgestellt hatte, aus dem Wagen und eilte ins Haus. Als ihr Vater nachkam, sah er gerade noch die Beine seiner Tochter durch die Luft fliegen, bevor Moritz seine Freundin wieder abstellte. Die beiden umarmten sich, als hätten sie sich wochenlang nicht gesehen. Dabei war der junge Koch lediglich zwei Tage früher von München aus zu seiner Großmutter aufgebrochen.

Die begrüßte ihren ersten Gast des Tages ebenfalls freundlich. »Und Frau Fritz?«, fragte sie, mit einem neugierigen Blick über seine Schulter.

»Kommt direkt aus Wiesbaden. Sie wird erst im Januar zu mir nach München ziehen.« Er lächelte glücklich. »Es hat noch ein bisschen gedauert, bis Annika und Juliane miteinander warm geworden sind. Aber das wissen Sie ja sicher.« Er nickte zu Moritz hinüber, dem Annika gerade etwas auf ihrem Smartphone zeigte.

»Und Ihre Scheidung?«

»Ist reibungslos verlaufen. Rena lebt zurzeit in Amsterdam mit ihrem jungen Künstlerfreund. Annika und ich werden im Frühjahr hinfahren.«

Kurze Zeit später verkündete das Knallen von Autotüren die nächsten Ankömmlinge. Hanna Brandt, das schwarze Haar etwas länger als im Jahr zuvor und mit violetten Strähnchen drin, trat Hand in Hand mit einer schlanken Frau ein.

»Herzlich willkommen«, begrüßte Elisabeth Mosler auch diese beiden. Bemüht, sich ihre Überraschung nicht anmerken zu lassen.

Hanna hatte keine Probleme, die Situation zu erklären. »Das ist meine Freundin Vero«, stellte sie die zarte Brünette vor. Um, als diese noch einmal zurück zum Auto ging, halblaut hinzuzufügen: »Mit Roswitha und mir hat es nicht geklappt. Der Besuch bei ihren Eltern letztes Jahr war die reinste Katastrophe! Danach ging es nur noch bergab.«

Dass Sophie und Bernhard von Otter zusammen mit Kordula Strothoff und Emilia anreisten, überraschte die Wirtin allerdings nicht.

Emilia warf ihre Arme, kaum dass sie das Haus betreten hatte, um den grauen Hund, der freudig kläffte und heftig mit dem Schwanz wedelte, wobei er das Kind fast umstieß. Knapp zwölf Monate zuvor hatte sich das Tier beinahe noch als Hindernis für den Umzug zu den von Otters dargestellt. Emilia musste nicht nur den Tod ihrer Großmutter verkraften, sondern auch die Trennung von Hund und Hase. Was letztendlich nur gelungen war, da die Kleine vom ersten Moment an diesen besonderen Draht zu Sophie gehabt hatte.

Dass die wiederum ihren Ehemann letztendlich doch noch herumgekriegt hatte, das Kind zu sich zu nehmen und sämtliche behördlichen Hürden mit Bravour zu meistern, erstaunte Elisabeth nicht. Mit welchen Argumenten sie es geschafft hatte, würde jedoch wohl für immer ihr Geheimnis bleiben. Sowohl die Journalistin als auch die Nanny kommunizierten mit Emilia inzwischen scheinbar mühelos in der Gebärdensprache.

Die beiden konnten darüber hinaus rund eine Stunde später ein Wiedersehen mit Juliane Fritz feiern. Die war ohne ihre Mutter angereist, was alle Anwesenden erleichtert aufnahmen.

»Wir haben uns endlich ausgesprochen. Sie hat akzeptiert, dass ich mein eigenes Leben leben möchte. Vor einigen Wochen hat sie sich in einem Seniorenstift im Taunus eingemietet. Dort fühlt sie sich pudelwohl, wie sie sagt. Und schließlich bin ich nicht aus der Welt.«

»Werden Sie dieses Jahr wieder für uns singen?«

»Ja, Frau Mosler. Sehr gerne sogar.« Juliane schien die Trennung von ihrer Mutter gutzutun, sie sah um Jahre jünger aus. Ein Strahlen erhellte ihr Gesicht. Besonders als Karlheinz Clausing zu ihr trat und sie liebevoll in den Arm nahm.

»Dann wären wir komplett«, befand Elisabeth zu ihrem Enkel.

Sie gingen in die Küche, wo Marc-Oliver herumwuselte.

»Sag mal, Moritz, wird Annika uns dieses Jahr wieder mit den Bratäpfeln helfen?«

Sie hatten sich entschieden, genau dasselbe Menü wie im Vorjahr zuzubereiten.

»Das hoffe ich doch.«

»Musst du sie noch immer mit einem Trick dazu bringen, etwas zu essen?«

»Nö«, Moritz schüttelte grinsend den Kopf. »Seit sie ehrenamtlich in der Suppenküche arbeitet und Menschen sieht, die gerne mehr hätten, denkt sie anders über diese Dinge .«

»Darum will sie nach dem Abi Sozialarbeit studieren?« Marc-Oliver schüttelte perplex den Kopf. »Oder ist das nicht mehr aktuell?«

»Doch schon, der Gedanke ist erst ein paar Tage alt, aber so wie es zurzeit aussieht, ja.«

Emilia kam in die Küche gestürmt und blieb abrupt stehen, als sie Marc-Oliver dort sah.

»Ich glaube, sie sucht ihren Hasen«, erklärte Moritz lachend. »Wenn du ihn nicht in den Kochtopf gesteckt hast, müsste er noch draußen in seinem Stall sitzen.«

Empört wedelte der Angesprochene mit den Händen in der Luft herum. »Werde ich den Hasen schlachten? Nein. Ist mir immer noch peinlich, was ich letztes Jahr hier alles veranstaltet habe.«

»Solange du deine Medikamente immer pünktlich nimmst, sollte so etwas nicht mehr passieren.«

Damit streckte Moritz seine Hand aus, die Emilia lächelnd ergriff. Gemeinsam gingen sie aus dem Haus, hinüber zu dem kleinen Schuppen, wo er für das Langohr im vergangenen Winter einen Stall gebaut hatte.

☆ 87 ☆

Annika checkte ihr Smartphone. Noch immer gab es keinen Empfang hier im Gasthof, doch sie wollte sicherstellen, dass das Ding voll aufgeladen war, damit es später nicht streikte.

Sie trat zum Fenster und blickte auf die Schneelandschaft unter sich. Sah Moritz, der mit Emilia an der Hand in die Scheune ging. Obwohl sie jetzt genau seit einem Jahr zusammen waren, machte ihr Herz jedes Mal, wenn sie ihn sah, einen aufgeregten Hüpfer. Nicht nur, weil er so verdammt gut aussah und auf eine unaufgeregte Art cooler war als alle anderen Jungs, die sie kannte. Auch, weil er sie gerettet hatte. Letztes Jahr hatte sie all das, was ihr Vater ihr über die bevorstehende Scheidung von ihrer Mutter gesagt hatte, von ihr selbst hören wollen. Also hatte Moritz sie, nachdem die Straße wieder frei war, ins Auto gepackt und war mit ihr ins *Grand Hotel* gefahren, wo es freies WLAN gab. Sie hatten sich in die Lobby gesetzt, einen völlig überteuerten Tee getrunken und sie hatte ihre Mutter angeskypt. Vor dem Hintergrund eines hellblauen Himmels, in den Kokospalmen wuchsen, konnte ihre Mutter ihr nicht mehr ausweichen. Nach dieser Aussprache war Annika fertig gewesen. Gab es das, eine Mutter, die ihre einzige Tochter zurückließ? »Du kannst mich jederzeit besuchen«, waren die letzten Worte gewesen. Annika hatte lange gebraucht, um das zu verdauen. Danach hatte sie sich bei ihrem Vater entschuldigt. Vor allem dafür, dass sie sein Bemühen, sie zu schützen, falsch verstanden hatte.

Inzwischen hatte sich das Verhältnis zu ihrer Mutter wieder gebessert, was vor allem ihrem Vater zu verdanken war. Der wollte nämlich nicht, dass Mutter und Tochter den Kontakt zueinander verloren oder gar eine Feindschaft aufbauten. Wenn sie sich im Frühjahr das erste Mal seit einem halben Jahr – im Sommer war Rena Clausing ein paar Tage in München gewesen – wiedersahen, würde das in Amsterdam sein, wo Rena jetzt lebte.

Emilia kam aus dem Schuppen, sie trug mit einem glücklichen Grinsen auf dem Gesicht ihren Hasen auf dem Arm. Annika musste lächeln. Das Mädchen hatte es nicht einfach gehabt. Würde es nie haben. Sophie kümmerte sich um es, als wäre es ihr leibliches Kind. Sie bewunderte die Frau dafür, ihren Weg gefunden zu haben. Sie selbst war noch unterwegs dahin. Einiges sah sie klarer als noch vor einem Jahr. Aber eine Sache war noch zu tun. Das war überfällig.

Annika verließ ihr Zimmer, um nebenan bei ihrem Vater zu klopfen. Zwei Stimmen baten sie herein. Als sie eintrat, lösten sich die beiden Menschen dort gerade aus einer Umarmung.

»Ich muss kurz mit dir sprechen«, begann Annika.

Juliane, die ihre Worte missverstand, strich sich das Haar hinters Ohr und fragte: »Soll ich euch kurz alleine lassen?«

»Ich meinte dich, Juliane«, stellte Annika klar. Als deren Augen sich weiteten und fragend zu Karlheinz Clausing hinüberblickten, trat Annika einen Schritt vor und berührte die Freundin ihres Vaters kurz am Arm.

»Seit einem Jahr schleppe ich das mit mir herum«, sagte sie zu Juliane gewandt. »Das, was ich zu dir gesagt habe, über meinen Vater, meine Mutter und dich. Das war nicht in Ordnung. Nicht nur, weil es nicht stimmt, wie du seit langem weißt. Sondern weil es gemein war von mir. Bitte, entschuldige.«

Karlheinz Clausing war dem Gespräch mit gerunzelter Stirn sehr ernst, aber schweigend, gefolgt. Er sagte auch jetzt nichts, als Juliane tief Atem holte.

»Angenommen«, antwortete sie. »Es war schmerzhaft an diesem Abend. Inzwischen weiß ich aber, dass du einfach selbst mit vielen Dingen nicht klarkamst. Ich würde mich freuen, wenn wir so etwas wie Freundinnen werden könnten.«

☆ 88 ☆

»Alles geklärt, was zu klären war?« Moritz legte den Arm um Annika, die zu ihm auf die Veranda getreten war.

»Ja. War einfacher, als ich dachte. Juliane ist lieb, daher fiel es mir nicht schwer, sie um Verzeihung zu bitten.«

Sie blickten einen Moment in den Schnee hinaus.

»Wann beginnt hier eigentlich die neue Saison?«

»Du meinst, wann die Gäste kommen? Die ersten so, dass wir gemeinsam Silvester feiern können. Ab Anfang Januar geht es dann richtig los.«

Sie hatten das Jahr genutzt, den Gasthof publik zu machen. Nach längerem Hin und Her hatte sich Moritz von Marc-Olivers Konzept überzeugen lassen. Seine Großmutter betrieb den Gasthof nach wie vor, Marc-Oliver mietete sich nach dem endgültigen Aus bei seinem Haussender einmal im Monat mit einem Stab an Mitarbeitern bei ihr ein, um die wöchentlichen Kochsendungen für seinen neuen Internetkanal aufzunehmen. Moritz assistierte ihm dabei. Darüber hinaus arbeiteten die beiden gemeinsam an einem Kochbuch. »Von Land und Leuten«, lautete der Arbeitstitel, in dem sie das Konzept der Videoclips fortschrieben.

Im Herbst hatten sie die ersten zwei von insgesamt zwölf geplanten Kochkursen angeboten. Beide waren innerhalb weniger Tage komplett ausgebucht gewesen. Und damit auch die

Zimmer des Gasthofs. Die nächsten Termine standen schon, die Wartelisten ebenso.

Zusätzliche Popularität hatte Sophie von Otters Artikel in ihrem Lifestyle-Magazin gebracht. Das sie inzwischen verlassen hatte, zum Teil jedenfalls.

»Jetzt leite ich die Online-Redaktion. Das geht zwei bis drei Tage die Woche sehr gut von zu Hause aus. Ich verdiene zwar weniger, arbeite dafür aber auch weniger, und habe vor allen Dingen ausreichend Zeit für Emilia«, erklärte diese Juliane. Sie befinde sich bei Kordula Strothoff in den besten Händen.

»Lioba und Gustav haben sie nicht, wie von ihren Eltern gewünscht, vergessen. Im Gegenteil. Sie schreiben ihr und Emilia regelmäßig. Zwar dürfen sie weder die eine noch die andere besuchen. Aber es gibt ja Skype«, hatte Bernhard von Otter Annikas Vater erzählt.

Während Moritz und Marc-Oliver in der Küche lauthals scherzten, Annikas Vater und Juliane sich lächelnd und mit ineinander verschlungenen Händen irgendetwas Wichtiges erzählten, Bernhard von Otter mit verzweifelter Miene auf Emilia schaute, die ihm etwas mitteilen wollte, und Kordula mit Sophie ein paar Taschen und Tüten aus dem Auto holte, stand Annika an der Eingangstür und blickte über die Landschaft. War es wirklich ein Jahr her, dass sie und Moritz sich kennengelernt hatten? Dass sie anfangs hier saß, missmutig und von dem Gedanken besessen, gleich wieder abreisen zu wollen? Wie gut, dass ihr Vater ihr nicht nachgegeben hatte. Nicht auszudenken, wenn sie dort oben, in diesem piekfeinen *Bergschloss* die Weihnachtstage hätte verbringen müssen. Weihnachten, so dachte sie bei sich, hatte nun auch einen ganz anderen Charakter für sie. Letztes Jahr waren so viele Dinge geschehen, die an Wunder grenzten. Dass Emilia nicht der Lawine zum Opfer fiel wie ihre Großmutter und bei Sophie und Bernhard ein neues Zuhause gefunden hatte. Dass ihr Vater und Juliane sich kennengelernt hatten. Dass Marc-Oliver kein Kotzbrocken mehr war, sondern richtig nett. Und – dass sie und Moritz sich gefunden hatten. Es war bei ihm Liebe auf den ersten Blick gewesen. Sie hatte etwas länger gebraucht, doch nun fühlte sie sich mit ihm tief verbunden.

»Hey, junge Frau. Wie wäre es, wenn wir es dieses Jahr gleich zu Anfang richtig machen?« Moritz war hinter sie getreten. Er legte die Arme um sie und hielt sie fest.

»Was meinst du?«, fragte sie.

»Sieh mal nach oben.« Sie hob den Blick. Über ihnen hing ein Mistelzweig an der Tür.

»Den gab es letztes Jahr noch nicht«, stellte sie fest.

»Darum holen wir jetzt etwas sehr Wichtiges nach.« Moritz legte seine Hand an ihre Wange. »Du weißt schon, was jetzt kommt?«, raunte er ihr dabei zu.

Annika hob ihm ihr Gesicht entgegen. Sie küssten sich. Wenn es stimmte, was man über Küsse unter so einem Mistelzweig sagte, würde das ihre Liebe bestärken, so dass sie ein Leben lang zusammenblieben.

»Weißt du eigentlich, wie viele Wunder letztes Weihnachten hier geschehen sind?«, fragte Annika leise, als sie ihre Lippen voneinander lösten.

Moritz nickte lächelnd und stupste seine Freundin auf die Nase. »Eines davon sehe ich gerade an. Du siehst toll aus. Wie jemand, der sich sehr wohl in seiner Haut fühlt.«

»Tue ich auch. Weil es dich gibt! Damit das so bleibt, wiederholen wir diesen Kuss jedes Jahr. Genau hier!«

»In Ordnung«, schmunzelte Moritz. Dann gingen sie Hand in Hand zurück ins Haus.

ENDE

DANKSAGUNG

Ich sage danke schön!

Ein Buch in die Welt hinauszubringen und Weihnachten zu feiern, das hat etwas gemeinsam: Es gelingt besser in guter Begleitung. Erfreulicherweise hatte ich die bei diesem Herzensprojekt zu jeder Zeit.

Mit meinem Mann habe ich voller Spaß an einem verschneiten Winternachmittag die erste Version der Geschichte ausgeheckt. Wolf-Ingo schafft es immer wieder, unsere gemeinsame Weihnachtszeit zu etwas Besonderem zu machen. Mit Lichterglanz und dieser einzigartigen Herzenswärme, die mein Leben schon seit so vielen Jahren bereichert.

Tania Jerzembeck besitzt einen wunderbaren Humor und ein genaues Auge. Als Testleserin gab sie mir als Erste wertvolles Feedback und ließ es wie sparsam gesetztes Lametta aussehen. Etwas, das auf unaufdringliche Weise den Weihnachtsbaum verschönert.

Freunde und Familie freuten sich schon vor Jahren über meine damals neu erwachte Liebe zu Weihnachten. Natürlich spielten in unseren Erinnerungen gemeinsame, gemütliche Kochabende eine Rolle. Ebenso wie winterliche Lieblingsgerichte, die immer auch Nahrung für die Seele sind. Etwas, das einige meiner Figuren ebenfalls entdecken durften.

Afra Margaretha hat mir als Lektorin das eine oder andere

Licht aufgesteckt, immer an der richtigen Stelle und immer einleuchtend. Es hat viel Freude bereitet, mit ihr zusammenzuarbeiten.

Ein besonderes Geschenk war die wundervolle Kooperation mit dem Team vom Fischer Verlag, insbesondere mit Katinka Bock. Ich habe mich dabei jederzeit in guten Händen gefühlt.